NICOLA CORNICK
Una pasión inesperada

Editado por HARLEQUIN IBÉRICA, S.A.
Núñez de Balboa, 56
28001 Madrid

© 2009 Nicola Cornick
© 2014 Harlequin Ibérica, S.A.
Una pasión inesperada, n.º 11 - 11.11.14
Título original: The Undoing of a Lady
Publicada originalmente por HQN™ Books
Este título fue publicado originalmente en español en 2010

Todos los derechos están reservados incluidos los de reproducción, total o parcial. Esta edición ha sido publicada con autorización de Harlequin Books S.A.
Esta es una obra de ficción. Nombres, caracteres, lugares, y situaciones son producto de la imaginación del autor o son utilizados ficticiamente, y cualquier parecido con personas, vivas o muertas, establecimientos de negocios (comerciales), hechos o situaciones son pura coincidencia.
® Harlequin, HQN y logotipo Harlequin son marcas registradas por Harlequin Enterprises Limited.
® y ™ son marcas registradas por Harlequin Enterprises Limited y sus filiales, utilizadas con licencia. Las marcas que lleven ® están registradas en la Oficina Española de Patentes y Marcas y en otros países.
Imagen de cubierta utilizada con permiso de Harlequin Enterprises Limited. Todos los derechos están reservados. Imagen de franja utilizada con permiso de Dreamstime.com

I.S.B.N.: 978-84-687-4526-8
Depósito legal: M-23969-2014

Para Tony, Judy y Clare, con amor

PRIMERA PARTE

*Desde su cama de azufre, al amanecer,
el diablo fue a pasear,
a mirar su pequeña granja del mundo,
y ver cómo seguía su ganado.*

*Pasó una dama orgullosa
en cuyo rostro vio él una expresión,
por la cual podría haberla besado;
qué criatura tan maravillosa, fina e inteligente,
con la mirada más pícara de entre las pícaras.*

De *The Devil's Walk*
De Robert Southey, 1799

Capítulo 1

El Capricho, Fortune Hall, Yorkshire. Junio de 1810
Un poco antes de la medianoche

Era una bonita noche para el secuestro.

La luna brillaba en lo más alto del cielo estrellado. La brisa cálida suspiraba en las copas de los árboles y removía la fragancia de los pinos y la hierba caliente.

Lady Elizabeth Scarlet estaba sentada junto a la ventana, vigilando las sombras, esperando oír los pasos por el camino. Sabía que Nat Waterhouse iría. Siempre acudía cuando ella lo llamaba. Por supuesto, estaría molesto, ¿qué hombre no se enfadaría si tenía que dejar la juerga de su despedida de la soltería?, pero de todos modos iría. Era muy responsable, y no iba a desoír la petición de ayuda de lady Elizabeth.

NICOLA CORNICK

Ella sabía exactamente cómo iba a responder. Lo conocía tan bien...

Tamborileó los dedos, con impaciencia, sobre el alféizar de la ventana. Observó el reloj que le había quitado un poco antes a su hermano. Parecía que llevaba horas esperando, pero, en realidad, se sorprendió al comprobar que solo habían pasado ocho minutos desde la última vez que había mirado. Estaba nerviosa, cosa que le extrañaba. Sabía que Nat estaría enfadado, pero estaba actuando por su bien.

Aquella boda no debía celebrarse. Él se lo agradecería algún día.

Desde el otro lado de las praderas, oyó el tañido lejano de las campanas. Medianoche. Hubo un sonido de pasos en el camino. Él llegaba puntualmente. Por supuesto, era de esperar.

Ella se mantuvo en silencio mientras él abría la puerta de la edificación. Había dejado el pasillo a oscuras, pero había una vela encendida en la habitación del piso de arriba. Si había calculado bien, él subiría la escalera de caracol y entraría en la habitación, con lo que ella tendría tiempo suficiente para cerrar la puerta y esconder la llave. No había ninguna otra salida. Su hermanastro, sir Montague Fortune, había hecho construir aquel «capricho» a imitación de un fuerte en miniatura, con aspilleras y ventanas muy pequeñas, por las que no cabía un hombre. Le había parecido muy divertido. Aquella era la idea del entretenimiento de Monty, pensó

Una pasión inesperada

Lizzie, eso e inventar nuevos impuestos con los que atormentar a la población de Fortune's Folly.

−¡Lizzie!

Ella se sobresaltó. Nat estaba justo a la salida de la sala de guardias. Su tono era de impaciencia. Ella contuvo el aliento.

−¿Lizzie? ¿Dónde estás?

Subió las escaleras de dos en dos, y ella aprovechó el momento para escabullirse de la sala y cerrar con llave la pesada puerta de roble. Le temblaban los dedos, y se le resbalaron por el hierro helado. Sabía que su amiga Alice Vickery le diría que aquella era otra de sus ideas descabelladas, pero ya era demasiado tarde. No podía permitirse el lujo de pensar en ello o perdería el valor. Volvió corriendo hacia la sala de guardias y sacó la mano por una de las aspilleras. Había un clavo que sobresalía del muro exterior. La llave tintineó suavemente contra la piedra. Hecho. Nat no podría escapar de allí a menos que ella se lo permitiera. Lizzie sonrió de satisfacción. Sabía que no era necesario involucrar a nadie más en aquel plan. Ella era muy capaz de secuestrar a alguien sin ayuda. Era fácil.

Salió al vestíbulo y vio a Nat en lo alto de la escalera, con la vela en la mano. La luz parpadeante proyectaba su sombra. Él parecía enorme, amenazador y muy enfadado.

En realidad, pensó Lizzie, era enorme y amenazador, y estaba enfadado, pero ella sabía que nunca le haría daño.

Sabía exactamente cómo iba a comportarse. Lo conocía como si fuera su hermano.

—¿Lizzie? ¿Qué demonios pasa?

Además, estaba borracho, pensó ella. No lo suficientemente borracho como para estar incapacitado, pero sí lo suficiente como para utilizar un lenguaje inapropiado delante de una dama, cosa que Nat no haría nunca en circunstancias normales. Pero si ella fuera a casarse con la señorita Flora Minchin a la mañana siguiente, también utilizaría un lenguaje rudo. Y se habría emborrachado hasta la inconsciencia. Lo cual confirmaba que había hecho lo correcto, porque Nat no podía casarse con la señorita Minchin. Ni a la mañana siguiente, ni nunca. Ella estaba allí para salvarlo.

—Buenas noches, Nat —dijo alegremente, y vio que él fruncía el ceño—. Espero que lo hayas pasado bien durante tu última noche de libertad.

—Ahórrate las cortesías, Lizzie —dijo Nat—. No estoy de humor. ¿Qué era tan urgente como para que tuvieras que hablar conmigo en secreto la noche anterior a mi boda?

Lizzie no respondió al instante. Se recogió la falda con una mano y subió los escalones de piedra notando la mirada de Nat en su rostro, aunque ella no lo estuviera mirando. Él se echó a un lado para cederle el paso a la habitación de la torre. Cuando estuvo en el centro de la alfombra, se volvió para mirarlo cara a cara. Ahora que lo veía bien, se dio cuenta de que tenía su pelo negro revuelto, y que lle-

Una pasión inesperada

vaba una ropa tan elegante como de costumbre, pero muy desarreglada. Llevaba la chaqueta abierta y el pañuelo del cuello aflojado. Tenía barba incipiente y olía a tabaco y a alcohol. Le brillaban los ojos de impaciencia y enojo.

—Estoy esperando —dijo.

Lizzie abrió las manos en un gesto de inocencia.

—Te he pedido que vinieras para intentar convencerte de que no te cases. Sabes que te aburrirás de ella en cinco minutos, Nat. Mejor dicho —se corrigió—. Ya estás aburrido, ¿no? Y ni siquiera te has casado. Además, ella no te importa nada. Estás cometiendo un gran error.

Nat apretó los labios y se pasó la mano por el pelo.

—Lizzie, ya hemos hablado de esto...

—Lo sé —dijo ella, con el corazón en la garganta—. Por eso tenía que hacer esto, Nat. Es por tu propio bien.

—¿Pero hacer qué? —preguntó él—. ¿Hacer qué, Lizzie?

—Te he encerrado —respondió Lizzie con rapidez—. Te prometo que te dejaré libre mañana, cuando haya pasado la hora de la boda. Dudo que ni Flora ni sus padres te perdonen que la dejes plantada en el altar.

Ella nunca había pensado que el conde de Waterhouse fuera un hombre que mostrara sus sentimientos. Siempre había pensado que tenía una buena cara para los juegos de azar, porque no revelaba nada. Sin embargo, en aquel momento era fácil saber lo que se le estaba pasando por la cabeza. Su primera reacción fue de estupor. Después, de certidumbre. Ni siquiera se paró a cuestionar la verdad de lo que ella le había dicho.

—Lizzie —le dijo—, arpía.

Se dio la vuelta y bajó rápidamente por la escalera de caracol, tomando antes la vela y dejando a Lizzie en la oscuridad salvo por la luz tenue de la luna, que entraba por las aspilleras. Lizzie exhaló un suspiro largo, tembloroso. Solo tuvo un momento para recuperar la compostura, porque rápidamente, él comprobó que la puerta de la torre estaba cerrada y que no había ninguna otra salida. Cuando volvió a la habitación, tenía aspecto de estar furioso. Le vibraba uno de los músculos de la mejilla y todos los músculos de su cuerpo estaban rígidos de rabia.

Cuando habló, su voz fue engañosamente suave. A Lizzie le resultó más desconcertante que si se hubiera puesto a gritar.

—¿Por qué estás haciendo esto, Lizzie?

—Ya te lo he dicho —respondió ella, en tono desafiante, pese a que estaba temblando—. Voy a salvarte de ti mismo.

Él soltó una carcajada seca.

—No. Me estás negando la oportunidad de ganar las cincuenta mil libras que necesito tan desesperadamente. Ya sabes lo importante que es esto para mí, Lizzie.

—No vale la pena a cambio de una vida entera de aburrimiento.

Una pasión inesperada

—Esa elección es mía.

—Has elegido mal. Yo estoy aquí para salvarte. Tú siempre te has preocupado por mí y has intentado protegerme. Ahora me toca a mí. Estoy haciendo esto porque eres mi amigo y me preocupo por ti.

Por la mirada de despreció de Nat, Lizzie se dio cuenta de que él no la creía. Ella también se enfadó en aquel momento. Siempre había tenido un genio vivo, o quizá beligerante, dependiendo de quién estuviera opinando sobre ella. Le parecía totalmente injusto que Nat la juzgara así cuando solo quería lo mejor para él.

Debería estar dándole las gracias por haberle salvado de aquella boda horrible.

Nat dejó la vela sobre una mesilla de madera que había junto a la puerta y dio un paso hacia ella. Era muy alto, medía más de un metro ochenta centímetros, y tenía un cuerpo ancho y musculoso.

Lizzie trató de no sentirse intimidada, pero fracasó.

—Dame la llave, Lizzie —le dijo él con cortesía.

—No —respondió ella, y tragó saliva.

Él se había acercado mucho, y su presencia física era muy poderosa, en total contradicción con su tono de voz. Sin embargo, ella no tenía miedo de Nat. Hacía más de nueve años que se conocían, y él no le había dado motivos para temerlo ni una sola vez.

—¿Dónde está?

NICOLA CORNICK

—Escondida.

Nat suspiró con exasperación.

—Esto no es un juego, Lizzie —dijo—. Lo que estás haciendo es peligroso. Te has encerrado conmigo, a solas. ¿Es esto un ridículo intento de comprometerme para que me vea obligado a casarme contigo en vez de con Flora?

El enfado de Lizzie aumentó un grado más. Estaba empezando a sentirse verdaderamente enfadada, además de inquieta.

—¡Qué engreído eres! ¡Yo no quiero casarme contigo! ¡Preferiría que me cortaran las orejas!

La sonrisa de Nat no fue agradable.

—No te creo. Te has comprometido deliberadamente al encerrarnos juntos.

—¡Tonterías! —exclamó Lizzie—. No voy a decírselo a nadie. Solo quiero que estés aquí hasta que sea demasiado tarde para que se celebre la boda, y después te soltaré.

—Muy bonito. Primero me destrozas el futuro y después te vas para que me enfrente solo a la situación.

—¡Oh, no seas tan melodramático! Para empezar, no deberías haberte convertido en un cazafortunas. ¡No es digno de ti!

—Eso lo dice una mujer con cincuenta mil libras y una actitud prepotente. Tú no sabes nada de nada.

—¡Lo sé todo de ti! —respondió Lizzie—. Te conozco desde hace nueve años y me importas...

—Tú no estás haciendo esto por generosidad. Lo

estás haciendo porque eres egoísta, caprichosa e inmadura, y no deseas que haya otra mujer con más derechos que tú sobre mí. Quieres tenerme para ti sola.

Lizzie se quedó boquiabierta.

—¡Eres un idiota arrogante!

—Y tú eres una niña mimada. Tienes que crecer. Lo llevo pensando mucho tiempo.

Se miraron fijamente el uno al otro, mientras la tensión vibraba en el ambiente y la llama de la vela parpadeaba como si respondiera a algo peligroso que hubiera en el aire.

Lizzie se sintió dolida, pero cauterizó el dolor con el calor de su ira.

—¿Cuándo he sido yo caprichosa e inmadura? —inquirió.

Nat se echó a reír. Sus carcajadas fueron tan ásperas que le arañaron el alma a Lizzie.

—¿Por dónde empiezo? A ti no te interesa nada más que tus opiniones y tus preocupaciones. Te pavoneaste descaradamente en el salón de baile el día del anuncio de mi compromiso con Flora, y eso solo fue para apartar toda la atención de ella. Coqueteas con todo aquello que lleva pantalones. Durante meses has tenido a Lowell Lister y a John Jerrold pendientes de ti, cuando no te sirven para nada más que para alimentar tu vanidad. Y si estamos hablando de tu falta de consideración hacia los demás, compraste algunas de las posesiones más preciadas de Miles Vickery en la subasta del

Nicola Cornick

Castillo de Drum, y no has tenido la generosidad de devolvérselas...

Lizzie se tapó los oídos. Nat la agarró por las muñecas y le apartó las manos de las orejas.

–Querías saberlo –le dijo con dureza–. Sabía que no ibas a ser capaz de enfrentarte a la verdad.

La soltó como si no soportara tocarla, y se separaron. Los dos estaban jadeando. Lizzie se sintió como si la hubiera desollado con aquellas palabras. Tenía los ojos llenos de lágrimas. Parpadeó para hacerlas desaparecer.

Después de un momento, Nat se pasó la mano por el pelo e hizo un esfuerzo por mantenerse calmado.

–Dame la llave y olvidaré que ha ocurrido esto –le dijo a Lizzie.

–No –dijo Lizzie, y se cruzó de brazos–. No la tengo.

De repente, Nat la desnudó con la mirada, con una insolencia inesperada y horrible.

–Supongo que la llevas en tu persona.

–¡No, claro que no!

Lizzie se había quedado estupefacta, tanto por su tono de voz como por su forma de mirarla, como si ella fuera una prostituta de Covent Garden que exhibía sus encantos. Se sintió humillada, y pensó que debía de estar lívida. Y, sin embargo, había algo en su interior, algo horrendo y primitivo, que gustaba de aquello.

La sangre le hirvió en las venas, y el calor le recorrió todo el cuerpo, desde las mejillas hasta los dedos de los pies.

Nat la agarró tan rápidamente que ella ni siquiera lo vio moverse. Le pasó las manos por el cuerpo, buscando, registrando. A Lizzie se le puso el vello de punta siguiendo el rastro de su contacto. El calor se intensificó. Ella se retorció entre sus manos, protestando ante la humillación de que la sujetara de aquel modo y ante la respuesta de su cuerpo.

–¡Suéltame! ¡Te he dicho que no la tengo!

–Pero sabes dónde está –dijo él, y la soltó con la respiración entrecortada.

En sus ojos había un brillo feroz, diferente. Ella se echó a temblar al recordar que Nat se dedicaba a perseguir criminales despiadada y fríamente en el desempeño de su trabajo.

Lizzie no pensaba en ello porque era una parte de la vida de Nat que apenas veía, pero lo pensó en aquel momento porque pudo sentir su rabia y su desesperación.

Recordó que había dicho que necesitaba las cincuenta mil libras de Flora Minchin. Sabía que él quería restaurar Water House y mantener a su familia; sus padres eran mayores, y su hermana Celeste era inválida, pero recientemente había una urgencia añadida en sus acciones, como si hubiera sucedido algo que lo apremiara en su búsqueda de dinero. Ella no sabía lo que era; nunca se lo había preguntado. Quizá Nat tuviera razón, y siempre había estado demasiado preocupada por sí misma. Aquella idea la inquietó.

Miró a Nat a la cara, en busca del amigo al que conocía, pero solo vio a un extraño.

Sintió una angustia tan grande que estuvo a punto de capitular, y Nat se dio cuenta.

—Está bien, Lizzie. Compórtate como una adulta por una vez en la vida. Ve a buscar la llave.

El desprecio de su voz fue lo que la decidió. Se lo imaginaba contándoles a sus amigos Dexter Anstruther y Miles Vickery su plan, cómo había pensado en impedir su matrimonio porque era joven, inmadura y caprichosa, y porque estaba interesada en él en secreto. Se sintió humillada. Aquello no era cierto; ella había querido rescatarlo, y él se había burlado de sus esfuerzos. Por eso, le haría pagar. La necesidad de hacerle sufrir como ella estaba sufriendo le quemaba en el pecho como si fuera un veneno.

Irguió los hombros y lo miró a los ojos.

—No. No voy a ninguna parte, y tú tampoco.

Se dio la vuelta y se alejó de él.

—Estás loca —dijo Nat con furia, dejando a un lado toda cortesía.

—Y tú eres un grosero. Y un arrogante y un engreído, si piensas que estoy enamorada de ti.

—¿Y es que no lo estás?

—Por supuesto que no. Te detesto. Sobre todo ahora, después de todo lo que has dicho de mí. ¿Qué crees, que esto es una de las estúpidas leyes me-

Una pasión inesperada

dievales de Monty? ¿El derecho de pernada? No habrás pensado que te he secuestrado para llevarte al huerto la noche anterior a tu boda, ¿verdad?

–Tú no tendrías el valor de hacer algo así –dijo Nat con arrogancia–. Vamos, Lizzie. Admítelo. Esto no es más que uno de tus jueguecitos infantiles, pero has ido demasiado lejos.

Sus ojos quedaron atrapados. El aire que había entre ellos era caliente, pesado, preñado de tensión. Lizzie le puso una mano sobre el brazo.

–¿Es que piensas que no podría seducirte, Nat Waterhouse?

–No seas absurda –respondió él, con la voz ronca.

Lizzie se puso de puntillas y lo besó inexpertamente en los labios. Él permaneció impertérrito, aunque Lizzie sabía, lo sabía, que no era indiferente a ella. Sentía el conflicto en él porque su cuerpo estaba muy tenso, rígido como una fusta, pero estaba conteniendo su reacción con un control férreo. Ella movió los labios contra los de él, deseando que Nat respondiera, que la abrazara y la besara. Eso demostraría que ella había ganado. Sin embargo, él continuó inmóvil, y Lizzie estaba empezando a sentirse estúpida, de puntillas, besándolo, mientras él parecía una estatua de mármol. Nat quería avergonzarla y lo estaba consiguiendo. Quizá no supiera besar; en realidad, no estaba segura. La habían besado varios hombres, pero en todas las ocasiones, había sido una experiencia decepcionante para ella, aunque quizá hubiera sido porque sus expectativas eran demasiado altas, o porque sus pretendientes eran demasiado incompetentes.

Se echó un poco hacia atrás y miró a Nat con los ojos entornados. Pese a su inexperiencia, algo instintivo le dijo que a él no le estaba resultando fácil contenerse. Tenía la respiración acelerada, y le latía el pulso en la mejilla.

El hecho de saber que ella le afectaba le produjo una sensación embriagadora, como si hubiera bebido demasiado vino. La emoción del peligro borró el dolor de las palabras amargas que se habían dicho el uno al otro.

—¿Has terminado? —le preguntó Nat desdeñosamente.

Así que él quería que se sintiera ingenua y humillada. La ira y la desesperación se apoderaron de ella. No iba a permitir que él ganara. Sabía que tenía mucho menos control sobre la situación del que quería aparentar.

—No —respondió bruscamente—. No he terminado.

Se acercó a él de nuevo, tanto, que sintió el calor que emanaba de su cuerpo. Lo miró; su rostro tenía una expresión dura, inflexible. ¿Qué hacía falta para llegar a él? No tenía que ir demasiado lejos, solo lo suficiente como para que Nat admitiera que se había equivocado al subestimarla. Ella no era una niña, y no iba a permitir que la trataran como tal. Posó la mano en su pecho y sintió cómo retumbaban en él los latidos de su corazón.

—Lady Ainsworth fue tu amante, ¿verdad? —le susurró al oído, y bajó la mano por su camisa para sacársela de la cintura del pantalón–. Oí a unas sirvientas hablando de ello. Se habían enterado, por su doncella, de que estás muy bien dotado. Enorme, según dijeron. Me provocó una curiosidad muy grande sobre ti...

Nat se estremeció.

–Lizzie, ya basta –dijo. Su tono era violento–. No entiendes lo que estás haciendo.

–Oh, claro que sí –dijo Lizzie–. No soy una niña.

Le sacó la camisa y deslizó las palmas de las manos por su estómago desnudo. Era suave, delicioso. Aquella sensación exquisita la distrajo durante un momento. Ella no tenía idea... Oyó su jadeo y notó que sus músculos se contraían y temblaban bajo sus dedos. Por fin, una reacción... Envalentonada, volvió la cara hacia su cuello y apretó los labios contra la piel de su garganta. Él sabía a sal, a calor, y olía a colonia de bergamota y a cuero, y a algo que Lizzie reconoció como la esencia de Nat. Le resultaba familiar y, al mismo tiempo, intensamente excitante.

Él volvió la cabeza ligeramente, y sus labios quedaron a pocos centímetros. Lizzie se dio cuenta de que estaban muy cerca del precipicio. Le pasó las manos por la espalda y se deleitó con la dureza de sus músculos. Hundió las uñas en su carne y sintió que él se estremecía.

–Lizzie, por el amor de Dios...

A Lizzie le gustó su tono de desesperación. El pensar que lo había llevado hasta allí calmó sus sentimientos heridos. Sabía que podía parar en aquel momento, retirarse, pero dejó que una de sus manos bajara hasta sus pantalones, y un poco más abajo. Estaba mareada, borracha, quizá un poco loca. Rozó con la mano la parte delantera de sus pantalones, dibujando su erección. Aquel bulto duro y enorme la asombró. Oyó que Nat jadeaba y juraba con dureza, y ella hizo una pausa y dio un paso atrás.

Toda su ira y su pasión se helaron al darse cuenta de que había ido demasiado lejos. La valentía y el miedo luchaban en su interior, pero bajo su aprensión había una corriente de curiosidad femenina tan poderosa que le cortó el aliento y le aceleró el corazón.

Se miraron el uno al otro durante un momento largo, cargado, y entonces Nat la agarró, moviéndose tan rápidamente que Lizzie ni siquiera tuvo tiempo de darse cuenta.

La besó con aspereza. Estaba claro que otros hombres no habían sabido besarla y, claramente, Nat sí. Fue el último pensamiento coherente de Lizzie antes de hundirse en una oleada de sensaciones tan violentas que estuvo a punto de caerse.

En los besos que se dieron no había amor, ni siquiera agrado, sino lujuria e ira. La presión de los labios de Nat la obligó a abrir los suyos, y entonces, él deslizó la lengua por su boca, tomando sin piedad, sin consideración ni gentileza. Lizzie no sabía si quería castigarla, y no le importaba, porque, de repente, quería todo lo que él pudiera darle. Estaba sin aliento de excitación, más allá de cualquier pensamiento racional. Metió una mano entre el pelo de Nat para poder mantener su boca en la de ella, y le mordisqueó el labio inferior, y notó que él se retiraba antes de volver a hundirse en su boca. Ella notó los labios hinchados del asalto. El calor se concentró en su vientre, y ella frotó la caderas contra su erección. Nat soltó un sonido desde la garganta, algo muy parecido a un gruñido.

Él le puso las manos en los hombros y le abrió el vestido de montar y la camisa, dejándola desnuda hasta la cintura. Los lazos se rasgaron y los corchetes salieron volando y cayeron al suelo de piedra. Él puso la mano sobre uno de sus pechos desnudos, y a Lizzie comenzó a darle vueltas la cabeza. Oyó un gemido, y supo que era suyo. Nat la sentó en el alféizar de la ventana y entonces, su boca estaba en su pecho, y Lizzie notó sus dientes y su lengua en la piel, y gritó. El sonido rebotó por las paredes de la habitación. Su cuerpo estaba temblando con una necesidad que amenazaba con devorarla. Se sentía asombrada y excitada al mismo tiempo, y tan desesperadamente atrevida que estuvo a punto de gritar de placer.

Nat le subió la falda del vestido, y ella tomó el botón de sus pantalones, y sus manos se chocaron. Ambos estaban temblando. El pantalón se abrió, y ella lo notó caliente y duro en su mano, y jadeó de pura perplejidad. Entonces Nat le cubrió la boca con la suya, rudamente, y le separó las piernas. Lizzie lo sintió en el centro de su cuerpo, y en un segundo, él estuvo dentro de ella, de una sola embestida. El dolor fue agudo y violento. Lizzie jadeó, pero Nat no se detuvo.

Ella estaba agarrada a la jamba de la ventana, y él la empujaba hacia atrás y hacia atrás cada vez que la tomaba. Lizzie notaba la piedra fría contra la espalda desnuda, pero la fricción del cuerpo de Nat era fiera y caliente entre sus muslos, y la sensación era demasiado abrumadora e insistente como para escapar. El dolor desapareció y Lizzie comenzó a sentir temblores de gozo por dentro, cada vez más rápidos, exquisitamente intensos. Gritó mientras su cuerpo se deshacía con un placer cegador. Oyó jadear a Nat, notó que la agarraba cada vez con más fuerza y que se hundía en ella cada vez más profundamente, y sintió que él se vaciaba completamente en ella.

Hubo un silencio, un momento en el cual pareció que el tiempo quedaba suspendido, durante el que Lizzie no pudo respirar ni pensar, ni sentir otra cosa que no fuera aquella perfección. Era celestial. Su cuerpo estaba saciado, y su mente estaba llena de dicha, como si por fin hubiera llegado a casa y estuviera en paz. Porque Nat había dicho la verdad: ella lo quería. En aquel momento lo vio con claridad, porque al hacer el amor, todo su orgullo y su fingimiento habían desaparecido. Nat era suyo y siempre lo había sido, y ahora, ella era suya de verdad.

Y Nat también la quería, porque así era como debían ser las cosas.

Una pasión inesperada

Lizzie abrió los ojos y parpadeó. La luz de la vela le pareció demasiado intensa y brillante, y le hizo daño. Nat se había retirado de ella. Se había dado la vuelta y estaba arreglándose la ropa. Su cara estaba entre las sombras.

Lizzie esperó a que él hablara, a que le dijera que la quería. Y entonces, de repente, él se volvió a mirarla y a ella se le aceleró el corazón de impaciencia por las palabras que iba a oír y el amor que iba a ver en sus ojos. Cuando observó su semblante, solo vio en él desconcierto, incredulidad y horror.

–Lizzie... –susurró Nat con la voz temblorosa.

Lizzie se quedó helada. Algo murió en su interior, se deshizo como los pétalos que caían de las flores marchitas.

Nat no la quería. Nunca la había querido.

Ella lo veía en la consternación de sus ojos.

Se bajó la falda, se colocó lo que quedaba del corpiño e intentó ponerse en pie. Le temblaban las piernas y estuvo a punto de caerse. Aquella debilidad la horrorizó.

Nat iba hacia ella, y Lizzie sintió el pánico atenazándole la garganta. No podía hablar con él. No podía mirarlo. Estaba demasiado avergonzada, sus emociones estaban expuestas, su alma estaba desnuda ante él, como había estado su cuerpo.

Tenía que salir de allí. Tenía que huir de allí antes de que él adivinara la verdad de sus sentimientos, antes de que lo expresara con palabras y convirtiera su humillación en algo insoportable.

NICOLA CORNICK

Volcó la mesa para bloquearle el camino, y la vela salió volando. Lizzie echó a correr escaleras abajo, palpando la pared curva para no caer en la oscuridad. Oyó jurar a Nat y vio una llamarada tras ella, porque las cortinas de las ventanas se habían incendiado con la vela, y entonces, llegó al cuarto de guardia y buscó a tientas la llave. Durante un segundo no la encontró, y él pánico se hizo inaguantable. Oía cómo Nat golpeaba las llamas para apagarlas, y esperaba que eso le diera unos cuantos segundos de ventaja. La puerta... Tuvo la sensación de que tardaba horas en abrirla, porque la llave se le resbalaba entre los dedos helados y trémulos, y por fin consiguió salir a la noche, justo cuando oía los pasos de Nat por las escaleras tras ella y olía el humo en el aire.

El bosque se la tragó. Estaba oscuro y era profundo, y la ocultaba. Aquello la reconfortó. Oía a Nat llamándola, con un tono de miedo en la voz, además de la ira, pero el sonido se desvaneció a medida que él se alejaba. Lizzie se sintió aliviada. Ya no la encontraría. No la encontraría hasta que ella no estuviera lista para que la encontrara. No necesitaba la ayuda de nadie. Podía recuperarse sola, y podía fingir que no había ocurrido nada de todo aquello.

Nat no la quería. Nunca la había querido. Había cometido un error terrible.

Todos aquellos pensamientos se amontonaron en la mente de Lizzie, oscuros y amenazadores como los monstruos de una pesadilla. Ella los apartó. Tenía que olvidar lo que había sucedido. Y ahora, Nat era libre y podía asistir a su boda, y unirse también al engaño. Podía casarse con Flora, tal y como había querido hacer, y conseguir su fortuna, y ninguno de los dos volvería a hablar sobre aquella noche.

Salvo que a Nat nunca se le había dado muy bien fingir. Lizzie siempre le decía que era porque no tenía imaginación, pero, en realidad, Nat tenía la costumbre de enfrentarse a sus demonios y de hacer que ella también se enfrentara a los suyos.

«Esta vez no...».

–No ha ocurrido nada –dijo Lizzie. Se alisó el corpiño y se preguntó por qué le temblaban los dedos–. No ha ocurrido nada en absoluto.

Capítulo 2

Nat Waterhouse estaba frente a Fortune Hall, mirando hacia la ventana del dormitorio de Lizzie, intentando pensar. ¿Qué haría Lizzie ahora? ¿Huiría? ¿Se escondería? ¿Adónde iría?

Él debería saber la respuesta a todas aquellas preguntas. Conocía a lady Elizabeth Scarlet desde hacía nueve años, desde que ella tenía once años y él no era más que un joven de dieciocho. La había visto crecer, convertirse en una mujer. Pensaba que sabía todo lo que había que saber de ella. Qué equivocado estaba.

¿Qué demonios había hecho?

Una pregunta inútil. Nat sabía perfectamente lo que había hecho. Había seducido a una mujer que

Una pasión inesperada

no era su prometida, la noche anterior a su boda. Había terminado con un año de celibato haciendo el amor con la única mujer a la que jamás debería haber tocado.

Había deshonrado a una virgen.

Había sido demasiado débil, y no había podido resistirse.

Y en aquel momento, debía enfrentarse a lo atroz de la situación.

Lizzie. Demonios. No la quería. Ni siquiera había sentido mucha simpatía por ella durante aquellos últimos meses. Habían sido muy amigos, pero recientemente Lizzie había empezado a acosarlo, intentando convencerlo de que no se casara con Flora, provocándolo, usándolo, dando por hecho que siempre iba a cumplir sus deseos. Él ya estaba muy molesto con ella antes de recibir su nota aquella noche. Había estado a punto de ignorar su llamada, y solo por aquel maldito sentido de la responsabilidad que tenía hacia ella, había acudido a la cita. Ojalá no lo hubiera hecho.

Tuvo un arrepentimiento agudo, doloroso. Eso tampoco tenía sentido. Ya estaba hecho. Lizzie lo había tentado más allá de lo soportable, pero no iba a echarle la culpa.

La verdad era que ella no podía obligarlo a hacer nada que él no quisiera, y él tenía ganas de hacerle el amor. Se había sentido desesperado por hacerle el amor. Todavía lo estaba. Le horrorizaba el hecho de que, estando en un lío tan espantoso, solo pudiera pensar en la preciosa piel, blanca y sedosa, de Lizzie, en su tacto, en su cuerpo, inaguantablemente apretado y caliente alrededor del suyo, y en el placer embriagador y cegador de poseerla. Él no era un santo en lo relativo a las mujeres, pero tampoco era un mujeriego. Y Lizzie era la última mujer del mundo a la que imaginaba que podía haber deseado. ¿Cómo iba a desearla, si siempre había considerado que tenía que protegerla? Desde que la había conocido, había intentado compensarla por el hecho de que los dos hombres que debían cuidar de ella, sus hermanastros Montague y Tom Fortune, eran un idiota irresponsable y un gandul peligroso, respectivamente.

Él era peor que ellos.

Maldición.

La campana de la iglesia del pueblo dio la una. Había pasado menos de una hora desde que su vida había cambiado por completo...

¿Dónde estaba Lizzie? Tenía que saber si estaba bien... tenía que hablar con ella...

Miró de nuevo hacia las ventanas oscuras de Fortune Hall. Podría despertar a la casa entera, y hacer que todo el mundo la buscara. Sin embargo, eso provocaría un escándalo. Y si averiguaran que ella había desaparecido, más todavía. Si corría el rumor de que ella no estaba durmiendo en su cama en mitad de la noche, todo el mundo se preguntaría en qué cama estaba. Su reputación quedaría destrozada.

Una pasión inesperada

Nat soltó una carcajada de amargura. ¿Reputación? Lizzie estaba deshonrada. Y si se había quedado embarazada...

Se le heló la sangre en las venas. No podía dejar que se enfrentara sola a todo aquello. Nunca la había abandonado, y tampoco lo haría en aquella ocasión. Por primera vez, pensó en su matrimonio de conveniencia con Flora Minchin. Debería haber pensado en ello mucho antes, pero su preocupación por Lizzie había desplazado todo lo demás. Aquel matrimonio era la solución perfecta a todos sus problemas financieros. Y la señorita Flora Minchin habría sido una esposa perfecta, refinada, dócil. Él nunca había tenido el más mínimo deseo de quitarle la ropa y hacer el amor con ella, pero Flora era rica, muy rica, y él necesitaba el dinero desesperadamente.

Estaba en una trampa. Había gente que dependía de él, sus padres, su hermana Celeste... No podía pensar en lo que le ocurriría a Celeste si él fallaba. Nunca hubiera pensado que él era el tipo de persona que sucumbía a un chantaje, y sin embargo, cuando estaban en juego la vida, el futuro y el buen nombre de su hermana pequeña, ni siquiera lo había dudado. Sabía que no podía dudarlo. Era responsabilidad suya proteger a quienes dependían de él. Así que necesitaba una fortuna...

Lizzie también era rica.

Al pensarlo, sintió una ráfaga de alivio.

Tenía que casarse con Lizzie.

Era la solución perfecta. Eso arreglaría la situación. Salvaría la reputación de Lizzie, y resolvería su situación económica...

Lizzie sería una esposa terrible.

Aquel pensamiento siguió a todos los demás. Lizzie tenía el demonio dentro desde que era pequeña. Quizá porque había sido una niña traviesa, con una madre negligente que se había fugado con un mozo, y con un padre que la había mimado como a una mascota la mitad del tiempo y que se había olvidado de ella durante la otra mitad. Y cuando su padre había muerto y había ido a vivir a Fortune Hall, a los once años, a vivir con sus hermanastros, las cosas no habían mejorado.

Ninguno de sus hermanos tenía interés en ella. Monty Fortune había contratado a una institutriz para que la atendiera, pero Lizzie le había puesto ratones en la cama a la mujer, y la institutriz se había marchado. Ninguna de sus sucesoras había permanecido mucho tiempo allí, alegando que Lizzie era rebelde, indisciplinada y descontrolada, algo que Tom Fortune, en particular, había alentado.

Nat todavía recordaba el día en que había conocido a Lizzie. Él era compañero de universidad de Tom, y había ido a Fortune's Folly como invitado. Había conocido entonces a una niña revoltosa, con un vestido blanco muy sucio, el pelo rojizo enredado y unos enormes ojos verdes, que se subía a los árboles como un chicazo. Lizzie se había caído de un roble, y Tom se había echado a reír. Nat le había ofrecido ayuda, y todo había empezado así, con Nat

Una pasión inesperada

curándole los arañazos y sacándola de los embrollos en los que se metía, porque ni a Monty ni a Tom les importaba lo más mínimo.

Sin embargo, aquello... aquello era más que un arañazo. Era un desastre. Por supuesto, Lizzie sería una esposa difícil, intratable, obstinada, la condesa menos adecuada, y con el paso del tiempo, la duquesa menos correcta de todo el reino. Casarse con ella sería entrar en un infierno en vida. Sin embargo, el infierno era precisamente el lugar al que se dirigía.

Sabía que no tenía escapatoria.

Lizzie había entrado en su dormitorio por la ventana, escalando por la hiedra, agarrándose a las piedras de Fortune Hall. Había entrado y salido así de su habitación muchas veces, yendo y viniendo siempre que le apetecía, evitando la disciplina de sus carabinas, aprovechando que sus hermanos ignoraban por completo sus andanzas. Aquella noche, Monty todavía estaba despierto; al pasar junto a la ventana, lo había visto bebiendo a solas en la biblioteca.

No había ni rastro de su otro hermano, Tom, aunque la presencia de otra copa junto a la de Monty, en la mesa, sugería que había tenido la compañía de otra persona un poco antes.

Los hermanastros de Lizzie habían resuelto su pelea ahora que Tom ya no estaba en caza y captura. Monty había olvidado, convenientemente, que había repudiado a su hermano, y Tom lo había perdonado, en apariencia.

Lizzie pensaba que su acercamiento era solo una cuestión de necesidad, porque nadie del pueblo de Fortune's Folly estaba dispuesto a dirigirles la palabra. Todos odiaban a Monty por su falta de escrúpulos y su avaricia, porque había aplicado una serie de impuestos medievales para desplumar a la gente, pero la gente odiaba mucho más a Tom por haber seducido despiadadamente, y después abandonado, a Lydia Cole.

Lizzie no hubiera vuelto a poner el pie en casa de su hermano de no ser porque Monty había amenazado con tomar medidas legales en contra de cualquiera que la admitiera en su casa. Sin embargo, no se había ocupado de buscarle acompañante, de manera que no había nadie a quien Lizzie tuviera que dar explicaciones por noches como aquella. O más bien, pensó Lizzie, a nadie le importaba lo que hiciera.

Necesitaba darse un baño. Notaba el cuerpo dolorido, y el corazón también. La ropa y el pelo le olían a humo, y también percibía la esencia de Nat en su cuerpo, como una huella imborrable, aunque quizá solo fuera su imaginación. No quería acordarse de cómo era tenerlo dentro. Se estremeció, cerró los ojos, cerró la mente...

Tanta pasión... tanto placer... Había creído que iba a morir de tanto placer. Nunca lo hubiera imaginado. Semejante dicha en manos de Nat... se había

Una pasión inesperada

sentido como si se le derritiera el cuerpo, líquido como la miel, de satisfacción y plenitud.

También había sentido gozo en el alma, pero eso había desaparecido rápidamente al ver la expresión del rostro de Nat. Se apartó la imagen de la mente para intentar mitigar el dolor que sentía. No tenía por qué pensar en eso. Había terminado. Era su secreto, y todo terminaría así.

Se quitó la ropa rasgada y la escondió bajo una pila de sábanas en el arcón de la ropa blanca, para que su doncella no sospechara nada. Cuando pudiera, la sacaría en secreto de la casa y la quemaría, y vería cómo los recuerdos quedaban reducidos a ceniza y humo. Nat ya estaría casado para entonces, y se habría ido de Fortune's Folly con su flamante esposa.

Sin mirarse en el espejo, comenzó a lavarse con agua fría en el lavabo. Empezó a pasarse la esponja por el cuello, los hombros, la curva de los brazos... Al llegar a las piernas, descubrió una mancha de sangre en la cara interior de sus muslos. Se la frotó con vigor para borrarla.

Había perdido la virginidad; aquella era la prueba. Algún futuro marido, sin cara y sin nombre por el momento, se pondría furioso con ella por su falta de castidad. La mayoría de los hombres eran odiosamente hipócritas en aquel sentido. Lizzie se dio cuenta de que no le importaba nada. Quizá debiera importarle, pero nunca había sido capaz de imaginarse casada. El matrimonio requería capacidad de compromiso y madurez, y ella era consciente de que no poseía ninguna de las dos cosas. En realidad, no quería poseerlas. Ahora, la posibilidad del matrimonio le parecía más remota que la luna.

Se puso el camisón, pero no se acostó, sino que se sentó en el asiento de terciopelo del alféizar de la ventana. ¿Estaría allí Nat, entre las sombras del jardín? Sintió un impulso casi irrefrenable de descorrer la cortina para mirar al jardín. Sin embargo, no lo hizo, porque sabía que si Nat estaba allí, sería por motivos equivocados, no porque la quisiera. La habría seguido porque tenía un gran sentido de la responsabilidad. Querría asegurarse de que había llegado sana y salva a casa y querría arreglar las cosas con ella.

No podía hacerlo.

Nat se preocupaba por ella. Lizzie lo sabía. Sin embargo, la preocupación era un sentimiento muy suave comparado con el amor salvaje que ella sentía por él.

Nat no compartía su pasión. Él le había mostrado su lujuria, y ella lo había confundido con el amor. Supuso que era un error fácil de cometer, un error ingenuo. Ella sentía un gran amor por él. Él se preocupaba por ella. La disparidad de los sentimientos que tenían el uno por el otro era enorme.

Había alzado la mano para retirar la cortina, llevada por la necesidad de ver nuevamente a Nat y por las migajas de consuelo que su preocupación podía ofrecerle. Sin embargo, bajó la mano. Para ella, era

Una pasión inesperada

todo o nada. Las migajas no eran lo suficientemente buenas.

Se acostó e intentó conciliar el sueño, pero parecía que su cuerpo no quería olvidar el deseo que sentía por Nat. Después de dar vueltas y más vueltas por la cama, se quedó dormida, pero soñó con su madre, la famosa condesa de Scarlet, obstinada y temeraria, que había abandonado a su marido. Olió el perfume de su madre y sintió sus abrazos. En sus sueños, Lizzie se aferró al afecto distraído que le había demostrado su madre en las raras ocasiones en las que lady Scarlet recordaba que tenía una hija. Fue reconfortante, pero cuando se despertó por la mañana, Lizzie recordó que había perdido a lady Scarlet mucho tiempo atrás, y que estaba sola.

Capítulo 3

La señorita Flora Minchin estaba en el comedor de la elegante casa de sus padres, en el pueblo de Fortune's Folly, nueva, brillante, espaciosa, todo lo que el dinero podía comprar, nada de edificio medieval reformado para ellos, y observó con atención al conde de Waterhouse, que estaba frente a la chimenea, en el mismo lugar donde le había pedido que se casara con él cuatro meses antes. Cuatro meses había sido la duración del noviazgo que había fijado la señora Minchin para poder preparar el ajuar de Flora a la perfección. Aquel mismo ajuar estaba en el equipaje, en aquel momento, listo para el viaje de novios por Windermere y el Distrito de los Lagos, tan bonito, tan de moda, y después, para

Una pasión inesperada

instalarse en Water House, el destartalado castillo que tenía la familia del conde cerca de York, que iba a ser restaurado con el maravilloso dinero de Flora.

Todavía no había terminado el desayuno, y de hecho, el mayordomo los había levantado de la mesa al informarlos, con gesto de desaprobación, de la llegada del conde. Era una hora demasiado temprana para hacer una visita. Además, era la mañana del día de la boda, y por lo tanto, la señora Minchin no estaba dispuesta a permitir que Flora viera a su prometido.

–Flora, te lo prohíbo –le dijo de mal humor, mientras su hija dejaba la servilleta sobre la mesa y esperaba a que uno de los criados le retirara la silla para poder levantarse–. Es inapropiado, y además trae muy mala suerte. Humphrey... –se dirigió al señor Minchin, que estaba leyendo el periódico en la mesa–. Dile a Flora que no puede hablar con lord Waterhouse hasta que se haya celebrado la boda. Lo que tenga que decirte no puede ser tan importante como para que no pueda esperar.

–Creo que sí lo es, mamá –respondió Flora.

Se había quedado sorprendida al darse cuenta de que le latía el corazón aceleradamente. Allí sentada, tomando su chocolate y su tostada, tuvo un instante de lucidez. Había sabido que Nat Waterhouse iba a romper su compromiso. Y no había sentido otra cosa que un enorme alivio.

En aquel momento, miró el reloj. Al menos, la

boda no estaba prevista hasta las dos de la tarde. Flora tendría tiempo suficiente para informar a todo el mundo de que finalmente no se iba a celebrar. Tendría que hacerlo ella misma, porque lo más probable era que su madre se desmayara al conocer la noticia y no sirviera para nada.

Miró a Nat. Aquella mañana iba excepcionalmente bien vestido, casi tan elegante como el día en que le había pedido su mano, casi tan elegante como habría aparecido en la iglesia en el momento de su boda, con unas botas relucientes, una corbata inmaculadamente blanca y una chaqueta de lana verde que no tenía una sola arruga.

No era un hombre guapo en el sentido convencional de la palabra. Tenía unos rasgos demasiado irregulares como para poder considerarlos bellos. Su nariz estaba ligeramente torcida, como si se la hubiera roto haciendo deporte, y tenía la barbilla hendida, algo que le confería a su cara una expresión de autoridad y obstinación. Sin embargo, aunque no fuera clásicamente guapo, tenía algo más, algo por lo que muchas mujeres lo consideraban asombrosamente atractivo.

Era más alto que la media, y tenía un cuerpo fuerte. Su rostro era delgado y sus ojos oscuros tenían una mirada dura, atenta, que había conseguido que más de una de las conocidas de Flora se estremeciera mientras le preguntaba si lord Waterhouse no parecía un poco peligroso... Despiadado, quizá... fuerte en la adversidad, pensó Flora. Eso era Nat

Una pasión inesperada

Waterhouse. Era muy fuerte. Flora no sería capaz de oponerse a su voluntad, y solo conocía a una mujer que lo hubiera hecho...

Lo miró, y no sintió nada. Una vez había pensado que era desafortunado que Nat no la conmoviera en lo más mínimo si iba a casarse con él. Se había preguntado, vagamente, si no estaría perdiendo algo importante al resignarse a una vida sin pasión.

En aquel momento se sentía agradecida de no haberlo querido nunca, y de no sentir el dolor de la pérdida. Y sintió un alivio extraordinario porque, de algún modo, iba a conseguir escapar del matrimonio de conveniencia para el que siempre la habían educado.

«Debería haber sido más valiente desde el principio», pensó Flora. «Debería haber reconocido que no quería hacer lo que deseaban mis padres. Sin embargo, ahora tengo una segunda oportunidad...».

Se sintió muy valiente.

–Lord Waterhouse.

–Flora –dijo él. La tomó de las manos y la llevó hasta el sofá–. Tengo que pedirle una cosa.

Él titubeó, frunció el ceño. Tenía una mirada tan llena de dolor, que Flora se quedó impresionada. Nunca había visto que Nat Waterhouse mostrara ninguna emoción, pero en aquel momento estaba abatido, infeliz.

Ella supo exactamente lo que tenía que hacer.

–Quiere que lo libere de nuestro compromiso –dijo.

NICOLA CORNICK

Lord Waterhouse la miró con perplejidad.

−¿Cómo lo ha sabido?

¿Qué podía decirle? No podía ser nada que se pareciera remotamente a la verdad. La verdad era demasiado personal, y ellos nunca habían hablado de cosas íntimas.

Su relación había sido completamente superficial.

Lo que quería decirle era:

«No podemos casarnos porque siempre he sabido que había algo entre lady Elizabeth Scarlet y usted, algo demasiado poderoso como para pasarlo por alto, y no deseo ser plato de segunda mesa durante el resto de mi vida. Estoy segura de que ella está enamorada de usted y de que usted la desea de una forma en que nunca me ha deseado a mí…».

No, la muy sensata y decorosa señorita Flora Minchin no podía decirle aquello a su prometido, aunque fuera cierto.

−Creo que no congeniaríamos −le dijo con una sonrisa−. Lo llevo pensando un tiempo.

Él la estaba mirando como si se hubiera vuelto loca. ¿Que no congeniarían? ¿Cómo no iban a congeniar, si en su relación no había emoción suficiente ni siquiera para estar en desacuerdo sobre algo? ¿Cómo iban a ser otra cosa que una pareja perfecta, cuando él tenía el título y ella tenía el dinero? Él era un cazafortunas, y ella era una heredera que esperaba convertirse en condesa. Sabía que aquel matrimonio era un asunto de negocios, o al menos, eso le habían dicho

Una pasión inesperada

sus padres, que pensaban que con su dinero podían comprar todo lo que quisieran, incluso a un conde que se convertiría en duque una vez que su padre muriera.

Flora se puso en pie y se alejó de él, hacia el otro extremo de la habitación.

–Es una suerte que haya venido esta mañana –dijo–, y que hayamos tenido la oportunidad de resolver esto antes de que fuera demasiado tarde.

Nat estaba dubitativo, y se pasó una mano por el pelo.

–Debería explicarle...

Flora alzó una mano para detenerlo. Eso no valdría de nada. Lo último que quería eran sus explicaciones.

–Por favor, no lo haga.

–Pero no puedo dejar que afronte sola la responsabilidad de todo esto –le dijo él angustiado–. No está bien.

Aquella era la tragedia de Nat Waterhouse. Era un hombre demasiado honorable como para hacer lo que muchos otros hombres harían, de estar en su situación: aceptar el salvavidas que ella le estaba lanzando.

Flora sabía que la mayoría de los hombres ya se habrían marchado de su casa, muy agradecidos porque ella los hubiera absuelto de toda responsabilidad.

–Si va a ser libre, milord –le dijo gentilmente–, las cosas no pueden ser de otra manera. A una dama se le permite cambiar de opinión. Un caballero perdería su honor. Así de sencillo.

—No merezco que me facilite tanto las cosas —dijo Nat, en tono de consternación.

Se acercó a ella y le dio un beso en el dorso de la mano. Flora no notó ningún aleteo en el corazón, que siguió latiendo con tanta calma como de costumbre.

—Es una mujer excepcional, Flora Minchin —dijo él—. No lo sabía.

—Eso ilustra bastante bien el motivo por el que no debemos casarnos —respondió Flora con ironía—. Dejémoslo así.

Se dio cuenta de que él no quería marcharse y dejarla a solas con el tremendo lío de cancelar un matrimonio el mismo día de la boda. Se daba cuenta de que estaba en tensión, y de que quería contarle el motivo de su ruptura y cargar con la culpa. Se dio cuenta, incluso, de que él quería que perdiera los estribos, que jurara, que gritara y que llorara, porque así podría mitigar el sentimiento de culpabilidad que lo corroía.

Flora sintió una pequeña satisfacción al mostrarse totalmente calmada y negarle aquel alivio. Después de todo, era humana.

Esperó hasta que lord Waterhouse se hubo marchado y cuando Irwin, el mayordomo, cerró la puerta con firmeza tras él, fue en busca de sus padres para contarles que ya no iba a ser condesa.

El alivio que sentía por tener una segunda oportunidad de futuro era tan grande que creía que le iba a explotar el corazón.

—Se habrá enterado ya de la noticia, por supuesto —dijo la señora Morton, la dueña de la mercería, mientras le envolvía a Lizzie una muselina azul—. ¡La señorita Minchin ha cancelado su boda esta misma mañana! —mientras hablaba, tomó un pedazo de cordel y ató el paquete con un nudo de experta—. Estoy consternada. Varias damas me habían comprado vestidos y sombreros para la boda, ¡y nadie los verá! Es una desgracia, y muy desconsiderado por parte de la señorita Minchin. ¿Y por qué habrá rechazado a un conde, si ella es la única hija de un banquero? ¿Cree que habrá recibido una oferta mejor? ¿Un duque? ¿Ha llegado algún duque últimamente al pueblo? Son treinta y seis chelines y seis peniques, por favor, lady Elizabeth. ¿Ha empezado a coser? Usted nunca compra tela aquí.

—Sí —dijo Lizzie.

Comenzó a rebuscar el dinero en el bolso. Se sentía muy rara. Pensó que solo estaba cansada porque no había dormido bien, e intentó concentrarse en encontrar las monedas.

«Flora ha cancelado la boda». Eso no era lo que debía suceder. Nat tenía que casarse con ella dentro de tres horas. Después, debían ir al Distrito de los Lagos y de allí, a Water House, cerca de York, y Lizzie no tendría que verlos nunca más, y podría seguir fingiendo que la noche anterior no había ocurrido nada...

—Treinta y seis chelines, lady Elizabeth —le dijo la señora Morton, con un poco de aspereza—. Y al contado, por favor. No quiero billetes. No me fío de los bancos.

—Por supuesto —dijo Lizzie aturdida, y dejó algunas monedas sobre el mostrador.

Estaba muy acalorada. Quizá hubiera cometido un error yendo al pueblo. No quería quedarse sentada en Fortune Hall por si acaso Nat aparecía a visitarla, pero tampoco quería tener compañía. No estaba segura de por qué le resultaba todo tan difícil aquella mañana. Era como si tuviera la mente embotada.

—He oído decir que la mayoría de los cazafortunas se han marchado del pueblo, ahora que casi todas las herederas se han casado ya —prosiguió la señora Morton, contando el cambio—. Una pena. El plan de su hermanastro de desplumar a las damas ha sido beneficioso para muchos negocios de la zona, con tantos clientes nuevos. Supongo que para un caballero, el viaje desde Londres hasta aquí ya no merece la pena, porque no hay fortunas que cazar.

—Me imagino que no —dijo Lizzie—. Y me alegro de que Monty no haya conseguido nada aplicando El Tributo de las Damas para quitarnos la mitad de nuestra dote. Sus métodos de conseguir dinero son una vergüenza.

—Ese hombre es un mujeriego —dijo la señora

Una pasión inesperada

Morton–. ¡Y su hermano también! ¡Cómo ha tratado Tom Fortune a la pobre señorita Cole! Ella ya nunca podrá hacer un matrimonio respetable, ¿verdad? –dijo la señora Morton, sacudiendo la cabeza–. Y ahora, la señorita Minchin también... Me pregunto cuál será el escándalo con ella. Porque tiene que haber alguno, lady Elizabeth. Ninguna muchacha cancela su boda la misma mañana de la ceremonia a menos que haya un escándalo. ¡Hágame caso!

Un escándalo...

Lizzie notó una punzada dolorosa en el corazón. ¿Por qué había cancelado la boda Flora? No era posible que Nat le hubiera contado lo ocurrido. Lizzie estaba desesperada por saberlo, pero tendría que ir a buscar a Nat y hablar con él, y no podía, porque sus emociones estaban en carne viva. Tuvo pánico.

«No ha pasado nada», se dijo. «No va a haber escándalo porque no ha pasado nada de nada».

Intentó recoger el cambio del mostrador, pero se le cayeron las monedas al suelo. La señora Morton la estaba mirando con curiosidad.

–¿Se encuentra bien, lady Elizabeth? Está un poco distraída esta mañana. Me pregunto si... si ya sabía usted que se había roto ese compromiso. Después de todo, es muy amiga de lord Waterhouse, ¿no es así? Muy amiga.

Lizzie se agachó a recoger el dinero. No respondió. Le faltaba el aire, y estaba mareada.

–Y es la heredera más rica que todavía está soltera –continuó la señora Morton, por encima de ella–. Un buen partido. ¿Se va a casar, lady Elizabeth, antes de que su hermano le robe la fortuna?

Alguien abrió la puerta de la tienda, y la campana sonó con fuerza. Lizzie dio un respingo y se incorporó rápidamente. Nat Waterhouse había entrado y estaba a pocos metros de ella. A Lizzie comenzó a darle vueltas la cabeza de la impresión que sintió al verlo, después de haber estado pensando en él tan solo un momento antes. Tuvo que agarrarse al mostrador para mantenerse en pie, pero la suave madera se le deslizó bajo los dedos. Demonios, ojalá no se sintiera tan rara con todo...

No había ocurrido nada...

Nat tenía aspecto de estar agotado. Tenía unas profundas ojeras, como si no hubiera dormido, y un gesto serio, pero, de todos modos, resultaba tan intimidante como para hacer que le temblaran las piernas.

—Lady Elizabeth —dijo, con una leve reverencia.

«Está igual», pensó Lizzie. «Es el mismo que la semana pasada. Entonces, ¿por qué yo lo veo diferente? ¿Por qué lo veo como mi amante, y encuentro una mirada de respuesta en sus ojos, cuando no quiero pensar así de él porque todavía lo quiero y me hace daño... Es como si tuviera todos los sentimientos al descubierto, sin ninguna protección contra él».

—¡Lord Waterhouse! —exclamó la señora Morton, revoloteando a su alrededor—. Lamento mucho la noticia de la cancelación de su boda...

Una pasión inesperada

—Gracias, señora Morton —respondió él, sin apartar los ojos de Lizzie. Tampoco le dio ninguna explicación a la dueña de la mercería.

Estaba entre Lizzie y la puerta. Se dio cuenta de que no podía salir, y de que Nat lo había hecho deliberadamente para obligarla a hablar con él. De repente, se sintió como si las paredes de la tienda se estuvieran cerrando sobre ella para asfixiarla.

—¿Se encuentra bien, lady Elizabeth? —le preguntó la señora Morton—. Está muy pálida. ¿Va a desmayarse?

—Por supuesto que no —respondió Lizzie—. Yo nunca me desmayo. Hace calor. Eso es todo. Gracias, señora Morton. Buenos días, lord Waterhouse.

Se dio cuenta de que no podía mirarlo. Él se había acercado a ella, y su proximidad la mantenía inmóvil, incapaz de hablar, incapaz de moverse. Era abrumadora. Notaba que la señora Morton estaba mirándolos con una gran curiosidad.

—¿Puedo acompañarla a algún sitio, lady Elizabeth? —murmuró Nat.

—No, gracias —respondió ella rápidamente—. Tengo que hacer algunos recados.

—Entonces, la acompañaré.

—No es necesario...

—Me gustaría mucho hablar con usted —dijo Nat, con un matiz de acero en la voz. Su mirada era implacable—. Creo que tenemos ciertos asuntos que tratar.

—No...

Nicola Cornick

–Claro que sí.

La señora Morton los miraba ávidamente.

Lizzie sintió pánico y se echó a temblar. En aquel momento, la campana de la puerta volvió a sonar y entraron dos damas a la tienda, y Lizzie aprovechó la oportunidad para esquivar a Nat y escabullirse por la puerta hacia la calle.

¿Adónde podía huir? ¿Dónde podía esconderse?

Sabía que solo tenía un segundo antes de que Nat se despidiera en la tienda y fuera tras ella.

No podía hablar con él. Solo con pensarlo se echaba a temblar. Había cometido un error terrible, y lo único que podía hacer era fingir que no había ocurrido. Si hablaba con Nat él haría que se enfrentara con la situación, y ella no podía hacerlo.

Huir, pensó Lizzie. Siempre había huido, durante toda su vida. Había visto cómo lo hacía su madre también. Era todo lo que sabía.

–¡Lady Elizabeth!

Lizzie se dio la vuelta y vio a Nat caminando hacia ella tan rápidamente como se lo permitía la multitud. Las mañanas de sábado siempre eran muy bulliciosas en Fortune's Folly. La calle estaba llena de carruajes y caballos, de mujeres con cestas del mercado y con sus hijos colgados de las faldas, de caballeros que paseaban y de señoras que curioseaban escaparates. Nat los ignoró a todos, y cruzó en línea recta hacia ella con una determinación implacable. Lizzie pasó por la primera arcada que encontró, más allá de la tienda de pelucas, y entró en un establecimiento

Una pasión inesperada

de porcelanas donde sus faldas, que flotaban tras ella en el aire, se engancharon con un mueble de preciosos platos de Wedgwood, recién llegados de Londres, que acabaron haciéndose añicos contra el suelo. Ella no se detuvo, ni siquiera al oír los gritos de indignación del dueño, y salió por la puerta trasera a un callejón, en el que se tropezó con una col medio podrida e hizo huir despavorido a un pollo. Se imaginó que Nat se detendría a pagar al vendedor de porcelana, y supo que eso le proporcionaría unos minutos de ventaja. Él tendría que hacerse cargo de pagar lo que se había roto. Ese era el tipo de cosas que hacía siempre.

Sintió un pinchazo en el costado y se detuvo junto al peto de piedra del puente del río Tune para recuperar el aliento. Tenía hojas de col pegadas a la falda. Al otro lado del río vio al administrador de su hermano, recaudando los pagos de los cocheros que tenían los carruajes en el césped mientras sus ocupantes estaban de compras, visitando el balneario o paseando por Fortune Row. Aquel era el último modo de conseguir dinero de Monty, después del impuesto con el que había gravado la posesión de perros el mes anterior.

Vio un coche con las armas de los Vickery junto a la puerta de la biblioteca. Quizá Alice estuviera en el pueblo, y fuera a visitarla después de hacer sus compras. Por un momento, Lizzie deseó desesperadamente ver a su amiga, pero entonces se dio cuenta de que no era posible. Alice la conocía demasiado bien. Notaría al instante que había algo que no marchaba como debía, y entonces Lizzie le diría la verdad, y eso sería un desastre, porque Alice le demostraría su comprensión, y entonces ella se desintegraría de tristeza y acabaría confesando su amor por Nat, y la humillación y el sentimiento de pérdida la ahogarían.

–¡Lady Elizabeth!

Lizzie se irguió con brusquedad. Allí estaba Nat, abriéndose paso por entre los carruajes, con una expresión de enfado, con la ropa desarreglada, él también tenía hojas de col en la chaqueta, pero parecía muy, muy decidido. Oh, Dios Santo. Hora de salir corriendo.

–¡No quiero hablar contigo! –le gritó Lizzie–. ¡Déjame en paz! –añadió, asustando a los caballos.

–¡Lizzie! –le gritó Nat.

Lizzie arriesgó la vida y se metió entre dos carruajes. Oyó jurar al cochero, y sintió el calor de la respiración de los caballos contra la cara. Corrió hacia el parapeto, bajo el puente, por la orilla del río, hacia el pueblo del otro lado del río, hacia la carpintería, donde se vio reflejada en los muchos espejos que había a la venta, y donde el olor a cera y el brillo de la madera la aturdieron y la cegaron… Alguien la agarró cuando estaba a punto de salir a la calle de nuevo, y en medio del pánico se dio cuenta de que no era Nat, sino otro caballero, que se quitó el sombrero para saludarla con un brillo de admiración en los ojos. Vio a Nat entre la multitud. ¿Acaso no iba a rendirse?

Una pasión inesperada

Subió a un coche.

–¡A Fortune Hall, rápido!

El cochero arreó al caballo y se pusieron en marcha antes de que Nat pudiera subir al vehículo junto a ella.

Lizzie vio su expresión de furia mientras se alejaban. Costaba el doble de caro tomar un coche aquellos días, porque sir Montague les cobraba a los cocheros el doble de su ganancia en impuestos. Bien, pues su hermano tendría que pagarse a sí mismo el impuesto, pensó Lizzie. Tenía el bolso vacío, y el paquete de tela se le había caído en la calle en algún momento. No iba a volver a buscarlo. Ni siquiera sabía por qué lo había comprado.

Lo más importante era que había conseguido escapar de Nat.

No miró atrás.

Capítulo 4

¡Maldita fuera aquella mujer! La había perseguido por todos los callejones de Fortune's Folly. Había tenido que pagar al vendedor de porcelana y calmar al cochero indignado, y estaba harto de ser la conciencia y el monedero de Lizzie. Era una caprichosa, una terca, y nunca se enfrentaba a sus responsabilidades. Llevaba huyendo de todo desde que la había conocido.

Y ahora estaba huyendo de él.

Nat se arregló el pelo, respiró profundamente y observó cómo el coche desaparecía con un traqueteo de ruedas y una nube de polvo de verano. Lizzie no miró atrás. La inclinación de su cabeza, incluso la parte trasera de su sombrero de paja, tenía un aspecto desafiante. Sin embargo, él le había visto los ojos, y tenía una mirada de terror.

Se agachó para recoger el paquete de muselina azul que había comprado Lizzie, solo Dios sabía por qué. Era la mujer más torpe del mundo con una aguja, y siempre se había burlado de las labores y de la confección de ropa.

Nat sintió una punzada en el alma. Él conocía muy bien a Lizzie. Eran amigos desde hacía muchos años. Ella le importaba. Le dolía que siempre hubiera acudido a él para pedirle ayuda cuando tenía un problema, y que en aquel momento estuviera rehuyéndolo. Ni siquiera entendía por qué huía, aunque imaginaba que Lizzie debía de sentirse tan horrorizada, asustada y mortificada por lo ocurrido que no podía mirarlo a la cara. Sin embargo, él lo arreglaría todo si ella se lo permitía. Ya había dado el primer paso. Se había liberado de su compromiso con Flora, y era libre de casarse con Lizzie. Podía darle la protección de su apellido, y podía reclamar su fortuna en lugar de la que había perdido.

Si pudiera hablar con ella, conseguir que escuchara su proposición...

Ojalá la aceptara.

Con Lizzie, nada era seguro.

Retorció el paquete y oyó rasgarse el papel marrón en el que estaba envuelta la tela. Se lo llevaría en persona a Fortune Hall y exigiría que lo recibiera. Salvo que, seguramente, ella se escaparía por el tejado y se escondería en el bosque antes que hablar con él.

Sin embargo, debía intentarlo. Aquel desastre era creación suya. Si él hubiera sido más fuerte, si se hubiera contenido y hubiera tenido más control sobre sí mismo, no habría ocurrido nada semejante. Ojalá Lizzie no le resultara tan atractiva físicamente, ojalá no la deseara aún con aquella necesidad carnal devoradora, tan rechazable como inadecuada. Si se casara con ella, no obstante, aquel deseo ya no sería inapropiado. Podría saciar su inesperada lujuria en el respetable lecho conyugal.

Fortune Street, en pleno mediodía de un sábado, no era el mejor lugar para lucir una imponente erección. Nat se colocó el paquete de tela estratégicamente para ocultarse. Tenía que dejar de pensar en acostarse con Lizzie hasta que se hubiera casado con ella. Tenía que hacerlo todo bien. Mejor tarde que nunca.

Después de que la señora Minchin hubiera pasado su ataque de histeria y el señor Minchin hubiera pasado su ataque de rabia, Flora había llamado a todos los criados y los había enviado a llevar cartas a todas las personas invitadas a la boda, para avisarlas de que se había cancelado y para decirles que lamentaba profundamente los inconvenientes. Más tarde, informó a sus padres de que iba a dar un paseo, a solas, y como estaban sumidos en el estupor por lo que había ocurrido aquel día, ni siquiera protestaron. Era la primera vez en toda su vida que Flora les daba un motivo de enfado, y estaba claro que de repente se había convertido en una extraña para ellos.

Salió de su casa y se encaminó hacia el páramo. No tenía una dirección específica en mente, solo siguió hacia donde la llevaban sus pasos. Pronto llegó a lo más alto de la colina que había junto al pueblo. Fortune's Folly se extendía bajo ella, con la torre de la iglesia rozando el cielo azul y el curso perezoso del río, las ruinas de la vieja abadía y el puente, y Fortune Row, donde la gente paseaba y chismorreaba al sol. Flora estaba fuera de su alcance, aunque estuvieran hablando del escándalo de la cancelación de su boda.

Se miró los zapatos. Se le habían estropeado. No se había dado cuenta de que debía ponerse sus botas de paseo, porque incluso en verano, los caminos estaban sucios y llenos de surcos. Al menos, podía permitirse el lujo de comprar otro par, o un centenar de pares si quería, puesto que ya no iba a entregarle su fortuna a Nat Waterhouse. Intentó examinar sus sentimientos. No lamentaba haber cancelado la ceremonia. Por supuesto, si se hubiera casado con Nat, habría sido una buena esposa, porque la habían educado para serlo. Sin embargo, de repente se sentía libre y dispuesta a emprender otro camino diferente. Todo le parecía extraño...

Se sentó en una valla. Los bordes afilados de la piedra se le clavaron en las nalgas y los muslos, y se movió hasta que encontró una postura cómoda. Era una mañana calurosa. El sol estaba alto en el cielo, y ella había salido sin sombrero, sin sombrilla, además de sacar sus zapatos ligeros.

A su derecha, había hombres trabajando en los campos. Reconoció a uno de ellos. Era Lowell Lister, el hermano de lady Vickery. Lo había visto acompañando a su madre y a su hermana a los bailes de Fortune's Folly, antes de que Alice se hubiera casado. Por supuesto, él nunca le había pedido un baile. Era un granjero, y ella era una dama, y no habría sido correcto, pese a que su hermana había heredado una fortuna y se había casado con un noble.

Flora observó distraídamente cómo trabajaban en el campo Lowell y sus peones, cortando el heno. Lowell era tan rubio como Alice, y estaba muy bronceado de todo el tiempo que pasaba al aire libre. Los movimientos de su cuerpo tenían una fuerza fluida, y usaba la guadaña con suavidad y agilidad. Dirigía a sus trabajadores con el ejemplo, pensó Flora. No era el tipo de jefe que se sentaba a mirar cómo trabajaban los otros hombres.

Lowell se irguió y se apartó el pelo de la frente. Tomó una cantimplora y bebió largamente. Después bajó el brazo y miró a Flora. Tenía los ojos del mismo azul que el cielo de verano. A Flora le dio un salto el corazón. De repente, se sintió muy acalorada.

Él comenzó a caminar lentamente hacia ella. Flora sintió pánico y se puso en pie. La falda se le enganchó

Una pasión inesperada

a las piedras del muro, y oyó que se rasgaba al comenzar a caminar, apresuradamente, hacia el pueblo. Notaba que Lowell todavía la estaba observando, y después de haber dado unos veinte pasos, se volvió a mirar. Estaba junto al muro, y tenía un jirón de tela amarilla del vestido de Flora entre los dedos.

–¡Espera! –le dijo.

Flora vaciló. Lowell se acercó siguiendo la línea de la valla y la saltó con agilidad cuando estuvo a su altura. A ella se le cortó el aliento. Era tan vibrante, tan vivo, que Flora se quedó anonadada durante un instante. Lowell olía a hierba y a sol, y cuando sonrió, a ella se aceleró el corazón.

–Hace mucho calor para caminar por las colinas –le dijo él. Tenía un acento local muy fuerte. Al contrario que su madre y su hermana, no se lo había quitado–. ¿Te gustaría beber un poco? –le preguntó, tendiéndole la cantimplora.

Flora la tomó y la miró dubitativamente. Después de un momento, Lowell se echó a reír, la destapó y volvió a dársela. Ella puso sus labios donde habían estado los de él, y vio que la miraba divertido. Sintió un poco de azoramiento y le devolvió la cantimplora, preguntándose si no debería haber limpiado el cuello de la botella antes de beber.

–Gracias –dijo ella.

–Eres la señorita Minchin, ¿no? –dijo Lowell–. Flora.

Ella asintió.

–Sí. Y tú eres Lowell Lister.

Él hizo una reverencia con ironía.

—¿Qué estás haciendo aquí sola, Flora? —preguntó.

—Necesitaba pensar —dijo Flora. De repente, se sentía extraña. Tenía ganas de sentarse y de apoyar la cabeza contra el tronco de un árbol. Miró con desconfianza la cantimplora que Lowell tenía en la mano.

—¿Es... sidra? —preguntó.

Lowell sonrió.

—Sí. ¿Quieres un poco más?

—No, gracias —dijo Flora—. Deberías haberme detenido. La sidra no es una bebida adecuada para una señorita.

Lowell se echó a reír.

—¿Y por qué iba a detenerte? ¿Es que tú no puedes decidir lo que quieres por ti misma?

—Por supuesto que puedo —respondió ella ofendida—. Hoy mismo he cancelado mi boda. Fue decisión mía.

Lowell abrió unos ojos como platos y asintió lentamente.

—¿De eso es de lo que querías pensar?

Flora lo miró.

—Sí. Quería pensar en mi boda y en... otras cosas, también.

—¿Quieres hablar sobre ello? —preguntó Lowell.

—Sí —dijo Flora, al darse cuenta de que quería hacerlo—. Sí, por favor.

Capítulo 5

—¡Querida lady Elizabeth! —exclamó lady Wheeler, deshaciéndose en amabilidad—. ¡Qué placer es tenerla con nosotros esta noche! ¡No la esperábamos, pero es muy bienvenida!

Revoloteaba alrededor de Elizabeth como una enorme polilla, toda ella brazos agitados y telas ondulantes. Lizzie esperaba que no se acercara demasiado al fuego, o podía ocurrir un desastre.

—Normalmente no honra nuestras celebraciones con su presencia —continuó lady Wheeler—. ¡Esto es magnánimo por su parte!

—En absoluto —murmuró Lizzie.

Muchos de los habitantes de Fortune's Folly la consideraban una arrogante que rara vez acudía a

NICOLA CORNICK

sus eventos porque era la hija de un conde, y por lo tanto, demasiado buena para ellos. Sin embargo, el motivo por el que evitaba las cenas y los bailes era que todo el mundo la adulaba de un modo desvergonzado. Eso, y el hecho de que sir Montague era un tutor negligente, y no se preocupaba en absoluto de lo que ella pudiera hacer.

En realidad, Lizzie no tenía intención de acompañar a sus hermanos a la cena de lady Wheeler. No se hablaba con Tom aquellos días. Lo despreciaba por cómo había tratado a Lydia. Y Monty no le merecía mejor opinión, porque se dedicaba a beber y a planear su siguiente asalto a las finanzas de los habitantes del pueblo. Sin embargo, cuando lady Wheeler la había visitado para invitarla a la cena, su hija, Mary, había agarrado a Lizzie del brazo y se la había llevado a otra habitación, rogándole que la escuchara.

—Ya sabes que mis padres me desprecian desde que lord Armitage me dejó —le dijo Mary, con una mirada de súplica—. Ahora están dispuestos a aceptar a cualquier pretendiente, y yo no puedo soportarlo. Estoy segura de que me obligarán a casarme con Tom o incluso con sir Montague si hace una oferta.

—Dudo que tengas que preocuparte por Monty —dijo Lizzie, intentando consolarla—. Desde que supo que podía desplumar a todo el mundo de otra manera, no tiene interés en casarse. Tom, sin embargo...

Una pasión inesperada

Suspiró, porque estaba claro que Tom se casaría con cualquier cosa con dinero y con faldas. Ya había visitado a Flora Minchin, en cuanto había sabido que estaba libre.

—Por favor, ven a la cena del martes —le había suplicado Mary de nuevo—. ¡Necesito que me protejas, Lizzie!

Lizzie había accedido a regañadientes. Sentía lástima por Mary, que había perdido a su prometido, porque él había huido repentinamente con una cortesana. Mary estaba desesperadamente enamorada de Stephen Armitage, y su traición había sido un golpe terrible para ella. En opinión de Lizzie, Armitage era un sinvergüenza y Mary era tonta por languidecer de amor por él, pero eso no mitigaba el dolor de Mary. Y con la sabiduría que le proporcionaba lo que sentía por Nat, Lizzie se daba cuenta de lo mucho que sufriría su amiga.

Al menos, era improbable que se encontrara con Nat en casa de los Wheeler, pensó mientras seguía a lady Wheeler al salón. Los Wheeler no socializaban normalmente con ella, por lo que ni Nat ni ninguno de sus otros amigos íntimos solían estar presentes en aquella casa, lo cual era una bendición, porque así tendría el espacio que necesitaba.

Lizzie llevaba una semana sin ver a Nat. Después de huir de él aquel día en Fortune's Folly, él había visitado Fortune Hall todos los días durante cinco días.

Lizzie había puesto como excusa dos veces que

se encontraba indispuesta, había mentido diciendo que no estaba en casa la tercera vez y se había escondido la cuarta y la quinta. Finalmente, Nat había dejado de intentar visitarla y Lizzie se había enterado, por los chismorreos de los sirvientes, de que él había tenido que ir a Water House durante unos días porque su padre estaba enfermo. Ella había sentido un gran alivio. Todavía estaba demasiado alterada como para enfrentarse a él con un mínimo de compostura, y sus sentimientos estaban en carne viva. El dolor de quererlo y haber malinterpretado lo que Nat sentía por ella era tan intenso que no había empezado a mitigarse.

Lady Wheeler los acompañó a Tom, a Monty y a ella hacia el salón. Qué complaciente era lady Wheeler, pensó Lizzie. Siempre había mostrado desaprobación por su comportamiento, y sin embargo, parecía que en aquel momento había olvidado su censura porque Lizzie seguía siendo hija de un conde, muy rica y muy bella, y una valiosa aportación a una cena de gala.

Los Wheeler tenían un hijo libertino llamado George, que buscaba con ahínco una esposa rica. Lizzie sabía que todo eso servía para acabar con cualquier crítica a su comportamiento. De hecho, si decidía concederle su fortuna a George Wheeler, su conducta sería aplaudida por enérgica, en vez de ser condenada por salvaje.

Lizzie vio a George, esperando para saludarla, junto a su amigo Stephen Beynon, y también Mary,

Una pasión inesperada

tan asustada como un conejo, y algunos otros de los miembros de la aristocracia de Fortune's Folly, y a...

Nat Waterhouse.

El conde de Waterhouse, que, al menos que supiera Lizzie, nunca había puesto los pies en casa de sir James Wheeler. Estaba muy elegante y austero con su traje de noche, y la miró con frialdad, con un brillo peligroso en los ojos. Lizzie se dio cuenta, de repente, de que había cometido un error al pensar que todo había terminado entre ellos. La mirada de Nat le dio a entender que aún tenían algo que resolver.

Aunque, pensó Lizzie, Nat no había estado precisamente evitando la compañía femenina mientras tanto. Estaba conversando con una mujer rubia, alta y esbelta, que estaba extraordinariamente bella con un vestido de noche de color turquesa claro y un collar de zafiros deslumbrante. Lizzie sintió los celos como un puñetazo en el estómago. Tuvo una sensación de asco, de mareo. Oyó a Tom haciendo un comentario lascivo, de apreciación, sobre aquella mujer. Monty observó el collar de zafiros de la dama y sonrió ligeramente.

Por su parte, Lizzie siguió sintiendo los celos como si fueran veneno en su sangre. Si se había sentido celosa de Flora, que nunca había sido una amenaza real, la pálida luna comparada con el sol resplandeciente, aquello no era nada ante la furia y el resentimiento que notaba ahora. Se sentía insignificante, muy ansiosa, pero no había nadie a su lado para apoyarla. Tom ya se había marchado a hablar con Mary Wheeler y sir Montague estaba bebiéndose su primera copa de vino de la noche y buscando más. Lizzie lamentó profundamente no haber sacado las joyas de su madre aquella noche, los famosos diamantes Scarlet, para poder exhibirlos en su escote, mucho menos opulento que el de la acompañante de Nat.

Lady Wheeler le indicó que siguiera adelante.

—¿Me permite que le presente a mi prima, lady Priscilla Willoughby? Enviudó el año pasado, y va a quedarse con nosotros durante una temporada.

Lizzie movió los pies automáticamente hacia delante. Bajo sus celos había un sentimiento helado, vacío. Había creído que no tener el amor de Nat era lo peor que le podía pasar en el mundo. En aquel momento se dio cuenta de que se había confundido. Ver a Nat ofreciéndole su amor a otra mujer era mucho más doloroso.

Miró a Nat. Él también la estaba mirando a ella. Sus ojos eran tan oscuros y tan directos como siempre, y Lizzie alzó la barbilla e intentó esbozar un gesto de indiferencia total.

Priscilla Willoughby todavía se estaba riendo de algo que le había dicho Nat, y en aquel momento, se volvió con evidente reticencia al oír las palabras de su prima.

—Lady Elizabeth, le presento a lady Willoughby. Priscilla, te presento a lady Elizabeth Scarlet.

—Oh, sí —la bella Priscilla sonrió, enseñando su

dentadura perfecta. Su voz estaba perfectamente modulada, y su risa tenía un tintineo musical–. ¿Cómo está, lady Elizabeth? Nathaniel... –dijo, y se volvió hacia Nat con una sonrisa– me estaba contando que la conoce desde que era niña. ¡Qué pueblo tan encantador tienen aquí!

«Nathaniel», pensó Lizzie, no lord Waterhouse. Lo suficientemente informal para indicar cierta intimidad, pero no Nat·, que era como lo llamaban sus amigas platónicas. Oh, no, lady Willoughby tenía que ser diferente.

–Encantada, lady Willoughby –dijo Lizzie–. ¿También conoce usted a lord Waterhouse desde que él era un niño?

Lady Willoughby entornó los ojos y posó una mano sobre el brazo de Nat, apretándoselo afectuosamente.

–Oh, somos viejos amigos, ¿verdad, Nathaniel? ¡Casi podríamos decir que viejos enamorados! –se rio y se inclinó hacia Lizzie como si fuera a hacerle una confidencia–. Nathaniel y mi difunto marido fueron grandes rivales a la hora de conseguir mi mano.

–Qué amigos debieron de ser los tres –dijo Lizzie–. Espero que hiciera usted la elección más correcta –comentó, consciente de que Nat la estaba mirando fijamente.

–¿Quién sabe –respondió Priscilla– si al final tendré una segunda oportunidad, de todos modos?

–Una segunda oportunidad, o una segunda elección –dijo Lizzie dulcemente–. Buenas noches, lord Waterhouse. ¿Cómo está?

–Muy bien, gracias, lady Elizabeth –dijo Nat, y le tomó la mano, aunque ella no se la había ofrecido–. ¿Y usted?

Él le clavó los ojos en la cara, y Lizzie notó que se ruborizaba por culpa de su mirada y del calor de su contacto.

–Estaba indispuesta la última vez que la visité –dijo Nat–. Espero que se encuentre mejor.

–Oh, las mujeres siempre estamos sufriendo esas indisposiciones triviales –dijo Priscilla Willoughby–. No significan nada, ¿verdad, lady Elizabeth? Solo lo hacemos para parecer un poco más misteriosas.

–Yo nunca hago nada trivial –dijo Lizzie, zafándose de la mano de Nat–. Discúlpenme. Los dejo para que sigan rememorando viejos tiempos.

Y se marchó sin esperar respuesta

–No esperaba encontrarme a lord Waterhouse hoy aquí –comentó Lizzie, mientras lady Wheeler la acompañaba hacia el siguiente grupo de amigos.

–Ha venido porque lo invitó Priscilla –dijo lady Wheeler–. Son muy buenos amigos. ¿No le parece una persona encantadora? La llamaban la Perfecta Priscilla cuando era una debutante, ¿sabe, lady Elizabeth? Porque todo el mundo la consideraba muy exitosa y bella.

La Perfecta Priscilla.

Lizzie apretó los dientes. ¿Por qué no le sorprendía aquello? La Perfectamente odiosa Priscilla.

—A todo el mundo le asignaban un sobrenombre de ese tipo en aquellos años —dijo Lizzie—. O eso me dijo mi madre.

Incluso lady Wheeler tenía el cerebro suficiente como para entender el significado de aquel comentario. Se ruborizó y se excusó.

—Sería más inteligente por tu parte hacerte amiga suya, ¿sabes? —le dijo una voz masculina, en tono divertido, al oído. Lizzie se volvió y vio a John, el vizconde Jerrold, junto a ella, con una sonrisa irónica y los ojos castaños llenos de regocijo—. No tienes por qué sentir envidia —añadió—. Tú eres rica, diez años más joven y una belleza sin igual. Y ahora, ¿te vas a casar conmigo?

Lizzie estalló en carcajadas, y notó que el dolor de su corazón se suavizaba un poco. Seis meses antes, Jerrold le había pedido que se casara con él y ella lo había rechazado, pero aquello no había sido el final de su coqueteo. Algunas veces, Lizzie se preguntaba si no se habría equivocado al rechazarlo.

Él la hacía reír del mismo modo en que Nat la había hecho reír en aquellos días durante los que su amistad parecía fácil y sin complicaciones. Sin embargo, ella nunca había anhelado las caricias de John Jerrold del mismo modo que deseaba las de Nat, con todas sus fuerzas.

—No, Johnny —dijo ella—. Ni siquiera con tu título

podrías persuadirme. Sabes que me caes demasiado bien como para que me case contigo. Sería la peor esposa del mundo.

Jerrold sonrió aún más.

—Por supuesto, tienes razón, Lizzie. Tú no estás hecha para ser una esposa, al menos la mía. Pero tenía que pedírtelo.

—¿Por qué? —suspiró Lizzie—. ¿Tú también eres pobre? ¿No has heredado nada de dinero junto a ese bonito título?

—Nada —asintió Jerrold.

—Allí hay una viuda rica —dijo Lizzie, señalando con la cabeza a Priscilla Willoughby, cuya blanquísima mano había ascendido por el brazo de Nat y descansaba ahora en su solapa, mientras que, con un gesto de confianza, le hablaba al oído—. Aunque, probablemente, es demasiado correcta como para ser buena en la cama.

—Oh, no sé —dijo Jerrold, mirando pensativamente a lady Willoughby—. Quizá la llamaran la Perfecta Priscilla por otro motivo. Ese vestido suyo no es precisamente recatado.

Lizzie reprimió una carcajada detrás de la copa de vino.

—Gracias a Dios que estás aquí, Johnny —dijo ella—. Estaba un poco deprimida esta noche, pero ahora puedo divertirme un poco. Creo que tú tienes tan mal comportamiento como yo.

—Peor —dijo Jerrold—. Lo tuyo son solo palabras, Lizzie, pero yo... Bueno, yo llego hasta el final —entonces, Jerrold la miró fijamente–. ¿Qué pasa? ¿Qué he dicho?

–Nada –respondió Lizzie, pensando en aquella noche en El Capricho de Fortune Hall, cuando ella también había llegado hasta el final, y se estremeció–. Nada.

Jerrold la observaba fijamente con el ceño fruncido, y Lizzie apartó la cara para evitar su mirada perspicaz y se fijó, al azar, en Mary Wheeler. Tom se había apartado brevemente de su lado para encandilar a sus padres, qué listo era Tom, pensó Lizzie, y Mary estaba allí plantada, mirando el fondo de su copa.

–Allí tienes una heredera –le dijo a Jerrold–. Le harías un favor si se la quitaras a mi hermano antes de que la deshonre. ¿Ves cómo conversa Tom con sir James y lo adula? ¿Y cómo mira a lady Wheeler, también, para que se olvide de que es una mujer de mediana edad avejentada y que se crea bella de nuevo? Todo lo hace para ganarse el dinero de Mary.

–Tu hermano –convino Jerrold, en un tono de dureza–, puede ser tan encantador como para que todo el mundo se olvide de que es un embustero y un canalla.

–Tiene talento para ello –dijo Lizzie–. Creo que heredó ese encanto de nuestra madre. Se dice que era la mujer más fascinante de Inglaterra.

–¿Qué le ocurrió? –le preguntó Jerrold.

–Se mató bebiendo –contestó lacónicamente Lizzie.

NICOLA CORNICK

No quería pensar en lady Scarlet. Siempre que lo hacía, los recuerdos que tenía de los brazos cálidos de su madre estaban manchados con los de su perfume mezclado con el olor a alcohol del fuerte.

–Si Mary no te agrada como futura esposa –continuó–, y admito que es un poco aburrida, aunque su dinero no lo es, podrías emparejarte con Flora Minchin. He oído decir que está en el mercado de nuevo.

–Tienes un modo vulgar de expresarte –dijo Jerrold sonriendo–, pero me gustas por ello.

El mayordomo anunció la cena, y lady Wheeler comenzó inmediatamente a revolotear para ver quién acompañaba a quién al comedor.

–¡Lord Waterhouse! –dijo con la voz chillona. Los asuntos de precedencia siempre la ponían nerviosa–. ¿No debería acompañar a lady Elizabeth…

–¡Oh, no seamos tan formales! –la interrumpió alegremente Lizzie, agarrándose del brazo de Jerrold, y se movió hacia la puerta, dejando a su anfitriona irresoluta–. Vamos, Johnny.

–Pasando por encima de todo –murmuró Jerrold, pero la siguió de todos modos, y Lizzie no tuvo que darse la vuelta para comprobar que Nat le había ofrecido su brazo a Priscilla Willoughby.

Durante la cena, Lizzie tenía a Jerrold a un lado y a George Wheeler al otro. Lizzie sospechaba que Priscilla le había pedido un favor a su prima, porque estaba sentada junto a Nat, y parecía que le satisfacía enormemente la situación. Tampoco Nat pare-

Una pasión inesperada

cía descontento. Lizzie no podía evitar darse cuenta de que los dos viejos amigos estaban enfrascados en su conversación, y que Priscilla no dejaba de tocarle la muñeca a Nat para enfatizar lo que estaba diciendo. A Lizzie se le revolvía el estómago al verlo, y sin embargo, no podía apartar los ojos de ellos.

Una y otra vez miraba al otro lado de la mesa y veía a Priscilla inclinándose hacia Nat, de modo que sus pechos blanquísimos quedaban perfectamente delineados por el escote de volantes de su vestido. Maldita, pensó Lizzie. Le dio a su discreto corpiño de debutante un tirón hacia abajo y vio que John Jerrold se debatía entre la risa y la admiración.

Bebió una copa de vino, y después otra, y flirteó con Jerrold. Se sentía muy triste, pero después de unas cuantas copas más, incluso las galanterías de George Wheeler le parecían encantadoras.

—Lizzie, has bebido mucho —le siseó Mary Wheeler, en tono de reproche, cuando las damas se retiraron, al final de la cena—. ¡Y estás coqueteando! ¡He visto que George te besaba la muñeca!

—El señor Wheeler solo estaba probando mi nuevo perfume —dijo Lizzie.

Aceptó la taza de té que le sirvió lady Wheeler. Era un té muy fuerte. Estaba claro que lady Wheeler pensaba que necesitaba que se despejara. Lizzie la miró y pensó que lady Wheeler era una bruja tonta. Como todos los demás, quería convertir a Lizzie en una persona que no era, en una debutante más, quizá, como la Perfecta Priscilla. Lizzie estaba inquieta y enfadada. Sabía que aquello era síntoma de que iba a portarse mal, pero, ¿quién sería su compañero? Las posibilidades eran bastante reducidas en el salón de lady Wheeler.

—Hagamos un baile improvisado —sugirió Tom, cuando los caballeros se reunieron con las damas—. Podríamos apartar la alfombra y bailar al son del piano. Lizzie —dijo, y sonrió a su hermana de forma aduladora— toca muy bien.

Era cierto, pero Lizzie prefería bailar en vez de tocar. Sin embargo, se dio cuenta de que lady Wheeler ya había puesto en marcha el plan, como si fuera un buen método para controlarla, y a ella comenzó a ocurrírsele una buena idea.

Se sentó dócilmente al piano, esperó a que los criados retiraran la alfombra y comenzó a tocar un minué muy tranquilo. Lady Wheeler se relajó y sonrió. Nat y Priscilla se pusieron a bailar, y Lizzie vio que Tom aprovechaba la lentitud del baile para cortejar a Mary. Le lanzó a Lizzie una mirada conspiradora de agradecimiento, y Lizzie le devolvió una sonrisa triste. Después, tocó una danza folclórica más alegre, y todos se animaron.

Los danzantes sonrieron, y los que estaban sentados comenzaron a charlar. El vino volvió a circular, y las velas resplandecieron. Al final, hubo aplausos, y los criados llevaron más licores. Lizzie se las había arreglado para agarrar una copa de vino a escondidas de lady Wheeler. Le dio un trago y comenzó a cantar, con mucho recato:

Una pasión inesperada

–Mientras aquella mujer estaba junto a su bañera, para mostrar su viciosa inclinación, le dio un buen fregado a sus partes más nobles, y suspiró por su deseo de copulación...

–¡Más refrescos! –gritó lady Wheeler, dando palmadas. Tomó a Lizzie del codo y casi la sacó a rastras del taburete del piano.

–¡Mary, cariño! –le dijo a su hija–. Ahora te toca a ti. ¡No debemos abusar del buen carácter de lady Elizabeth!

–Espléndida canción, Lizzie –dijo John Jerrold, llevándosela a bailar, mientras Mary daba los primeros acordes–. Me ha decepcionado no poder oír los siguientes versos.

–Te haré una interpretación privada algún día –le prometió Lizzie, y él la miró con las cejas arqueadas, con una mirada de especulación.

–Ten cuidado, Lizzie. Puede que te tome la palabra.

Lizzie lo estaba pasando bien. La habitación daba vueltas, las velas danzaban con saltos y curvas dorados. Mary era mucho mejor intérprete que ella, y tocaba muy bien. Lizzie hizo un giro, dio un traspié y estuvo a punto de caerse. Jerrold la sujetó para impedirlo.

Era muy agradable estar entre sus brazos. Era un hombre fuerte. Lizzie veía que Nat la estaba observando; Priscilla y él no estaban bailando una pieza folclórica tan enérgica, por supuesto, y él tenía el ceño muy fruncido. Priscilla le estaba susurrando cosas en secreto detrás del abanico. Y cerca de ellos, sir James Wheeler ni siquiera se molestaba en hablar en voz baja.

—¡Esa muchacha es una desvergonzada, Vera! No entiendo cómo puedes pensar que es adecuada para George.

Y la respuesta de lady Wheeler:

—James, cuando una heredera rica y con título se comporta así, solo está demostrando que tiene energía.

—No creo que deban tener muchas esperanzas para George —le dijo Lizzie a Jerrold al oído—. No tiene ninguna oportunidad de asegurarse ni mi fortuna ni mi persona.

—Shhh —dijo Jerrold, poniéndole la mano sobre la boca—. No querrás ofender a lady Wheeler demasiado —se inclinó hacia ella y le preguntó—: ¿Te gustaría salir a tomar el aire a la terraza?

Lizzie lo miró. No la estaba invitando a salir para que pudiera despejarse. Ella lo sabía muy bien. Saldrían a la oscuridad y él la besaría, y ella... Bueno, ella respondería, porque tenía curiosidad por saber si él era bueno besando, y después de todo, no importaba a quién besara, porque Nat no la quería... Incluso podría ir más lejos si le gustaba cómo besaba John Jerrold, porque todo el mundo sabría de todos modos que era una atrevida y una coqueta, así que, ¿por qué no? Quizá le sirviera para sentirse menos triste.

Sintió que los límites de su mente estaban em-

Una pasión inesperada

pezando a deshacerse, y dio un respingo cuando alguien habló detrás de ella.

–Jerrold –era la voz de Nat, muy dura y muy fría–. ¿Me permites?

Lizzie vio que a John se le borraba la sonrisa de la cara. La tensión repentina hizo que se estremeciera.

–Por supuesto, Waterhouse –Jerrold accedió con elegancia, con una reverencia–. Lady Elizabeth...

–¿Te importa? –le soltó Lizzie a Nat, cuando él la tomó por la muñeca y se la llevó hacia el otro lado de la sala–. Lo estaba pasando bien...

–Eso es evidente –respondió Nat.

–Monty es quien tiene que cuidar de mí, no tú –dijo Lizzie, señalando con la cabeza a su hermano mayor, que estaba dormitando en una butaca ante el fuego, con la cara sonrojada, y con la inevitable copa de vino en la mano.

Lizzie sintió la tristeza retorciéndola por dentro.

–No es que necesite que nadie me proteja –dijo, y se dio cuenta de que toda su pena se le había notado en la voz.

–¿Podemos hablar sobre eso? –preguntó Nat.

Su tono se había suavizado al instante. Quizá hubiera percibido aquel matiz de infelicidad en su voz, y quería protegerla de verdad. Ella lo sabía. Protegerla era lo que había hecho siempre. Sin embargo, aquello solo era una parte de lo que ella quería de él. Si Nat no le ofrecía su amor, entonces, tener su protección por un simple sentido de la responsabilidad

NICOLA CORNICK

no era suficiente para ella. Ella quería su pasión, su ira primitiva, su posesión, y todas las cosas que había visto en él aquella noche en El Capricho. También quería su amor y su ternura, y eso no era lo que él le estaba ofreciendo.

–No –le dijo, mirándolo a los ojos–. No hay nada de lo que hablar.

Se zafó de él bruscamente y caminó rápidamente hacia la puerta.

Estaba cansada, y el deseo de hacer algo temerario que le había provocado el vino se estaba disipando. Quería irse a casa. Después enviaría de vuelta el carruaje para que recogiera a Monty y a Tom, y a la mañana siguiente le mandaría una nota de disculpa y agradecimiento a lady Wheeler para que no pensara que carecía por completo de buenas formas.

Nat se quedó allí, donde ella lo había dejado. Aunque Lizzie creía que él no iba a causar una escena en un lugar público exigiéndole que le permitiera acompañarla, ella se dio cuenta de que había cometido un error. Nat había tomado una determinación, y parecía que sí estaba dispuesto a crear un conflicto en aquel momento. Vio que avanzaba hacia ella con firmeza, pero entonces, Priscilla Willoughby se le acercó y le puso una mano sobre el brazo para reclamar su atención, y Lizzie salió por la puerta tan rápidamente como pudo, con el corazón acelerado.

En el carruaje hacía calor, y ella estaba sola, y se sentía infeliz, tanto, que tomó la petaca que Monty

Una pasión inesperada

siempre tenía escondida allí. En realidad, no estaba muy bien escondida, tan solo metida bajo un cojín.

Lizzie la sacó y bebió su contenido, un brandy tan fuerte que casi hizo que se atragantara, pero que también le relajó el cuerpo, y le entumeció la mente de nuevo.

Hizo que se sintiera feliz. Durante un rato.

Capítulo 6

Nat estaba tan enfadado que pensaba que iba a estallar. Sentía aquella furia especial que solo le suscitaba Lizzie, una mezcla de sentimiento protector y de exasperación completa.

Nat se excusó ante lady Wheeler y ante Priscilla Willoughby, de quien se deshizo de una manera implacable, tal y como merecía. ¿Cuándo se había vuelto Priscilla tan desagradablemente persistente? Nat no recordaba que fuera tan avasalladora en sus días de debutante, pero entonces, él era muy joven y estaba enamorado de ella; por lo tanto, lo más probable era que en aquel momento no le importara nada que ella exigiera y monopolizara su atención en todas las ocasiones posibles. Ahora, sin embargo, aquel comportamiento lo irritaba, porque lo único que quería él era hablar con Lizzie. Debía enfrentarse a ella. Debía cumplir con su deber y ofrecerle la protección de su apellido. Y necesitaba tenerla en su lecho.

Siguió a Lizzie hasta Fortune Fall, y la vio salir tambaleándose del carruaje. Tenía intención de abordarla en los escalones de la puerta principal de la mansión, pero ella les deseó buenas noches al mozo y al cochero y, en vez de entrar en casa, se dirigió hacia el bosque.

Nat no estaba de acuerdo con el hecho de que caminara a solas en la oscuridad, por supuesto, pero al menos así tenía la oportunidad de hablar con ella a solas, y eso era algo que llevaba esperando más de una semana.

—¡Lizzie!

La alcanzó al borde del bosque, y en cuanto ella se volvió hacia él, Nat percibió su olor a brandy y vio que tenía la petaca de plata entre los dedos, brillante bajo la luz de la luna. Se le encogió el corazón. Sabía que Monty Fortune tenía un problema con el alcohol. Y sabía, también, que la madre de Lizzie había muerto alcoholizada en el extranjero, deshonrada y abandonada. No podía soportar la idea de que a Lizzie le ocurriera algo parecido si, en su desgracia, se refugiaba en la bebida.

—Nat.

Él había creído que huiría al verlo, como había hecho antes, o que le pediría que la dejara a solas, pero Lizzie no hizo ninguna de las dos cosas. Se quedó mirándolo mientras la luz y las sombras cambiaban a su alrededor, y convertían el rico color caoba de su pelo en oscuridad.

—Estás borracha —le dijo Nat. Le quitó la petaca de las manos y la lanzó a los arbustos—. Esta noche has tomado demasiado vino, y ahora estás tomando brandy.

—Eres un aguafiestas —respondió ella haciendo un mohín.

Así que era una borracha dulce, y no iracunda. Eso no sirvió para aplacar a Nat. El miedo que sentía por ella estaba mezclado con la exasperación. No sabía cómo ponerla a salvo.

—De todos modos, ya no quedaba nada en la petaca —dijo Lizzie. Se dio la vuelta y caminó para alejarse de él, a la luz de la luna—. John Jerrold no habría tirado la petaca —añadió para provocarlo—. Me habría traído más brandy.

—Jerrold es una mala influencia para ti —dijo Nat.

Lizzie estaba rodeada de malas influencias. Sus difuntos padres, su hermano mayor, su hermano menor, y ahora John Jerrold. Nat tenía ganas de darle un puñetazo a Jerrold, y no solo por su falta de sentido común al animar a Lizzie a que bebiera. Si ella hubiera salido a la terraza con él, ¿la habría encontrado Nat con la mano de Jerrold dentro de su corpiño o de su falda?

—Solo estaba coqueteando con él —dijo Lizzie. Su sonrisa era dulce, y tenía los ojos muy abiertos, muy brillantes.

Una pasión inesperada

—Estabas jugando a un juego peligroso —suspiró Nat—. No sabes lo peligroso que es. Jerrold quería besarte...

—He besado a más gente —dijo Lizzie desafiante—. No solo a ti, Nat. Sé lo que es.

Dios Santo, Nat no quería pensar en que otros hombres hubieran podido besar a Lizzie, apropiándose de aquellos labios suaves como había hecho él... y aquella noche, Lizzie había estado flirteando como si su vida dependiera de ello, tentándolos con otras libertades que iban mucho más allá de un mero beso.

Había sabiduría en sus ojos, y una promesa tentadora. ¿Hasta dónde podría llegar? ¿Hasta donde había llegado con él? Nat estaba dispuesto a matar a cualquier hombre que aceptara su oferta, porque era culpa suya que Lizzie tuviera la experiencia para llegar hasta el final.

—Tienes que casarte conmigo —le dijo él, siguiendo aquel pensamiento—. Es el único modo de corregir la situación.

—No —respondió ella, y volvió a caminar—. Lo que quieres decir es que es el único modo de hacer que tú te sientas mejor.

Demonios, pensó él, Lizzie tenía razón. Sentía muchas emociones, de las cuales, la culpabilidad era solo una pequeña parte. Aversión hacia sí mismo, disgusto por su falta de contención, arrepentimiento por la manera en que había obligado a Flora a liberarlo de su compromiso, y arrepentimiento también por el hecho de que Lizzie y él estuvieran atrapados en aquella situación... Y también el miedo, casi paralizador, por la necesidad de obtener una fortuna rápidamente, por el bien de su hermana, para acabar con el chantaje...

Sin embargo, también sentía una profunda e innegable atracción por Lizzie, una atracción que ni la culpabilidad, ni los reproches, podían mitigar, y que lo empujaba a tomarla de nuevo, porque la deseaba.

La deseaba con tanta intensidad que casi no podía respirar. Lizzie había hecho el amor del mismo modo en que lo hacía todo en la vida: con hambre, con temeridad, con un apetito que no dejaba espacio para ninguna otra cosa.

—Lizzie —dijo él—, ¿y si estás embarazada?

Parecía que su rostro estaba esculpido en piedra bajo los rayos de la luna.

—No lo estoy.

—¿Lo sabes con seguridad, o solo lo dices por terquedad?

—No estoy embarazada. No voy a tener un hijo —repitió ella.

—¿Cómo lo sabes? —insistió Nat.

—No me siento distinta —dijo Lizzie. Su voz sonaba muy joven—. Sé que, si estuviera embarazada, sabría distinguirlo.

Nat estuvo a punto de echarse a reír al oír aquel matiz de miedo en su tono de voz, el matiz que la traicionaba.

Una pasión inesperada

–No creo que nadie pueda distinguirlo al principio.

Ella lo miró desafiante.

–¿Cómo lo sabes tú? Eres un hombre.

En aquello tenía razón, pensó Nat. Pero de todos modos...

–Creo que deberíamos casarnos enseguida, con una licencia especial.

–Y yo creo que no deberíamos casarnos en absoluto –replicó ella.

Después, volvió a alejarse, caminando graciosamente, entrando y saliendo de las sombras. Las hojas susurraban, mecidas por la brisa, que también movía los rizos de la cabellera de Lizzie.

–Eres libre –le dijo, mirando hacia atrás por encima de su hombro–. No estoy embarazada. Estoy segura. Así pues, nadie sabrá lo que ocurrió, y podemos fingir que no pasó nada.

–No –dijo él, y la tomó por el brazo–. Yo lo sé. Tú lo sabes –añadió, con la voz ronca–. Aunque no estuvieras embarazada, aunque nadie más lo averiguara, nosotros dos sí lo sabemos.

–¿Y qué? Yo puedo olvidarlo.

Para Nat era imposible borrar los recuerdos de Lizzie entre sus brazos. No podía. Estaba inmerso en un tumulto de emociones, deseo, necesidad, anhelo. Le acarició los brazos y la atrajo hacia sí. Se movió con lentitud, para que ella tuviera tiempo de escapar de él si lo deseaba, pero Lizzie se mantuvo inmóvil, observándolo con sus enormes ojos claros.

—¿Has olvidado esto? —le preguntó Nat, un segundo antes de besarla—. ¿Quieres olvidarlo?

Delicioso. Ardiente. Apremiante. Ella estuvo a la altura de la pasión de Nat, sin esfuerzo, y por un momento, él tuvo la sensación de que el mundo daba vueltas, de que estaba en peligro de perder el control, como había hecho la semana anterior. Lizzie tenía un sabor dulce, una mezcla de brandy y de algo suyo, su propia esencia, feroz, tentadora y, al mismo tiempo, conmovedoramente inocente. No retenía nada para sí, y eso fue casi la perdición de Nat.

Con un esfuerzo ímprobo, él consiguió contenerse y la besó con más suavidad, tratando de ganarse su respuesta, en vez de exigírsela.

Ella deslizó la lengua contra la de él, buscando con vacilación a causa de su inexperiencia, y más seductoramente por ello.

Y, de repente, sin poder evitarlo, se estaban deslizando hacia la pasión ardiente una vez más, y la realidad se hizo añicos a su alrededor. Nat quedó a merced de su necesidad por ella mientras la abrazaba, y los sentimientos lo consumieron vivo.

Fue Lizzie quien se retiró en aquella ocasión. Estaba jadeando. Durante un breve momento, la luna brilló en sus ojos, pero él no pudo descifrar el significado de su mirada. Entonces, ella se alejó y las sombras oscurecieron su rostro.

—No —dijo Lizzie—. No lo he olvidado.

Se acercó a ella, llevado por la necesidad, y la tomó de la mano.

Una pasión inesperada

—Entonces, cásate conmigo, Lizzie.

—¿Para que podamos hacer el amor de nuevo? —su tono de voz era ligero, misterioso—. No es una buena razón, Nat. No deseo casarme contigo —prosiguió, y se soltó de su mano—. Sabes que no congeniaríamos. Incluso como amigos, nos peleamos como el perro y el gato. Sería una tontería empeorar las cosas casándonos. Esta vez no es como las demás, Nat. No puedes rescatarme. Hemos cometido un error, yo te provoqué y tú te enfadaste conmigo, y nunca debería haber sucedido lo que sucedió.

Nat no podía contradecirla en nada, salvo en que sabía que un error de aquella magnitud no podía pasarse por alto.

—Debes casarte conmigo —dijo—. Así corregiríamos la situación, y nadie podría hablar.

—Así que ahora me das otro motivo distinto —dijo Lizzie—. Primero, la posibilidad de que esté embarazada, después el deseo, y ahora la reputación —sonrió—. Y todavía no has mencionado mi dinero.

Era tan cínica, pensó Nat. La experiencia de la vida había hecho de Lizzie una mujer escéptica, porque había visto desde muy pequeña lo que los hombres y las mujeres hacían por el dinero. Y lo peor de todo era que tenía razón.

Él no había mencionado el dinero porque, de todas sus motivaciones, era la menos honorable, y sin embargo, era cierta.

—Hay muchos motivos por los que debemos casarnos —argumentó él.

—Yo no lo veo así —replicó Lizzie—. Veo muchas razones por las que no debemos hacerlo.

—Lizzie, debes tener la protección de mi apellido. Cabe la posibilidad de que alguien se entere de lo que ocurrió. Quizá sepan que saliste aquella noche... los sirvientes... ya sabes cómo chismorrean. Y quedarías deshonrada si se supiera, aunque no estés embarazada.

—Siempre estás intentando protegerme, Nat Waterhouse.

—Y nunca ha habido mayor necesidad de hacerlo.

—Tú siempre estás preocupándote por la gente. Por tu familia, por mí, incluso en tu trabajo para el ministro del Interior te ocupas de mantener la seguridad del país... —Lizzie dejó la pregunta suspendida en el aire. ¿Por qué?

Nat sabía perfectamente cuál era el origen de aquel impulso, pero no quería hablar de ello. Una vez, años antes, había fracasado a la hora de proteger a aquellos que dependían de él, y había decidido que nunca volvería a suceder. Por eso necesitaba proteger a Lizzie de las consecuencias de su pasión imprudente, pero también conseguir su fortuna para que su propia familia, y en especial su hermana Celeste, estuvieran a salvo. Era su deber absoluto, y no iba a fracasar a la hora de cumplirlo.

—Es lo que hago —dijo con terquedad

Lizzie asintió y desapareció entre los árboles. Nat la siguió, y se dio cuenta de que siempre era así: ella siempre huía, y él siempre la seguía. Eso le irritó.

Una pasión inesperada

¿Acaso era tan predecible, tan fiable? Eso parecía. Y, sin embargo, no podía dejar que se marchara y se enfrentara sola a las consecuencias de lo que habían hecho.

–Lizzie –le dijo, cuando la alcanzó, tomándola suavemente por el brazo.

–No –respondió ella con una sonrisa–. El matrimonio debe ser por el futuro, Nat, no por el pasado –sin previo aviso, se puso de puntillas y le dio un beso en los labios. Fue un beso lleno de melancolía que a Nat le llegó directamente a la cabeza–. Pero te doy las gracias –susurró ella al retirarse–. Eres un buen hombre, Nat Waterhouse. Siempre intentas hacer lo que está bien.

Aquello parecía un epitafio, pensó él, y era mucho más de lo que se merecía. No todas sus motivaciones eran puras. La mayoría no lo eran.

Se quedó observando a Lizzie mientras ella atravesaba el prado hacia su casa. El carruaje había vuelto ya de la mansión de los Wheeler, y uno de los criados estaba ayudando a sir Montague a descender del vehículo. Estaba tan borracho que no se mantenía en pie.

Nat vio que Lizzie llamaba al ayuda de cámara de Monty, Spencer, para que los ayudara, y cómo organizaban, con calma, el traslado de su hermano desde el camino de gravilla a su habitación. No había ni rastro de Tom Fortune. Un hermano estaba inconsciente por el alcohol, y el otro estaría en la cama con la muchacha de servicio de la Posada de Morris Clown. De los tres, Lizzie era la más fuerte, la más valiente y la más admirable.

Nat se preguntó cómo iba a convencerla de que se casara con él. Tal vez Lizzie pensaba que las cosas podían ser de otra manera. Quizá fuera más sensata y madura que él mismo, porque pensaba que al casarse estarían condenándose los dos a una vida de tristeza. Por desgracia, él no podía permitir que eso lo detuviera. La carta que había recibido aquella mañana le recordaba sus obligaciones financieras y amenazaba de nuevo a su hermana Celeste, y había sellado el destino de Lizzie. Ella sería su esposa. Nat no tenía más alternativa que obligarla.

–¿Lo has pasado bien? –preguntó Tom Fortune.

Se había apoyado en un codo y pasó un dedo perezoso por la espalda de la mujer que estaba tumbada a su lado. Ella emitió un ronroneo somnoliento de satisfacción, y rodó hacia el otro lado. La sábana se le enrolló en los muslos, y dejó a la vista el triángulo oscuro de vello en la unión de sus piernas. Ella no hizo ademán de cubrirse. A Tom le gustó aquello. Le gustaban las mujeres desinhibidas en su comportamiento sexual.

Pensó que aquella mujer podía mantener su interés durante varias semanas. Sospechaba que conocía todos los trucos de una prostituta, y que no tendría reparos a la hora de usarlos.

Una pasión inesperada

Él comenzó a juguetear con uno de sus pechos. Estaba muy bien dotada, y su carne se le curvaba en la mano mientras jugaba con ella. Eso también le gustaba. Ya la deseaba de nuevo, aunque acababan de hacer el amor. Se corrigió; no habían hecho el amor. No había habido nada parecido al amor en su relación, ni a la ternura. Solo una avaricia y una sensualidad puras. Aquello estaba bien para Tom. Al menos había encontrado a alguien que carecía de escrúpulos morales, como él, para entretenerse.

–He oído decir –le dijo, mientras tocaba con un dedo los zafiros que ella todavía llevaba al cuello– que eres muy rica.

Ella se rio.

–Y yo he oído decir que tú eres un cazafortunas –respondió la mujer, acariciándole el pecho–. Tom Fortune –añadió–. Qué poco apropiado para alguien que no tiene un penique.

Él la besó, con dureza, profundamente, cubriéndole un seno con la mano mientras enredaba la otra en su pelo rubio.

–¿No te parece que podríamos compartir tu dinero? –le sugirió cuando se separaron.

–¿Me estás pidiendo matrimonio? –preguntó ella, con una mirada burlona–. ¿Aquí, ahora? Qué romántico –respondió, haciendo un gesto lánguido con la mano, que abarcó las sábanas enredadas y la habitación de la posada–. No, querido Tom –dijo, mientras tomaba su erección y le acariciaba con tanta eficiencia que él tuvo que contenerse para no llegar al orgasmo–. Tú solo eres bueno para una cosa, y en eso eres muy bueno, querido. Pero no lo eres para casarte contigo. Tengo otros planes. No te dejes llevar por el placer –le dijo dulcemente mientras él luchaba contra su ira y su excitación, una mezcla explosiva–. Te necesito.

Con un movimiento rápido y voraz, se colocó a horcajadas sobre él y lo atrapó dentro de su cuerpo. Él soltó un jadeo.

–Y tus planes –le preguntó Tom, mientras la agarraba por las caderas para controlar el ritmo que ella estaba imponiendo–, ¿incluyen a Nat Waterhouse? ¿Quieres ser condesa?

Ella lo miró con los ojos entornados. Él tuvo una sensación de triunfo y recuperó el control un poco. Sospechaba que con aquella mujer siempre sería una batalla.

–Quizá –dijo ella, castigándolo con un movimiento profundo sobre él–. Tal vez. ¿Por qué lo preguntas?

–Porque... –Tom estaba luchando por mantener la cabeza clara contra la invasión de sensaciones–. Porque deberías saber que tu gallardo conde no es tan honorable como piensas.

Ella se quedó tan sorprendida que se detuvo por completo. Apoyó las palmas de las manos sobre su pecho, y apretó con fuerza los muslos a su alrededor.

Estaba capturado, atrapado, inmovilizado.

–¿A qué te refieres? –le preguntó ella.

–No puedo decírtelo –dijo Tom, muy satisfecho

al haber podido frustrarla–. Pero hazme caso, no merece tanto la pena como tú piensas.

Ella lo estrujó con fuerza y él se retorció bajo ella, gruñendo.

–¿Es que tienes algún tipo de control sobre él? ¿Lo estás extorsionando?

–Si lo estuviera haciendo, no te lo diría –dijo Tom entre jadeos.

–Supongo que no –respondió la mujer, y volvió a moverse. Tom sintió alivio; ella prosiguió–: Quizá eso le haga más excitante –susurró–. Quizá Waterhouse no sea tan aburrido en la cama como sospechaba...

Tom giró repentinamente y se colocó sobre ella.

–¿Estás pensando en él ahora? Le preguntó, con la boca caliente contra su pecho, mordiéndola, queriendo marcar su piel blanca.

Ella jadeó, pero no de dolor, y se arqueó hacia su boca.

–Puede ser –susurró.

Tom le succionó los pezones hasta que ella gritó.

–Tú piensa en tus planes –le dijo para provocarla–, que yo pensaré en los míos.

–Espero que no sea con mi prima Mary, tan poco agraciada y tan anticuada –jadeó ella, mientras él empezaba a embestirla con ferocidad–. Es tan aburrida...

–Pero su dinero es maravilloso –dijo él, y le abrió más todavía las piernas–. Lo adoro. Es maravilloso –repitió, mientras que, con la violencia de sus acometidas casi levantaba a la mujer de la cama–. Maravilloso.

Tarde, mucho más tarde, sir Montague Fortune se despertó en su dormitorio de Fortune Hall. Lizzie les había dicho a los sirvientes que lo acostaran, pero Spencer, su ayuda de cámara, había hecho el menor trabajo posible y solo le había quitado la chaqueta y el pañuelo del cuello. Ni siquiera se había molestado en quitarle las botas. Tampoco había corrido las cortinas, y fue la luz de la luna, intensa sobre la cara de sir Montague, lo que le despertó. Durante un instante, se mantuvo inmóvil, porque le dolía intensamente la cabeza, y tenía un sabor dulzón y repugnante. Entonces, se dio cuenta de que necesitaba un vaso de agua, y gruñó. Tenía el cuerpo como de plomo, y no podía moverse. Sabía que no debería haber tomado tanto clarete, pero había estado celebrando el advenimiento de más dinero a sus arcas.

Nunca había pensado en casarse, pero ahora se daba cuenta de que era una idea espléndida y enriquecedora...

La luz de la luna parpadeó cuando una sombra cruzó la habitación, y sir Monty volvió la cabeza. Se le encogió el corazón. Durante un momento, pensó que había visto la figura de una mujer. Una mujer con una capa y con la capucha sobre la cabeza y que llevaba en la mano algo parecido a un paraguas. Sin

Una pasión inesperada

embargo, allí no había nadie. Sir Monty gruñó de nuevo y cerró los ojos.

No vio el cuchillo, y solo abrió los ojos un segundo antes de que la hoja se deslizara silenciosamente entre sus costillas.

Entonces, fue demasiado tarde para hacer nada.

Capítulo 7

Lizzie se despertó con dolor de cabeza por culpa del brandy, y con muy mal sabor de boca. La casa estaba silenciosa. Ella sabía por experiencia que Monty había bebido mucho, y que no se despertaría hasta pasado el mediodía. Probablemente, Tom no había llegado a casa todavía, aunque el sol entraba por la rendija que había entre las cortinas, y Lizzie se dio cuenta de que debía de haber avanzado mucho la mañana.

¿Qué había ocurrido la noche anterior? Su vestido de noche y el chal estaban en el suelo. Sus zapatos, que descansaban en medio de un parche de luz del sol, estaban descoloridos y estropeados. Al mirarlos, lo recordó todo. Claro; había caminado hacia el bosque, entre la hierba húmeda del rocío. Por eso el bajo de su vestido y sus zapatos estaban tan deteriorados.

Había otros recuerdos que no podía ignorar. Nat la había seguido al bosque y le había pedido que se casara con él, y ella lo había rechazado. Él la había besado, y había sido algo tan seductor y delicioso como antes. La tentación de derretirse entre sus brazos y de prometerle que se casaría con él había sido tan fuerte...

Sin embargo, en vez de eso, había encontrado la fuerza necesaria para rechazarlo. Lo quería demasiado como para condenarlos a los dos a un matrimonio a medias.

Sabía que él no la quería a ella. Nat la había besado con deseo pero, en aquella ocasión, Lizzie no lo había confundido con el amor. El deseo era delicioso, caliente, fuerte, seductor, pero ella nunca iba a cometer de nuevo el mismo error.

Pensó otra vez en su madre, como hacía tan a menudo cuando era infeliz. La condesa de Scarlet había sido injuriada por su infidelidad, pero Lizzie sabía cuál era la verdad: su madre había sido una víctima del desamor, no una desvergonzada sin sentimientos. Había dejado a su marido porque él se lo daba todo en el aspecto material, pero nada en el aspecto emocional. Lizzie era pequeña cuando su madre se había marchado, pero había percibido la infelicidad de lady Scarlet con la aguda sensibilidad que solo un niño podía poseer. Sabía que su madre solo quería el amor

NICOLA CORNICK

de su marido, y que se había desesperado por no tenerlo. La gente pensaba que el mal ejemplo de su madre debía ser una advertencia para Lizzie, y lo era, pero no en el sentido que ellos creían. Lo que Lizzie había aprendido de ello era a no dar su corazón cuando no había perspectiva de que correspondieran a su amor. Lo había olvidado, brevemente, aquella noche en El Capricho. Ella se había dado cuenta de que amaba a Nat, y había pensado que Nat la amaba también. Se había equivocado, y nunca podría olvidar aquel recordatorio tan doloroso.

Así que había terminado. Se sentía muy triste. Nat le había pedido que se casara con él, y ella lo había rechazado, y todo había terminado así.

Lo único que podía hacer era seguir como antes, intentar continuar con una vida que le parecía extrañamente vacía. Tenía ante sí todas las mañanas de su existencia, y no se le ocurría nada que pudiera hacer con ellas. Se dio cuenta de que había compartido muchas de sus actividades con Nat en el pasado; les gustaba, sobre todo, salir a cabalgar juntos. Una mañana como aquella estaba hecha para salir a galopar por los páramos de Yorkshire. Sin embargo, en el futuro debería hacerlo sola.

Sacó un vestido del armario, se lo puso, se peinó y se recogió el pelo con un lazo. Cuando descorrió las cortinas, el sol entró a raudales en la habitación e iluminó el polvo y las telarañas. Había que hacer algo con Fortune Hall, pensó Lizzie. Iba a caer en la ruina mientras Monty le robaba el dinero a la gente y se lo

Una pasión inesperada

gastaba todo en alcohol. Pronto, en menos de dos meses, él podría aplicar El Tributo de las Damas y podría quitarles la mitad de su fortuna a todas las herederas del pueblo que todavía no se hubieran casado. Eso la incluía a ella, claro, además de a Mary Wheeler y a Flora Minchin. Había que parar aquel robo de Monty. Sabía que Laura Anstruther les había pedido a sus abogados que trabajaran en el caso el año anterior, y necesitaba hablar con Laura para saber qué podían hacer. Iría a El Viejo Palacio después del desayuno. Así podría ver a Laura y a Lydia, y preguntarles por su salud, porque las dos estaban a punto de dar a luz. Y no tenía que temer que sus amigas sospecharan que ocurría algo, porque todo estaba resuelto. No había pasado nada...

Salió al pasillo. La puerta del dormitorio de Monty estaba cerrada, mientras que la de Tom estaba entreabierta, y la luz salía por el resquicio e iluminaba las motas de polvo que danzaban en el aire. Las paredes se estaban desconchando, y la tarima crujía bajo sus pies. Fortune Hall aparentaba cada uno de los trescientos años que tenía. Ella había ido a vivir allí, con sus hermanastros, después de que su padre hubiera muerto. Solo tenía once años, y el hecho de trasladarse del hedonismo, de las risas y del calor de Scarlet Park a la decrepitud de Fortune Hall había sido un choque terrible. Scarlet Park era un mundo brillante, resplandeciente. Fortune Hall era lo contrario en todos los sentidos.

Temblando, Lizzie bajó a la cocina, donde la cocinera le sirvió un desayuno que apenas pudo probar, puesto que tenía el estómago muy revuelto, y un té caliente. Después se puso en camino hacia la casa de Laura, El Viejo Palacio. A medida que se aproximaba por el sendero, oyó voces en la terraza y, al llegar a la puerta del prado, vio a Laura Anstruther, a Lydia Cole y a Alice Vickery, también. Estaban sentadas bajo una enorme sombrilla de rayas, tomando un té. Lizzie respiró profundamente, abrió la puerta del jardín y entró al porche, con una sonrisa firme en los labios.

—¡Laura, estás magnífica! —exclamó—. ¡Me alegro mucho de verte tan bien!

—¡Lizzie! —Laura sonrió con afecto y le tomó ambas manos a su amiga para atraerla hacia sí y darle un beso en la mejilla. Había estado delicada durante todo el embarazo, pero en aquel momento estaba muy bien, con el cutis terso y una sonrisa cálida y feliz en los ojos—. Estábamos preocupadas por ti añadió—. Alice ha dicho que ha ido a visitarte varias veces, pero que estabas indispuesta, o que no estabas en casa. ¡Yo misma habría ido a verte si pudiera caminar más de cinco pasos seguidos!

—Lo siento —dijo Lizzie, y se acercó a darles un beso a Lydia y a Alice antes de sentarse junto a Laura en el banco, bajo la sombrilla—. Solo fue un resfriado sin importancia, y ahora estoy muy bien —respondió.

No se le escapó la mirada que intercambiaron Alice y Lydia. Sabía lo que significaba. Eran sus

Una pasión inesperada

mejores amigas, y la conocían tan bien que no la creyeron. Sabían que no había estado enferma en toda su vida.

–Nos hemos enterado de que estuviste en la cena de lady Wheeler de anoche –dijo Alice, mirándola con sus ojos, muy azules y muy brillantes–. Mary vino a verme esta mañana. Dijo que el vizconde Jerrold te prestó mucha atención.

–Oh, Johnny y yo somos viejos amigos, como sabéis –dijo Lizzie, quitándole importancia.

Se dio cuenta de que Lydia se había ruborizado un poco al oír hablar de John Jerrold, y se preguntó por qué. Lydia había quedado deshonrada por haber tenido una aventura con Tom, el hermanastro de Lizzie, y había renegado de los hombres para siempre. Sin embargo, Lizzie recordaba que John Jerrold había demostrado interés por Lydia antes de que Tom la hubiera seducido y ella hubiera perdido su buena reputación. Lydia también había perdido su fortuna, y sus padres habían sido arrestados por asesinato, y su vida estaba hecha trizas. Lizzie sabía que ningún hombre importante le prestaría atención a Lydia en el futuro, pero esperaba con todas sus fuerzas que su amiga encontrara la felicidad. Se preguntó qué sentiría por Lydia su amigo Jerrold ahora.

–No hay nada entre Johnny y yo –dijo–. Fue una noche aburrida, y bebí más de lo que debía, y ahora me duele la cabeza, lo cual supongo que me está bien empleado.

–Mary ha dicho que también estaba allí Nat Waterhouse —comentó Lydia, pasándole a Lizzie un vaso de limonada y un plato con un pedazo de bizcocho—. Me sorprendió, no sabía que fuera amigo de la familia Wheeler.

Lizzie notó un sabor amargo en la boca al responder.

—Creo que lo invitó lady Willoughby —dijo, y sintió la mirada perspicaz de Lydia en la cara. Se sentía muy vulnerable—. Lady Willoughby es la prima de lady Wheeler, y creo que una antigua enamorada de Nat —añadió rápidamente.

—Me pregunto si la tal lady Willoughby ha tenido algo que ver con el hecho de que Flora haya dejado plantado a lord Waterhouse —dijo Lydia—. Quizá, si se encontraron antes de la boda y reanudaron su romance... Aunque eso no es típico de lord Waterhouse. Es demasiado honorable como para jugar así con los sentimientos de una persona. ¿Te ha contado algo, Lizzie? Nos ha asombrado la cancelación de la boda.

—No, no me ha contado nada —dijo Lizzie, mirando las profundidades de su vaso de limonada—. No tengo ni idea.

—Y tampoco les ha dicho nada a Dexter ni a Miles —dijo Alice—. Es muy raro.

—Quizá —intervino Laura— es que Flora tiene otro enamorado. He oído decir que ha estado paseando cerca de High Top Farm últimamente, Alice.

Alice se echó a reír.

—Yo también me he enterado. ¡No es posible

guardar un secreto en este pueblo! Sin embargo, Lowell no quiere contarme nada –dijo, y se volvió hacia Lydia–. ¿A ti no te importa, Lydia? Hubo un tiempo en el que pensé que Lowell y tú podríais formar una buena pareja.

–¡Yo no voy a formar una pareja con nadie, Alice! Lowell es un buen amigo mío, y lo valoro enormemente, pero no hay nada más, te lo aseguro.

–Bueno, si es Flora la que ha dejado plantado a lord Waterhouse, al menos él ha encontrado consuelo –dijo Alice, mirando de reojo a Lizzie–. ¿Y cómo es lady Willoughby, Lizzie?

–Rica, viuda, maliciosa y muy bella –dijo Lizzie con aspereza–. ¿Podríamos hablar de otra cosa, por favor?

Se dio cuenta, por la mirada de asombro de Alice, que había demostrado tanta irritación como sentía, e intentó moderar el tono de voz.

–Lo siento. Hoy estoy preocupada. Solo faltan dos meses para que Monty pueda hacerse con la mitad de las fortunas de las mujeres solteras del pueblo –dijo–. Además de aplicar El Tributo de las Damas, Monty está pensando en sacar a relucir otros impuestos –añadió, después de mordisquear un poco de bizcocho–. ¡Lo he oído hablando con Tom de un impuesto sobre las gallinas! La gente tendrá que pagarle, o se comerá sus pollos. Su avaricia es insaciable. Tenemos que hacer algo.

Laura suspiró.

–Hablé con el señor Churchward, mi abogado,

para que estudiara el caso hace unos meses, pero me ha dicho que, por desgracia, sir Montague está en su derecho. Esos impuestos existían en Fortune's Folly durante la Edad Media, y nunca fueron abolidos. El único modo de anularlos sería recurrirlos ante el Parlamento, y eso nos llevaría años.

–Se va a embolsar setenta y cinco mil libras si ni Flora, ni Mary ni yo nos casamos antes de que se cumpla el plazo –dijo Lizzie–. Eso ya es lo suficientemente malo como para que encima aplique impuestos sobre la gente que tiene menos. La señora Broad tiene que entregarle un dinero por sus tres gallinas, o se las quitará. ¡Monty ya se ha comido su oveja! Ella tiene muy pocos ingresos, y apenas puede sobrevivir. Cuando lo pienso, me pongo furiosa.

–Estoy de acuerdo –dijo Alice–. Tenemos que encontrar alguna ley medieval que nos libre de la tiranía de sir Montague. ¡Eso, o matarlo!

–Lo haría yo misma, pero no serviría de nada –dijo Lizzie–, porque Tom heredaría el título de barón, y él es peor que Monty. Preferiría casarme diez veces antes de darle la mitad de mi fortuna a Tom.

Todavía estaban riéndose cuando se oyeron unas voces masculinas y unos pasos en los escalones del porche, y entonces aparecieron Dexter, Miles y Nat, que se unieron a ellas. A Lizzie se le cortó la respiración. Se dio cuenta de que Lydia había notado su reacción y apartó la vista rápidamente, fingiendo indiferencia. Salvo que era imposible ser indiferente a Nat. Parecía tan viril y tan vivo, era tan moreno y tan guapo... Lizzie se dio cuenta de que se había quedado mirándolo, mirando a Nat, a quien había visto mil veces. Se le aceleró el corazón.

Nat la buscó con la mirada. Lizzie se dio cuenta de que la estaba observando atentamente, e intentó mirar a otro lado, pero cuanto más lo intentaba, más atraída se sentía por él.

—¡Dexter! —exclamó Laura con una sonrisa, mientras avisaba con un gesto a uno de los criados para que llevara algunas sillas—. ¡Cómo me alegro de que hayáis podido venir con nosotras! ¿Queréis un té...

Laura se quedó callada en el mismo instante en que Lizzie percibía la tensión que había en el ambiente. Alice tomó a Miles de la mano y lo miró con curiosidad, pero Miles sacudió la cabeza y miró a Nat. Cuando Nat comenzó a moverse hacia Lizzie, ella tuvo el terrible presentimiento de que había sucedido algo horrible.

—¿Qué pasa? —preguntó con un hilillo de voz.

—Es sir Montague —dijo Nat—. Lizzie, lo siento muchísimo —añadió con ternura, con gentileza—. Lo han encontrado muerto esta mañana. Alguien lo apuñaló.

Hubo un silencio absoluto durante un momento, y Lizzie agitó la cabeza. Estaba aturdida.

—¿Monty, muerto? ¿Asesinado? Pero... ¿quién...?

Alice se acercó a ella y la abrazó.

—Lizzie, lo siento muchísimo. Sé que era un hombre difícil...

—Era odioso y desagradable, avaricioso y grosero

—dijo Lizzie con la voz ahogada—, pero no tengo muchos familiares, y no deseaba perderlo —dijo. Tenía los ojos llenos de lágrimas ardientes—. ¡Maldito sea Monty por haber hecho que lo maten! Yo misma lo mataría si no fuera demasiado tarde.

Laura le puso una taza de té entre las manos, y Lizzie se la bebió. La fuerza y la calidez de la infusión la calmaron un poco.

—¿Cuándo ocurrió? —preguntó, mirando a Nat. Se dio cuenta de que estaba muy cansado. Tenía las arrugas marcadas y unas ojeras profundas.

—No lo sabemos con seguridad —dijo—. Creemos que fue en algún momento de la noche.

—¿Vais a investigarlo vosotros, o es un caso para la policía local? —le preguntó Laura a su marido.

—Vamos a investigarlo nosotros —respondió Dexter, y miró a Lizzie—. El ministro se ha interesado por lo que ha estado ocurriendo en Fortune's Folly y… perdóname, Lizzie, pero ya le habíamos advertido a sir Montague de que estaba en peligro. Había mucha gente en su contra a causa de los impuestos medievales.

—Había recibido cartas de amenaza —dijo Miles con gravedad—. ¿Estabas al corriente de eso, Lizzie?

—¡No! —Lizzie se quedó anonadada—. No me había dicho nada. Pero, claro, no hablábamos mucho. Normalmente, estaba borracho o dormido.

—Tenemos que hacerte algunas preguntas, Lizzie —le dijo Nat con suavidad.

Una pasión inesperada

–Por supuesto. ¿Aquí? ¿Ahora?

–Eso lo decides tú –dijo Nat–. Si prefieres que sea en privado...

–Prefiero estar aquí y tener el apoyo de mis amigas –dijo. Lydia y Laura sonrieron. Alice le apretó la mano y se sentó a su lado.

–Cuéntanos lo que ocurrió ayer –dijo Miles, y miró a Nat–. Sabemos que estuviste en la cena que dio lady Wheeler.

–Fuimos los tres –dijo Lizzie–. Monty, Tom y yo.

Miró inconscientemente a Nat, preguntándose qué les había contado a Dexter y a Miles.

–Monty estaba muy borracho cuando volvió de la cena anoche –dijo–. Le pedí a Spencer, su ayuda de cámara, que lo pusiera cómodo y le dejara dormir la borrachera.

Dexter asintió.

–Spencer nos dijo lo mismo. Dijo que entre uno de los criados y él habían llevado a sir Montague a su habitación y lo habían acostado. No intentaron quitarle la ropa, solo lo dejaron dormir.

–¿Te retiraste después de eso? –le preguntó Miles.

–Sí –dijo Lizzie, y lo miró–. Lo siento, Miles. No oí nada. Mi habitación está al final del pasillo, así que si alguien entró en la casa, no tuvo que pasar por delante de mi cuarto para llegar al de Monty. Seguro que por eso no me enteré de nada...

–¿Y no entraste a la habitación de sir Montague esta mañana? –continuó Miles.

–No –dijo Lizzie–. La puerta estaba cerrada. No

quería molestarlo. A menudo, se quedaba durmiendo hasta las doce del mediodía, o más, si había bebido mucho la noche anterior.

Miles asintió.

—¿Y Tom? ¿Volvió con sir Montague?

—No —dijo Lizzie, y miró a Lydia. No quería aumentar la amargura ni la tristeza de su amiga si podía evitarlo. Lydia no se hacía ya ilusiones con Tom, pero hablar de sus conquistas delante de ella era muy distinto.

—No creo que Tom volviera a casa anoche —dijo rápidamente—. No sé con quién estaba, ni dónde.

Dexter y Miles se miraron. Miles se levantó y caminó por el porche antes de volver. Lizzie tenía los nervios de punta. También sentía la tensión de Nat.

—Los sirvientes —dijo Miles lentamente— nos han dicho que hace diez días, el viernes, alguien visitó a sir Montague tarde, por la noche. No saben quién fue, pero oyeron voces en la biblioteca, como si sir Montague estuviera discutiendo con alguien. ¿Tú estabas allí, Lizzie?

Lizzie cerró los ojos durante un instante.

Hace diez días, un viernes...

Nat se movió ligeramente a su lado, y ella tuvo que contenerse para no mirarlo. Aquel viernes, ella estaba encerrada en El Capricho con él, ajena a todo salvo a sus manos sobre la piel desnuda, a su sabor, y a la absoluta necesidad de hacer el amor con él... Lizzie tragó saliva.

Una pasión inesperada

—No sé nada de esa visita —dijo—. Lo siento. No puedo ayudarte.

—Pero, ¿estabas en Fortune Hall aquella noche?

—Yo... —Lizzie titubeó. No quería mentir—. Estaba... Supe que Monty había tenido visita porque vi dos copas de vino sobre la mesa de la biblioteca, pero... —de nuevo, se quedó callada, al darse cuenta de que cuanto más intentaba ayudar, más problemas se estaba causando a sí misma.

—Lizzie estaba conmigo aquella noche —dijo Nat, y respiró profundamente—. Y estaba conmigo anoche también, antes de que sir Montague llegara a casa. Puedo dar fe de que estuvimos hablando antes de que ayudara a su hermano a entrar en casa.

Hubo un largo silencio. Miles miró a Dexter y arqueó las cejas. Laura, Lydia y Alice también se miraron, y después miraron a Lizzie simultáneamente. De súbito, el ambiente se había llenado de especulación, aunque nadie decía una palabra.

Lizzie se mordió el labio y sintió pánico, seguido de una oleada de furia. Miró a Nat. Él tenía una expresión oscura, inflexible.

—Por el amor de Dios, Nat —le espetó ella—. No había necesidad de que dijeras eso.

—¿Es que quieres que mienta? Me parece que no comprendes la situación, Lizzie —le dijo—. Esto no es un juego, es una investigación de asesinato. La siguiente pregunta de Miles iba a ser si tú asesinaste a tu hermano.

—Bueno, no exactamente —dijo Miles, y se pasó

la mano por el pelo–. ¿Puedo aclararlo? Lizzie, lamento tener que preguntarte esto, pero es muy importante. ¿Es cierto que pasaste esas dos noches con Nat, o solo está intentando protegerte?

–Maldito seas, Miles… –dijo Nat, que se había quedado pálido. Dio un paso adelante, pero Dexter lo agarró del brazo.

–Nat –le dijo Dexter–, parece que no puedes ser objetivo en esto. Mantente aparte.

Nat apretó la mandíbula. Parecía que estaba a punto de explotar, pero se mantuvo callado. Estaba mirando a Lizzie, retándola a que negara la verdad. Lizzie tembló bajo su mirada.

–Para aclararlo –dijo ella, y carraspeó–. Estuve con Nat en ambas ocasiones, aunque no toda la noche.

Miles asintió.

–Gracias. Entiendo que los dos estabais solos.

–Sí –dijo Lizzie.

Nat se zafó del brazo de Dexter y dijo:

–Lizzie se va a casar conmigo.

–Para aclararlo –dijo de nuevo Lizzie, con enfado–, no voy a casarme con él –miró a Nat y añadió–: Ya hemos tenido esta conversación, Nat. Me pediste que me casara contigo. Yo me negué.

Nat soltó un juramento entre dientes. Lizzie se dio cuenta de que Alice y Laura cruzaban una mirada. Sabía que sus amigas estaban absolutamente desesperadas por quedarse a solas con ella y preguntarle qué demonios estaba ocurriendo.

–Voy a relevarte de tu parte en la investigación,

Una pasión inesperada

Nat –dijo Dexter cortésmente–. Supongo que te das cuenta de que hay un conflicto de intereses.

Nat dijo algo acerca de ello, algo que hizo que las damas dieran un respingo, y se alejó al borde de la terraza.

–Lizzie –dijo Dexter–, no creo que tengamos que molestarte más por el momento. Gracias por ser tan sincera con nosotros.

–No creo que Nat me haya dejado otra alternativa –dijo Lizzie amargamente.

–Te acompañaré a Fortune Hall para que puedas organizar el entierro y el funeral de sir Montague –le dijo Nat, acercándose de nuevo.

–No –respondió ella rápidamente–. No es necesario, gracias. Preferiría hacer las cosas por mí misma.

–Vamos, Lizzie, ¿es que siempre tienes que rechazar mi ayuda?

Se quedaron mirándose el uno al otro como si los demás no estuvieran allí.

«No puedo», pensó Lizzie. «No puedo aceptar tu ayuda, Nat, no puedo apoyarme en ti como quisiera, aceptar tu consuelo, confiar en ti, quererte como deseo hacerlo, porque me duele demasiado. Siempre querré más de lo que tú puedes darme».

–Gracias –le dijo Lizzie, apartando los ojos de él–, pero preferiría estar sola.

Nat juró de nuevo y se marchó. Laura se puso en pie trabajosamente y le puso la mano en el brazo a Lizzie. Lizzie sabía que Laura debía de notar su temblor.

NICOLA CORNICK

Miles besó a Alice en la mejilla.

–Nos veremos después, querida –le dijo–. Ahora debemos buscar a Fortune.

Lizzie se dio cuenta, con cierto asombro, de que se refería a Tom. Ahora que Monty estaba muerto, Tom sería sir Thomas Fortune. No podía haber nadie menos apropiado para detentar el título de señor de Fortune's Folly. Peor todavía, Lizzie no podía descartar con total seguridad que no hubiera asesinado a su hermano por el título y la riqueza que podía proporcionarle El Tributo de las Damas y los demás impuestos medievales. Se estremeció al pensarlo.

Entonces, vio la cara de Lydia. Era una máscara pálida y tensa de tristeza. Lizzie se sintió horriblemente mal. Tom había traicionado dos veces a Lydia. Ya era malo que Tom hubiera vuelto a casa y estuviera siempre con prostitutas, jugando y bebiendo por el pueblo. Ahora que se había convertido en sir Thomas, sería intolerable.

Ella se acercó a Lydia y la abrazó.

–Todo irá bien –susurró, aunque apenas lo creía.

Todas entraron a la penumbra fresca de El Viejo Palacio, y Lizzie se hundió en una de las butacas del salón. Alice le sirvió una copa de brandy y se la tendió.

–Sé que no te apetecerá nada –le dijo con una sonrisa–, sobre todo si ayer bebiste vino, pero seguramente lo necesitas.

Lizzie se tragó algo del licor y lo notó en el estómago, fuerte y caliente. Era cierto que lo necesitaba. Se estremeció, y Alice le tomó las manos heladas.

—Lizzie —le preguntó—, ¿por qué no quieres casarte con lord Waterhouse?

—No tienes que contárnoslo —le dijo Lydia rápidamente—. Solo queremos ayudarte, y estar contigo si quieres hablar...

—Y ninguna te va a soltar un sermón —dijo Laura, mirándose el enorme vientre—. Dios sabe que voy a tener lo que las matronas llaman, eufemísticamente, un bebé sietemesino, que todas sabemos que concebí con Dexter antes de casarme con él, y Alice estuvo en boca de todo el mundo cuando Miles la sedujo...

—Y yo estoy deshonrada, y doblemente, además —terminó Lizzie—, así que, ¿quiénes somos nosotras para criticar? Somos las mujeres más escandalosas de todo el pueblo.

Lizzie intentó sonreír.

—Nat quiere casarse conmigo porque... porque...

—Eso ya lo hemos supuesto —dijo Laura irónicamente—. Porque hicisteis el amor la noche anterior a su boda con Flora.

—Sí —respondió Lizzie—. Le pedí a Nat que fuera a verme aquella noche porque quería hablar con él. Me decía que quería salvarlo de cometer un tremendo error, pero la verdad era que lo quería y que no podía soportar que se casara con otra. Todo este asunto es culpa mía. Yo fui quien provocó a Nat, e hice que se enfadara terriblemente por mi interferencia, y todo el tiempo lo hice fingiendo que era por su propio bien –dijo con un suspiro–. De todos modos, es un desastre, porque él no me quiere. No soy ingenua, y sé que los hombres y las mujeres se casan por muchos motivos que nada tienen que ver con él amor, pero... –se interrumpió, y se encogió de hombros con un poco de desesperación.

–Pero tú sí lo quieres –dijo Laura suavemente.

–Sí –admitió Lizzie–. Aunque lo haya negado hasta ahora, solo me estaba engañando a mí misma, e intentando engañar a los demás. Sin embargo, no importa lo que yo sienta. Nat no me quiere, y eso me hace mucho daño. He sido muy tonta... pero no cometeré el error de casarme con Nat si él no me quiere.

–Pero él se preocupa mucho por ti... –dijo Alice.

–¿Y tú querrías estar casada con Miles si tan solo se preocupara por ti? –preguntó Lizzie con amargura–. ¿Si quisieras a Miles tanto como lo quieres, y él solo se preocupara por ti? No. Sería un matrimonio muy desigual. Se me rompería el corazón todos los días.

–Pero el amor puede crecer –dijo Alice.

–¿Y si no surge? –preguntó Lizzie, pensando en su madre–. ¿Y si espero, y espero, y nunca sucede? ¿Qué podría hacer entonces? Sería horrible. Nat y yo nunca nos llevaríamos bien.

Nadie la contradijo en aquel punto, y eso, pensó Lizzie, confirmaba lo que ella pensaba.

–Entonces, estás diciendo que Nat te ha pedido que te cases con él solo por su sentido del honor –

Una pasión inesperada

dijo Laura–, y porque se preocupa por ti y quiere protegerte. A mí, todo eso me suena muy bien.

–No voy a negar que es un buen hombre –dijo Lizzie.

–Pero tú quieres algo más que eso –dijo Lydia.

–Sí, cuando está en juego el resto de mi vida –respondió Lizzie–. No podría soportar que Nat se enamorara de otra mujer después de que nos casáramos –dijo con honestidad–. Alguien como Priscilla Willoughby. Es mejor perderlo ahora, cuando no es verdaderamente mío, que perderlo a manos de otra mujer después de la boda.

–Pero si te has quedado embarazada –dijo Lydia, titubeando, posando la mano con un gesto protector sobre su vientre–, será mejor que el niño tenga un padre cariñoso.

–No estoy embarazada. Solo fue una vez, y no me siento embarazada en lo más mínimo... –entonces, se le quebró la voz.

–Oh, Lizzie –dijo Lydia, tomándola de la mano–. No tengas miedo. Todo saldrá bien...

El miedo y la tristeza formaron un nudo tenso y caliente en el pecho de Lizzie. Quería sentir el consuelo de sus amigas, pero no quería que la vieran llorar. Siempre había preferido estar a solas con su tristeza, incluso desde que era niña.

–Por favor, disculpadme –dijo–. Ahora tengo que volver a Fortune Hall. Tengo mucho que hacer.

Alice le tendió una mano.

–¿Quieres que vaya contigo, Lizzie?

NICOLA CORNICK

–Gracias, pero no. Me las arreglaré perfectamente sola.

Mientras caminaba por el sendero, hacia la pradera del río, se dio cuenta de que sabía lo que estaban pensando sus amigas. Como Laura, Alice y Lydia la conocían bien, sabrían que su maldita independencia, como la había llamado su hermano Monty, no era cuestión de arrogancia, que era lo que pensaba mucha gente. Ellas sabían que a menudo prefería estar sola porque se había acostumbrado a la soledad desde que era niña. Se había convertido en un hábito para ella. Lo prefería.

Tiró una piedra al río Tune, que fluía rápidamente, y pensó en la muerte de Monty. Había sido el segundo peor hermano del mundo, después de Tom, pero ella tenía ganas de llorar porque lo había perdido. Había perdido al Monty real, débil y despreciable, y al hermano que ella había deseado desesperadamente que fuera.

Pensó también en Nat Waterhouse, tan buen hombre como malo había sido Monty Fortune. Muchas mujeres se conformarían con lo que les estaba ofreciendo Nat. Lizzie lo sabía. Sin embargo, cuando pensaba en casarse con él y en la posibilidad de perderlo a manos de otra mujer, a manos de alguien a quien él pudiera amar, como Priscilla Willoughby, se le helaba la sangre. No podía soportarlo. Había visto volverse loca a su madre porque su padre no la amaba. La sociedad había tildado a lady Scarlet de descocada, porque había dejado a su marido y se

Una pasión inesperada

había marchado, envuelta en tafetán, seda y perfume, a Irlanda con el jefe de caballerizas. La habían condenado como si fuera una esposa infiel, pero Lizzie sabía que no era el amor, sino la falta de amor, lo que había causado la ruina de su madre. Había visto a su madre, día tras día, abandonada y sola, mientras el conde frecuentaba a sus amantes y se dedicaba a entretenerse en Londres. Lady Scarlet esperó y esperó a que el conde la quisiera, y como él nunca lo hizo, ella se escapó con un amante y fue maldecida para siempre por ello, y fue de aventura en aventura, de hombre en hombre, de botella en botella, hasta que murió.

Así que ella, Lizzie Scarlet, se había alejado de Nat Waterhouse antes de que fuera demasiado tarde para no cometer los mismos errores que su madre. Ni ahora, ni nunca.

Capítulo 8

Pese a que Dexter lo había relevado de todas sus responsabilidades en la investigación de la muerte de Monty Fortune, fue Nat quien encontró a Tom Fortune aquella tarde, en estado de ebriedad, en la Posada de la Media Luna, a unos quince kilómetros de Fortune's Folly.

Nat no había sido capaz de quedarse sentado de brazos cruzados mientras sus colegas buscaban al asesino de Monty Fortune. Al menos por el bien de Lizzie, Nat quería hacer lo posible por ayudar. Había visto su cara pálida, de dolor, cuando ella se había enterado de la noticia de la muerte de su hermano. Sabía que estaba sufriendo mucho por la muerte de este, por muy irresponsable que hubiera sido sir

Una pasión inesperada

Montague. Aquel sinvergüenza no se merecía tener una hermana cariñosa.

A Nat le dolía mucho que Lizzie no acudiera a él cuando estaba sumida en el dolor y en la pérdida, pero sabía que ella siempre se había enfrentado a su infelicidad en privado. Lizzie, que podía ser tan escandalosa en público, era sin embargo una de las mujeres más contenidas que conocía.

La dueña de La Posada de la Media Luna, Josie Simmons, acababa de echar a Tom al patio cuando llegó Nat, y Tom estaba gritando y jurando horriblemente mientras el camarero, Lenny, le echaba cubos de agua fría por la cabeza para intentar que se despejara. Al ver el estado en el que se encontraba Tom, a Nat se le encogió el corazón. Dejar a Lizzie al cuidado de Tom era como abandonarla ante una manada de lobos, pero Tom era su tutor legal ahora, sir Thomas Fortune, señor de Fortune's Folly.

—Lléveselo y líbrese de él —dijo Josie cuando Nat puso a Tom en pie y le dijo que quería interrogarlo por la muerte de su hermano—. Lleva toda la tarde fanfarroneando, diciendo que ahora es sir Thomas, y sin una sola palabra de afecto por su hermano muerto —explicó, y se puso en jarras—. No es que sir Montague mereciera ninguna simpatía; a decir verdad, uno es tan malo como el otro. Hay una sangre terrible en esa familia. Me siento aliviada de no pertenecer a sus territorios.

El rostro de Tom adoptó una expresión malevolente cuando vio a Nat.

NICOLA CORNICK

—¡Vaya, si es el honorable conde de Waterhouse! —dijo, y se agarró a las solapas de la chaqueta de Nat, acercando su cara a la de él. Apestaba a humo y a cerveza—. Que no se te olvide mi dinero —dijo con dificultad, y Nat sintió pánico—. ¿Es que no has recibido mi carta? Le diré a todo el mundo la verdad sobre tu hermana, Waterhouse, a menos que me entregues veinticinco mil libras. Iré a ver a tu padre. Lady Celeste es una meretriz, y el mundo merece conocer sus perversiones.

—Te daré tu dinero —dijo Nat con los dientes apretados, conteniéndose.

Ya odiaba a Tom Fortune antes de que aquel hombre hubiera empezado a chantajearlo por la indiscreción de su hermana. Miró a su alrededor para ver si alguien había oído las palabras de burla de Tom. Si hablaba sobre su hermana, Celeste estaría completamente deshonrada.

—No sé cómo vas a conseguir mi dinero ahora que Flora Minchin te ha plantado —le dijo Tom con desprecio—. Mantente alejado de Mary Wheeler. Quiero casarme con ella, aunque probablemente es más frígida que un cadáver. Pero tú... —añadió, clavándole el dedo pulgar a Nat en el pecho—, tú dame lo que me debes, o haré que toda Inglaterra arrastre por el barro el nombre de lady Celeste. Muchos hombres pagarían un buen dinero por ver lo que yo vi. Quizá consiga trabajo en un prostíbulo si tu padre la echa de casa...

Nat reprimió el impulso furioso de golpearlo.

Una pasión inesperada

Sabía que a Tom no le importaba nada más que el dinero, y ahora que era el señor de Fortune's Folly, aplicaría todos los impuestos de sir Montague y algunos más. Iba a necesitar el dinero, pensó Nat, para pagarse la bebida y las deudas de juego. Y aquel chantaje extra, con el honor de los duques de Waterhouse en las manos, era un regalo para él.

–Concédeme un mes más –le pidió. Le horrorizaba ceder a la extorsión, pero con la reputación de Celeste en juego, sabía que no tenía otro remedio.

Tom se echó a reír.

–Dos semanas –dijo–. Te daré dos semanas, al ver que me lo estás rogando. Y después... –se rio de nuevo–, iré a ver a tu padre y le contaré todas las perversiones sexuales de su preciosa hija –ladeó la cabeza y añadió–: Eso podría ser una ventaja para ti, ahora que lo pienso. Puede que la noticia mate al viejo y tú serías el duque de Waterhouse...

Sus siguientes palabras se perdieron, puesto que Nat le dio un puñetazo en la barbilla y Tom cayó de espaldas sobre el estiércol de los establos. Josie, Lenny y la mitad de los clientes del bar, que habían salido al patio a mirar el altercado, explotaron en aplausos.

–Muy bueno, lord Waterhouse –dijo Josie, y en voz baja, añadió–: No puedo fingir que no he oído el comentario sobre su hermana. Yo lo mataría, si fuera usted. No ceda nunca ante un chantajista. Ese es mi lema. En vez de eso, mátelo.

Después se volvió hacia Tom.

Nicola Cornick

—Está expulsado de La Posada de la Media Luna —le dijo con desprecio—. Espero que lo encarcelen por el asesinato de su hermano. No me importa si lo hizo o no.

Nat tenía la misma opinión. Sentía una furia tan grande que lamentaba no poder acusar a Tom de ningún crimen.

—Preséntate ante el magistrado mañana, o vendremos a buscarte —le dijo a Tom, que se había levantado, y que estaba tambaleándose ante él. Ahora olía a estiércol, además de a alcohol y humo. Nat se agachó justo cuando Tom intentó escupirle en la cara.

Desde la Posada de la Media Luna, Nat fue a buscar a Miles Vickery para informarle del paradero de Tom. Mientras cabalgaba, pensó en lo que le había dicho Tom Fortune.

«Iré a ver a tu padre. Lady Celeste es una meretriz, y el mundo merece conocer sus perversiones».

Celeste siempre había sido tan gentil, tan frágil... Nat no sabía qué terrible error podía haber cometido su hermana para quedar en poder de Tom Fortune, porque cuando había intentado preguntárselo, ella había tenido un ataque de nervios, y Nat había temido por su cordura. Sabía que no tenía más remedio que ceder al chantaje de Tom, porque no podía permitir que se supiera la verdad sobre Celeste. No solo le destrozaría la vida a su hermana, sino que el escándalo mataría a su padre,

Una pasión inesperada

que era anciano y estaba enfermo, y dejaría hundida a su madre. Toda su familia quedaría destruida por la avaricia de Tom Fortune. La única alternativa que tenía era matarlo, y Nat tenía la tentación de hacerlo...

Tom Fortune era una alimaña, y de no ser por Lizzie, Nat estaría todavía más cerca de asesinarlo, pero sabía que, por ella, nunca sería capaz. Lizzie sentía el mismo cariño desesperado por Tom que el que había sentido por Monty, un afecto que era inmune al sentido común ni a la razón, una necesidad desesperada de familia. A Nat le dolía pensar que Lizzie anhelara tanto tener una familia a la que poder querer cuando lo único que le quedaba era Tom, un completo bastardo, y un primo lejano que no se preocupaba en absoluto por ella. Era muy injusto.

Cuando llegó al castillo de Drum, le entregó las riendas del caballo al mozo del establo y fue a ver a Miles a su estudio. Aunque Miles ya no era el marqués de Drummond, después de que se supiera que su primo errante estaba vivo, Alice y él habían alquilado el castillo para poder quedarse en Yorkshire.

Cuando Nat entró al estudio, encontró a Miles y a Alice juntos, charlando pausadamente. Después de saludarlo, Alice se despidió y salió, y Miles le hizo un gesto a Nat para que se sentara ante el fuego. La habitación estaba caldeada y olía a cera de abeja y a flores. Era un hogar, pensó Nat, y recordó lo frío y destartalado que era Drum antes de que Alice se casara con Miles. Alice había operado aquel cambio en el castillo, y también había hecho cambiar a Miles. Nat supuso que el matrimonio podía ser así, pero eso era muy distinto al acuerdo que había considerado con Flora, y a las peleas feroces que iba a tener con Lizzie.

–He encontrado a Tom –le dijo Nat a su amigo, sin preámbulos–. Le he dicho que se presente mañana ante el magistrado y ante Dexter y tú por la mañana. Ahora estaba demasiado borracho como para poder hablar –dijo, y añadió con un suspiro–: Aunque no es probable que esté mucho más sobrio por la mañana.

–¿Crees que mató a su hermano? –le preguntó Miles.

–No. Por desgracia, no.

–Tenía un móvil sólido. La baronía y la riqueza que puede proporcionarle El Tributo de las Damas. Todo el mundo sabe que Monty le daba una asignación muy pequeña a Tom, y Tom lo odiaba por ello.

–Hay mucha gente con motivos para matar a sir Montague –dijo Nat, encogiéndose de hombros, aunque admito que Tom es uno de los más sospechosos. Me imagino que podrá decir que anoche estaba con alguien.

–Con una mujer.

–O con varias –dijo Nat irónicamente, y volvió a suspirar–. El móvil de lady Elizabeth es menos fuerte.

–No necesito que me lo digas –replicó Miles–. De hecho, creo que estaba mejor con sir Montague.

Una pasión inesperada

—Pues sí —dijo Nat—. Miles, tengo un problema. Sabes que Lizzie solo tiene veinte años, y por lo tanto, necesita el permiso de su tutor para casarse.

Miles asintió.

—Y su tutor legal es ahora Tom Fortune.

—Exacto. Tom nunca dará su consentimiento, porque si lo hiciera no podría reclamar la mitad de la fortuna de Lizzie con El Tributo de las Damas. En dos meses, él podría quedarse con veinticinco mil libras de Lizzie.

Miles hizo un gesto de horror.

—Entiendo tu problema.

—¿Qué podemos hacer?

—Podrías fugarte a Gretna con ella —dijo Miles—, o pedir una licencia especial y declarar bajo juramento que su tutor ha dado su consentimiento, sabiendo perfectamente que no lo ha hecho.

—Tendría que cometer perjurio —dijo Nat, asintiendo.

—Sí —dijo Miles—. O, si su tutor fuera una persona de calidad moral dudosa, podrías encontrar otro miembro de su familia con buena reputación que diera su consentimiento. En el caso de Lizzie, todos sabemos que su tutor es un canalla, pero tiene un primo tercero muy respetable, el actual conde de Scarlet.

—Un hombre que no se ha tomado ni el más mínimo interés en su bienestar desde que heredó el condado del padre de Lizzie.

—Pero podría interesarse si se enterara de que

NICOLA CORNICK

su prima será un día la duquesa de Waterhouse. Y estoy seguro de que haría todo lo posible por ayudar a que se llevara a cabo el matrimonio.

Nat sonrió con reticencia.

—Eres tan cínico, viejo amigo...

—Pero tengo toda la razón —respondió Miles—. Scarlet Park está a menos de medio día de camino de aquí, al oeste —añadió—. Es muy fácil pedirle ayuda a George Scarlet.

Nat se movió con incomodidad.

—Hay otra dificultad. Si no puedo convencer a Lizzie de que me acepte...

Miles se echó a reír.

—Sospecho que me sentiré ofendido de que me consideres un experto, aunque sea teóricamente, en llevarme novias mal dispuestas.

—Me parece recordar que una vez pensaste en obligar a Alice a que te aceptara —murmuró Nat—. Antes de recurrir al chantaje para que se casara contigo, claro.

—Tocado —dijo Miles—. La respuesta es el rapto. También tendrías que sobornar a un clérigo corrupto. No es lo ideal, sobre todo para alguien con unos principios morales tan altos como los tuyos —añadió—, pero depende de cuánto quieras el premio.

Hubo un corto silencio.

—Quiero el dinero —dijo Nat después de un momento—. Lo necesito urgentemente.

—¿Quieres el dinero, pero no quieres a la mujer que va con él? —de repente, Miles se puso muy serio–. ¿Mi consejo? No lo hagas. Una vida entera es mucho tiempo para pasarla con una mujer a la que no quieres.

–Lo más irónico de todo –dijo Nat– es que tú, el más cínico de todos, estés siempre dando discursos sobre el matrimonio por amor, Miles.

Miles se encogió de hombros.

–¿Qué puedo decir? Soy un converso.

–A mí me importa Lizzie –dijo Nat lentamente–. Puede que no la quiera como tú quieres a Alice, pero me importa mucho más de lo que le importa a Tom Fortune. ¿Es tan malo?

–No puedo responderte a eso, Nathaniel –dijo Miles lentamente–. Solo Lizzie y tú podéis resolver eso, entre los dos, y creo que tú ya has tomado una decisión.

Miles se puso en pie y le tendió la mano a Nat.

–Buena suerte, amigo.

–Gracias –respondió él, y le estrechó la mano a su amigo.

Ojalá no tuviera la impresión extraña y supersticiosa de que Miles pensaba que iba a necesitar toda la suerte del mundo, y un poco más, para conseguir su objetivo.

Era muy tarde, al día siguiente, cuando Nat llegó a Fortune Hall. Había estado en Lancashire y había tenido una reunión con el conde de Scarlet, una reunión que había sido agradable y que había tenido un resultado muy satisfactorio para Nat. El conde de Scarlet estaba de acuerdo con que Tom Fortune no era un tutor adecuado para ninguna joven, y había dado su consentimiento para que Nat se casara con Lizzie. Ahora, Nat solo necesitaba conseguir el consentimiento de la propia Lizzie, algo que iba a ser mucho más difícil y complejo.

Mientras Nat se acercaba a Fortune Hall, lamentó haber estado lejos durante tanto tiempo. Se había sentido muy incómodo dejando a Lizzie sola haciendo todos los preparativos para el funeral de sir Montague, porque Tom no iba a ayudarla, e incluso menos feliz de dejarla a merced de su hermano. A medida que se aproximaba a la casa, su miedo por Lizzie se incrementó, porque vio la puerta principal abierta de par en par; además, veía que los candelabros estaban encendidos en todas las estancias. Claramente, estaba ocurriendo algo.

Había sombras y figuras moviéndose por delante de las ventanas, y pronto pudo oír voces, música y risotadas y se dio cuenta de que había una fiesta. Tom estaba celebrando la muerte de su hermano y el hecho de haber heredado el título y las tierras. Tom, el hedonista, estaba bailando sobre la tumba de su hermano.

Lizzie. A Nat se le encogió el corazón. Lizzie se había quedado sola y sin protección en la casa, mientras su hermano bebía y se divertía con sus amigos. Tom Fortune era capaz de degradarse hasta el límite, pero, ¿sería capaz de involucrar a su hermana

Una pasión inesperada

en sus juegos amorales? Quizá lo hiciera, si el precio era conveniente...

Nat hundió los talones en los flancos del caballo y galopó hasta llegar a la entrada de la mansión. Bajó de un salto del animal y entró al vestíbulo. Estuvo a punto de tropezarse con un borracho que estaba tirado en el suelo, medio inconsciente, a los pies de la escalera. Había una copa junto a él, y vino tinto encharcando el suelo. Al recordar el amor que sir Montague sentía por su bodega, Nat se preguntó si quedaría algo de ella.

¿Dónde estaba Lizzie?

La ansiedad lo atenazó.

En el salón principal encontró una bacanal y los restos de la fiesta esparcidos por la mesa y por el suelo; botellas vacías, y uno de los perros de Lizzie royendo un hueso de pollo en un rincón. Había una pareja fornicando ruidosamente sobre la larga mesa de madera del comedor, y frente a la ventana, un grupo de hombres haciendo turno, con entusiasmo, con una mujer que estaba apoyada contra el respaldo de un sofá, y que tenía una expresión de aturdimiento y felicidad. Después de cerciorarse de que no necesitaba su ayuda, porque lo estaba pasando tan bien como sus acompañantes, Nat siguió moviéndose por entre borrachos, buscando a Tom, buscando a Lizzie...

El miedo que sentía por ella trascendía cualquier otra emoción.

Aquello era como una escena infernal, mucho

peor de lo que hubiera imaginado. ¿Cómo podía haberla dejado allí?

Salió de nuevo al vestíbulo y captó un atisbo de una mujer rubia que pasaba por una puerta y desaparecía. Iba arreglándose el vestido de color azul que llevaba, y la parte trasera de su cabeza le resultó vagamente familiar a Nat. Se apartó aquello de la cabeza y abrió la puerta de la habitación de la que ella había salido. Allí estaba Tom, en el estudio de su hermano, sentado en una butaca, con las botas puestas sobre la mesa, los pantalones desabrochados, una botella de vino en una mano y varios documentos y papeles esparcidos a su alrededor. Era evidente que había estado disfrutando de las atenciones de la mujer y del contenido de la botella de vino. Tom se llevó el cuello de la botella a los labios, dio un largo trago y después se limpió la boca con la manga. Tenía una mirada ebria e insolente.

–Delicioso –dijo–. No tienes ni idea, Waterhouse…

–¿Dónde está Lizzie? –le preguntó Nat, agarrándolo por el pañuelo del cuello y levantándolo de la butaca–. ¿Dónde está?

–¿Qué quieres de ella? –le preguntó Tom–. Es mi propiedad, es asunto mío.

–He venido a llevármela –dijo Nat–. Voy a casarme con ella.

Entonces, vio que la cara de Tom se contraía de asombro y de furia.

–¿Tú? ¡Y un cuerno! No me quitarás su dinero. Lizzie no tiene veintiún años todavía, y yo soy su tutor legal. Gracioso, ¿eh? –dijo, y de repente, se echó a reír como un loco–. No puede casarse sin mi permiso, y no se lo doy.

–Eso ya lo había pensado –dijo Nat con calma–. Gregory Scarlet te supera, y tengo su consentimiento escrito. Creo que nadie pondrá objeciones a eso.

Tom puso una cara maliciosa, de odio.

–¡Bastardo! –dijo–. Maldito seas... Si no me pagas...

–Tendrás tu dinero –dijo Nat–, en cuanto pueda pedir un préstamo con la promesa de la fortuna de Lizzie.

Durante un momento, pensó que Tom iba a golpearlo, pero entonces, Tom se encogió de hombros y tomó de nuevo la botella.

–Entonces, quédatela –dijo con indiferencia–. Lo que quede de ella. Dejé que algunos de mis amigos se divirtieran. Tenían ganas de acostarse con ella, y me pareció buena idea. Así, nadie querrá casarse con ella y me quedaré con todo su dinero. Incluso tú te lo pensarás dos veces, Waterhouse... los restos de otros hombres... ¿Hasta qué punto deseas su dinero?

Nat lo empujó violentamente hacia la silla y las risotadas de Tom lo siguieron fuera de la habitación. El terror se apoderó de Nat. Subió las escaleras de dos en dos, rezando por que no fuera demasiado tarde. Torció una esquina y vio a otro par de amantes... otra mujer rubia... no era Lizzie, gracias a Dios.

—¡Lizzie! —gritó. Alguien lo insultó.

—¡Lizzie! —repitió, oyendo el miedo en su propia voz.

Intentó abrir una puerta. Estaba cerrada con llave. Llamó con fuerza, y varias voces le gritaron que se marchara. Se preparó para echarla abajo, y entonces...

—Nat.

Nat oyó la voz de Lizzie tras él. Se dio la vuelta y la vio en el umbral de su dormitorio. Estaba en camisón, y la luz que salía de su habitación brillaba a través de la tela e iluminaba los huecos, las curvas y las sombras de su cuerpo. Lizzie tenía la melena caoba suelta, y a la luz de las velas, su pelo parecía de fuego. A Nat se le secó la garganta ante aquella visión. Pensó que si alguno de aquellos libertinos la veía así, intentaría poseerla.

Rápidamente, la tomó por el brazo y la empujó hacia su cuarto, y después cerró la puerta con llave.

—Lo siento —dijo ella, tomando la bata de su cama y poniéndosela sobre los hombros—. No te oí llamarme, Nat. Si hubiera sabido que estabas aquí, te habría abierto antes.

Se subió a la cama y se metió bajo las mantas. Allí, con aquel camisón y con el pelo suelto por los hombros, parecía la niña de un cuento de hadas. Nat empezó a preguntarse si estaba en un sueño en vez de en una orgía. Todo lo que estaba ocurriendo le parecía irreal. Entonces, vio la pistola que Lizzie tenía sobre su mesilla de noche y se dio cuenta de que ella estaba temblando. Aquello sí era real. Era odioso, intolerable, que ella estuviera sujeta a los caprichos de Tom de aquella manera.

Lizzie siguió su mirada.

—Me pareció mejor prevenir que curar —dijo—. Pensé que si alguien intentaba violarme... —durante un momento, a Nat le pareció tan perdida que se le encogió el corazón. Ella volvió la cabeza, y a la luz de las velas, él vio que tenía marcas de lágrimas en las mejillas.

—Lizzie —dijo, y se sentó a los pies de la cama—. ¿Qué ha pasado?

—¿Esta noche? Esto no es más que otra de las orgías de Tom. Ha vuelto a casa hace una hora. Yo ya me había retirado —dijo, y señaló su camisón—, como puedes ver.

—¿Llevas aquí encerrada una hora? —preguntó Nat, intentando contener su genio para no bajar las escaleras y matar a Tom Fortune. Sin embargo, su instinto protector hizo que se quedara junto a Lizzie.

—Bajé a hablar con Tom cuando oí que llegaba. Fui una estúpida, pero al principio él estaba solo, y yo estaba muy cansada y no pensaba con claridad. Quería consultarle algunos detalles del entierro de Monty. No sabía que había invitado a sus amigos a casa... Cuando me di cuenta de que estaba borracho y le pedí que mostrara un poco de respeto por Monty, cuyo cuerpo estaba en la habitación de al lado... me dijo que por él, Monty podía pudrirse en el infierno, y después... –Lizzie tragó saliva–. Después...

Nat le tomó la mano.

–¿Qué, Lizzie?

–¡Mató la gallina de la señora Broad y la lanzó al fuego! –respondió Lizzie–. Me dijo que la había traído en lugar del pago del impuesto y que era una de las muchas multas que iba a imponer ahora que es el señor, y que iba a cocinarla y a comérsela allí mismo –volvió a tragar saliva y, con los ojos llenos de lágrimas, exclamó–: ¡Lo odio!

Nat la abrazó y le acarició la espalda mientras ella lloraba contra su solapa.

–Después me dijo que iba a venderme como prostituta a sus amigos –siguió Lizzie, con la voz amortiguada–. Dijo que quería todo mi dinero, así que iba a asegurarse de que nadie quisiera casarse conmigo y que todos pudieran usarme. Yo subí corriendo aquí, atranqué la puerta y saqué la pistola. Vinieron a buscarme, pero no pudieron tirar la puerta abajo, así que se aburrieron y se fueron a buscar un juego más fácil.

–Por Dios, Lizzie –dijo Nat, y le besó el pelo. Él estaba temblando de rabia y de desesperación porque Lizzie hubiera tenido que sufrir aquello–. Se ha vuelto loco. Ha perdido la cordura.

–Tom siempre fue inestable –dijo Lizzie. Ella también estaba temblando.

–Pero esto... –Nat la calmó, acariciándola suavemente–. Tienen que encerrarlo.

–No ha hecho nada ilegal –dijo Lizzie–. Todavía.

Una pasión inesperada

Nat la miró.

–Has dicho que solo es una más de las orgías de Tom. ¿Es que había hecho esto otras veces?

–Así no –dijo Lizzie–. Todos conocemos las tendencias de Tom –añadió–. Sabemos que deshonró a Lydia dos veces, y ella no era la primera. Algunas veces traía mujeres aquí. Monty también. Yo veía cosas... oía cosas. Pero no así. Nunca había sido tan horrible.

–No me lo habías dicho –susurró Nat, asombrado–. Debió de ser horrible para ti.

Lizzie volvió a encogerse de hombros, y apartó la cara.

–No era ingenua, Nat. No en ese sentido. Cuando mi madre se escapó, yo sabía lo que había hecho para ganarse su deshonra. La gente se aseguró de que yo me enterara de sus aventuras en los establos. Me dijeron que debía avergonzarme de ella. Y mi padre... –su boca se curvó en una sonrisa–. Bueno, para mí fue un padre muy cariñoso, pero yo sabía que tenía amantes. Oía y veía cosas en Scarlet Park.

–Siento que las cosas hayan sido así para ti –dijo él.

Ella se encogió de hombros nuevamente.

–Me encantaba vivir en Scarlet Park. Era una casa cálida, opulenta, y como he dicho, mi padre me adoraba. Hasta que no crecí, no me di cuenta de que no todos los hombres mantenían a sus amantes en su propia casa. A mí me parecía natural. Creo que, algunas veces, a mi padre se le olvidaba que yo estaba allí, así que veía más de lo que debía... –

suspiró–. Y, mientras Monty estaba vivo, yo podía soportar vivir aquí. Al menos, él tenía cierto sentido de la decencia. Tom no tiene ninguno.

–No –dijo Nat. Fuera de la puerta se oyeron grititos de mujeres y de hombres que andaban persiguiéndose y riéndose por el pasillo–. Tengo que sacarte de aquí –añadió–, pero no debemos salir todavía. Creo que nos asaltarían y nos violarían indiscriminadamente, aunque tuviéramos tu pistola. Tenemos que esperar hasta que queden inconscientes por el alcohol y podamos escabullirnos.

Lizzie lo miró con perplejidad.

–¿Quieres que me vaya contigo?

–No puedes quedarte aquí, Lizzie. Ya no. Es imposible que sigas viviendo en Fortune Hall si Tom se está comportando así.

A Lizzie se le hundieron los hombros.

–Supongo que no –dijo–. Maldito sea –añadió, y miró a Nat con una chispa de ira en los ojos–. Me quedaré con Alice y con Miles hasta que Tom se mate bebiendo.

–Una solución encantadora –dijo Nat–, pero desgraciadamente, eso puede tardar un poco en suceder. Alice y Miles están demasiado enamorados como para querer una invitada permanente. Estarías mucho mejor casada conmigo.

Lizzie se quedó en silencio durante un minuto.

–Qué hábilmente me has manipulado –dijo–, hasta que he visto que no tenía elección –se apartó de sus brazos–. No tengo elección, ¿verdad, Nat?

Una pasión inesperada

—No. Ya no. Me debes cincuenta mil libras, y sé que siempre pagas tus deudas.

—¿Y eso?

—Cancelé mi boda con Flora Minchin por lo que ocurrió entre nosotros —respondió Nat—. Perdí su fortuna. Así que, ahora, reclamo la tuya en su lugar.

Ella se mordió el labio inferior.

—Entiendo. ¿Y qué gano yo?

—Escapar de tu hermano, y frustrar su plan de robarte el dinero.

—¿Para que tú puedas robármelo en su lugar?

—Es la mejor oferta que vas a recibir —dijo Nat—. Estoy cansado de ser agradable con eso, Lizzie.

Ella lo miró de reojo con sus ojos verdes, y él se dio cuenta de que su firmeza la había intrigado, en vez de repelerla. La excitaba, y llamaba al lado más salvaje de su naturaleza. De repente, violentamente, él tuvo ganas de besarla. La tomó por los hombros y notó la suavidad de la tela de su bata, y bajo ella, la esbeltez de Lizzie. Puso su boca contra la de ella. Ella estaba fría, y era dulce, y su piel olía a rosas. Nat agarró con suavidad un puñado de su pelo y enterró la cara en él para inhalar su fragancia. Era suave, y se deslizaba por entre sus dedos, y se le enredaba en los labios como si fueran lazos de seda. Alzó la cabeza y volvió a besarla, y en aquella ocasión, ella abrió los labios contra los de él y, presa del deseo, Nat la besó profundamente.

Lizzie lo abrazó y lo arrastró con ella a la cama, a su lado, y movió las manos sobre él para animarlo a que se quitara la ropa, mientras continuaba besándolo con una necesidad febril.

—Te deseo —le susurró, y la bata se desprendió de ella.

Nat apretó los labios contra el hueco de su garganta y sobre las pecas que salpicaban sus hombros. Después le apartó el camisón y vio que tenía más pecas en los senos, y por algún motivo, aquello lo excitó más allá de cualquier límite, y bajó la cabeza para lamerlas y besarlas, y ella se retorció bajo las caricias de su boca y su lengua.

Él se había liberado de la chaqueta, y ella le estaba tirando de la camisa para poder deslizar las manos bajo la tela y acariciarle la piel desnuda. Era salvaje e insaciable mientras lo mordisqueaba y lo besaba, pasándole los dedos por el cuerpo con una curiosidad descarada. Había perdido el camisón hacía mucho, y su piel, blanca como el alabastro, estaba sonrosada por la pasión y el efecto de sus besos. Él estaba muy excitado, y más cuando ella cerró la mano alrededor de su erección, con tanta curiosidad como había explorado el resto de su cuerpo.

—Esta vez no...

Nat sabía que, si lo tocaba, él estallaría, y no quería hacerlo. En aquella ocasión no. Más tarde, ella tendría tiempo de aprender y descubrir, y él tendría tiempo de estudiar cada centímetro de su cuerpo.

Cuando estuvieran casados, él la tendría en su cama hasta que los dos estuvieran saciados.

Una pasión inesperada

Aquella idea estuvo a punto de empujarlo al abismo.

Se retiró un poco hacia atrás y le pasó las manos por el cuerpo desnudo, por las curvas de sus pechos y por el estómago, y por las curvas gloriosas de sus caderas. Ella era suave, delicada, pero tenía un núcleo de fuerza que nunca se rompería. Le tomó los pechos en las palmas de las manos y se los sujetó de manera que pudiera saquearlos con la lengua y los labios, y la oyó gemir. Deslizó las manos hasta su cintura, y más abajo aún, con una exigencia avariciosa sobre sus caderas y sus muslos, y le separó las piernas.

Sintió que ella se estremecía un poco, pero comenzó a acariciarla suavemente, rítmicamente, mientras le regaba de besos delicados el cuello y la cara, hasta que Lizzie comenzó a moverse sin sosiego por la cama. Él quería que se sintiera abrumada de deseo, que no fuera consciente de otra cosa que de su ansia mutua. Le pasó la lengua por el ombligo y depositó un beso en la dulce curva de su cadera, y otro contra su muslo. Después deslizó sus dedos por ella, y sus labios también. Percibió su esencia y estuvo a punto de volverse loco de deseo, pero se contuvo y, con la lengua, jugó con el punto más sensible de su cuerpo, acariciándola, succionándola, empujándola, soplándole suavemente la carne húmeda, haciéndole una promesa seductora que la condujo hasta el límite del placer, y después retirándose.

Observó sus reacciones, vio cómo todo su cuerpo

comenzaba a brillar y a arder de calor sensual mientras la llevaba más y más cerca, y después volvió a succionarla, suavemente, con más fuerza, alternando las sensaciones hasta que ella quedó a su merced, buscando desesperadamente la liberación que él mantenía más allá de su alcance. Ella lo agarró por el pelo, con fuerza, y obligó a que su lengua entrara en su cuerpo, y arqueó las caderas y, finalmente, de su garganta surgió un grito de placer puro mientras caía en picado hacia el clímax.

Después de aquello, no hubo manera de contenerla. Lizzie lo agarró por los hombros, hizo que subiera hasta ella y le hundió las uñas en las nalgas para que él la penetrara. Nat sintió que la pulsión de su clímax todavía le sacudía el cuerpo, y aquello estuvo a punto de destruir su control, pero consiguió dominarse.

La satisfizo con un par de centímetros, y nada más. Ella le soltó un juramento tan poco apropiado para una dama que Nat se hubiera echado a reír de no ser porque estaba desesperado. Se movió dentro de ella con una infinita lentitud, con golpes pausados, hasta que sus paredes sedosas lo ciñeron con fuerza, y supo que ella iba a llegar de nuevo al orgasmo y que él también estaba perdido en una tormenta de sensaciones. El placer lo invadió, y todo lo demás desapareció.

Lizzie permaneció despierta entre los brazos de Nat, con los ojos abiertos de par en par, siguiendo

Una pasión inesperada

con la mirada los cambios de las sombras en la habitación. La casa estaba silenciosa. Los amigos de Tom debían de haberse quedado, por fin, inconscientes de tanto beber.

Nat estaba dormido. Lizzie se movió ligeramente para mirarlo, y notó que él la atraía más contra su cuerpo. Al verlo así, indefenso en su sueño, sintió un gran amor y una gran ternura. Él la sujetaba con gentileza, y el calor sólido de su cuerpo contra el de ella debería haberla reconfortado, pero, extrañamente, solo conseguía que se sintiera más sola.

Se le llenaron los ojos de lágrimas. Sabía que Nat no la quería, pero había vuelto a cometer el mismo error y se había entregado a él. Ahora tendrían que casarse, por supuesto. Él se lo había dejado bien claro. Necesitaba el dinero, y a cambio, le proporcionaría protección contra la conducta peligrosa y viciosa de Tom, contra la amenaza que Tom había ejemplificado tan nítidamente aquella noche. Sería un trato de negocios con un deseo insaciable como beneficio extra, aunque solo fuera hasta que se cansaran el uno del otro.

Durante un momento, sintió pánico, porque sabía, en el fondo de su corazón, que aquello no era lo que quería tener con Nat. Pensó en escapar de él y del acuerdo al que habían llegado tácitamente. Se salió un poco del círculo de sus brazos, pero entonces, Nat movió la mano y la agarró por la muñeca, y ella vio, a la luz de la luna, que tenía los ojos muy abiertos y fijos en su rostro.

–¿Huyendo otra vez de mí? –le preguntó él. Aunque su tono era agradable, no admitía réplica–. Tú misma te has hecho la cama, Lizzie, y ahora tienes que yacer conmigo en ella.

A medida que hablaba, iba acercándosela, tendiéndose sobre ella, y Lizzie se dio cuenta de que sus sentidos traidores estaban hechizados incluso antes de que él la besara con deseo y necesidad renovados.

Ya estaba endurecido por ella de nuevo, y aquello la llenó de un perverso sentido de poder. Cuando Nat penetró en su cuerpo, gruñó en voz alta y la devoró como si Lizzie tuviera su vida entre las manos. Lizzie dejó que aquellas sensaciones deliciosas de posesión mutua la invadieran y la dominaran, pero cuando Nat llegó al clímax, sacudido por espasmo tras espasmo, ella lo abrazó y pensó de nuevo: «Ya basta».

Tendría que bastar.

SEGUNDA PARTE

Capítulo 9

Julio, dos semanas después

A Flora le faltaba el aliento cuando llegó a High Top Farm. Estaba nerviosa, y estaba acalorada y ruborizada, porque la noche era muy húmeda y el aire era demasiado espeso como para respirarlo. Los últimos retazos del anochecer se estaban desvaneciendo del cielo de la noche, y no había luna ni estrellas. A lo lejos, en el horizonte, vio el fogonazo de un relámpago.

Flora se estremeció. Solo por una necesidad imperiosa se había atrevido a salir sola de noche, sobre todo en una noche como aquella, en la que había algo extraño y elemental en el ambiente. Había estado en High Top Farm tres veces desde el día de la cancelación de su boda, un mes antes. La primera vez se había escondido y había observado cómo trabajaba Lowell en el campo. Él había mirado en su dirección más de una vez, y a Flora le había parecido que sabía que estaba allí, pero él no había interrumpido su trabajo ni se había acercado a hablar con ella.

En la segunda ocasión, habían tenido una breve conversación y ella había fingido que pasaba por allí durante uno de sus paseos por el campo. Sabía que Lowell no la había creído, aunque él no la contradijera, y Flora se había puesto muy roja.

En la tercera ocasión, Lowell le había dicho sin rodeos que no volviera por allí.

Flora se detuvo ante la puerta de cinco barrotes que se abría al patio de la granja y vio que las luces estaban encendidas en la cocina. Empujó uno de los barrotes con suavidad, y la puerta se abrió silenciosamente porque las bisagras estaban bien engrasadas. Era lo que podía esperarse, porque Lowell Lister dirigía la granja con eficacia, con facilidad. Flora caminó de puntillas hacia la puerta, cosa que le pareció graciosa, porque en pocos segundos llamaría a la puerta de la cocina y Lowell sabría que estaba allí. Entonces, tendría que explicarle... los nervios la paralizaron de nuevo, y Flora tuvo que respirar profundamente.

Iba a pensar que estaba loca.

Pensaría que estaba desesperada, lo cual era cierto.

Varios perros comenzaron a ladrar ruidosamente en el interior de la casa, y de repente, la puerta se

Una pasión inesperada

abrió de par en par y los animales salieron en tropel al patio, rodeándola y ladrando agresivamente. Flora soltó un gritito. No le gustaban los perros. Le daban miedo.

—Meg, Rowan, ¡venid aquí! —gritó Lowell, y aquella orden los calmó al instante.

Los perros corrieron hacia él, aunque sin dejar de mirar con cautela a la intrusa. Porque eso era ella, pensó Flora. Aquella no era su casa.

—¿Señorita Minchin? —preguntó Lowell con incredulidad, mientras alzaba el farol para iluminarla—. ¿Qué está haciendo aquí a estas horas? ¿Es que ha habido un accidente? ¿Ha ocurrido algo?

—No —dijo Flora, temblando—. Necesitaba verte.

Lowell puso cara de exasperación.

—Señorita Minchin... Flora, esto es ridículo. Te lo dije la última vez. No debes venir aquí.

—Bueno, pero he venido —dijo Flora, con más atrevimiento del que sentía—. Y no voy a marcharme hasta que me escuches.

Se miraron el uno al otro durante un largo momento, mientras los perros los rodeaban y gruñían. Entonces, Lowell exhaló un suspiro de frustración y se hizo a un lado para cederle el paso hacia la casa. No la invitó a sentarse. Los perros se fueron a su caseta.

Flora se abrazó a sí misma en mitad de la cocina. Era una estancia pequeña, y estaba muy ordenada y limpia. Quedaban los restos de una cena de pan con queso sobre la mesa, y una jarra de cerveza.

Nicola Cornick

Se preguntó cuánto habría bebido Lowell. No lo suficiente como para estar receptivo a su sugerencia, pensó ella. Estaba demasiado sobrio, mirándola con una combinación de ira y resignación en los ojos, y pasándose la mano con impaciencia por el pelo rubio mientras esperaba a que ella hablara.

–Sé lo que estás pensando –dijo Flora de repente–. Piensas que estoy aquí porque he empezado a sentir algo por ti y que ahora te estoy siguiendo de un modo vergonzoso.

–¿Y no es así? –respondió Lowell bruscamente–. Es exactamente lo que estás haciendo. Y todo porque fui tan tonto como para compadecerme de ti aquella mañana de tu boda –dijo, como si estuviera muy molesto consigo mismo.

Compadecerse. Flora se sintió tonta, ingenua, pero no iba a vacilar en aquel momento.

–Ninguna de las dos cosas es cierta –dijo–. He venido a hacerte una propuesta. Necesito casarme con alguien, y quiero que sea contigo.

Era consciente de que había dicho las cosas mal, pero le resultaba muy difícil mantener la calma bajo el escrutinio de la mirada azul de Lowell. «Va a rechazarme», pensó, y el pánico le atenazó la garganta.

–¿Por qué? –preguntó Lowell después de un momento. Se paseó por la cocina, y sus pasos resonaron con fuerza sobre el suelo de azulejo rojo. Después la miró–. ¿Estás embarazada?

–No, claro que no –dijo Flora, que notó que enrojecía todo su cuerpo. Sabía perfectamente cómo

Una pasión inesperada

podía suceder aquella situación; simplemente, ella nunca lo había hecho–. No he... yo no... nunca he...

–Eso me parecía –dijo Lowell–. Entonces, si no estás embarazada, Flora, ¿Para qué necesitas casarte tan urgentemente?

–Porque en seis semanas, perderé la mitad de mi dote a manos de Tom Fortune. Y como voy a perder el control de mi dinero de una forma u otra, preferiría dárselo a un hombre que yo misma eligiera, y no a un canalla como ese.

Lowell asintió.

–Parece lógico.

–Gracias –dijo Flora, malhumoradamente.

–Entonces, ¿valdría cualquier hombre? –prosiguió Lowell.

–¡No, claro que no! Te elegí a ti. ¿Es que necesitas que te halague diciéndote por qué?

Lowell esbozó una media sonrisa.

–Creo que sí –dijo él–, porque, créeme, tú serías la peor esposa del mundo para un granjero, Flora.

–¿Y cómo lo sabes? Ni siquiera lo he intentado.

–No estás habituada a vivir en circunstancias difíciles –dijo Lowell–. No tienes idea de cómo se trabaja.

–Las circunstancias no serían tan difíciles si tuviéramos mis cincuenta mil libras –dijo Flora–. Ninguno de los dos tendría por qué trabajar.

–No quiero jugar a las granjas como un caballero –dijo Lowell, con desprecio–. Necesito trabajar duro, Flora. Quiero hacerlo.

Se acercó a ella, y Flora percibió el olor a hierba cortada en él, mezclada con algo más primario que le encogió el estómago.

—Tú eres una dama —continuó Lowell—. No sabes lo que es levantarte a las cinco de la mañana, en verano y en invierno, y encender el fuego, limpiar la casa, ordeñar las vacas y hacer queso. No sabes lo que es trabajar en el campo hasta que te duelan los huesos, ni llevar al mercado las verduras frescas, ni desplumar un pollo, ni cocinarlo —dijo, y se dio la vuelta—. No me sirves como esposa, Flora.

—Está bien —respondió entonces Flora—. No voy a rogarte.

Caminó hacia la puerta, pero cuando llegó a ella, se dio la vuelta. Lowell la estaba observando con una expresión indescifrable.

—Me has preguntado por qué te elegí a ti —dijo Flora—. Te elegí porque pensaba que estabas solo —dijo, y señaló hacia el lugar donde los perros dormían juntos, roncando plácidamente—. ¿Qué granjero permite que los perros duerman en la casa? —preguntó—. Debes de necesitar mucho la compañía.

Puso la mano en el cerrojo, lista para marcharse.

—Dan muchos menos problemas que casarse con una dama —respondió Lowell.

Flora se volvió de nuevo y lo miró. Él suspiró, se pasó otra vez la mano por el pelo y sacó una silla de debajo de la mesa con el pie. Flora aceptó la invitación y Lowell sirvió un vaso de cerveza para ella. Se sentó a su lado. Después de un momento,

Una pasión inesperada

Flora probó la cerveza. Le supo fatal. Estuvo a punto de escupirla.

—No hago zumos de fruta –le dijo Lowell–. Ni de saúco, ni de grosella, ni nada de eso. Mi madre sí los hacía. Quizá pueda enseñarte. O quizá no –añadió con un suspiro–. Ella acaba de empezar el viaje que tú quieres hacer, pero en dirección contraria. Ahora es una dama, gracias al dinero de mi hermana y a su gran matrimonio. Ella nunca entendería por qué una dama quiere convertirse en la mujer de un granjero.

—Yo no soy una dama –replicó Flora–. Mi padre hizo su dinero con el comercio, y mi abuelo era fabricante de bastones. Las damas de miran por encima del hombro.

Lowell se echó a reír.

—Ahora lo entiendo. Sin embargo, nunca has tenido que trabajar duro para ganarte la vida.

—Es cierto que nunca he tenido que trabajar –dijo Flora–, pero estoy dispuesta a intentarlo.

Sentía los latidos del corazón en los oídos, como si fueran truenos, al pensar en que Lowell pudiera estar sopesando su propuesta. Era como si tuviera asumido su rechazo, y no estuviera preparada para la absoluta sorpresa de su aceptación.

Lowell le tomó la mano y le dio la vuelta. Sus dedos, ásperos por el trabajo, le rasparon un poco la suavidad de la palma a Flora.

—Ya veo que nunca has trabajado –dijo, mientras dibujaba círculos, gentilmente, sobre su piel.

NICOLA CORNICK

Flora tuvo una visión repentina y abrumadora de lo que podrían hacerle sentir aquellas manos en su cuerpo suave, y estuvo a punto de desmayarse. Tomó un trago de cerveza para tranquilizarse. En aquella ocasión le supo un poco menos amarga.

–¿Es que preferirías casarte con otra persona? –le preguntó de golpe–. Lizzie Scarlet flirteaba contigo, aunque ahora ya está casada. Hoy –añadió, con cierta sorpresa, porque acababa de acordarse de que lady Elizabeth y Nat Waterhouse se habían casado aquella misma mañana en la capilla privada de Scarlet Park.

–Lizzie coqueteaba con todo el mundo –dijo Lowell–. No significaba nada –su expresión tensa se relajó un poco–. Al principio pensé que quizá habías venido a verme por eso –añadió.

–¿Por qué? –preguntó Flora, confusa–. ¿Por qué pensabas que había venido?

–En busca de consuelo –dijo Lowell. Todavía le sujetaba la mano–. Porque Nat Waterhouse se ha casado.

–Oh –dijo Flora, mirando sus manos unidas–. No.

–¿Solo no? –preguntó Lowell, en tono divertido. Su pulgar seguía acariciando delicadamente la palma de la mano de Flora, y distrayéndola.

–Yo… eh… –Flora pestañeó. Tenía un sentimiento caliente, pesado, latiéndole en la sangre–. Me cae bien lord Waterhouse, pero no lo elegí para casarme con él como te elegí a ti.

Una pasión inesperada

Hubo un momento de quietud interrumpido por un trueno y un repentino chaparrón. Las gotas comenzaron a repiquetear en el tejado de la granja. Flora miró a Lowell a los ojos y vio que el buen humor continuaba allí, pero tras la diversión había algo brillante, intenso e impresionante. Flora se dio cuenta de que estaba temblando. Retiró la mano de la de Lowell rápidamente y se refugió en su vaso de cerveza.

–Me alegro –dijo Lowell–. Me enfadaba pensar que solo habías venido a verme para que te consolara.

–Ya te lo he dicho –respondió Flora–. Quiero casarme contigo para no tener que darle a Tom Fortune la mitad de mis cincuenta mil libras.

–Oh, sí –dijo Lowell, sonriendo. Se estiró perezosamente y puso las manos detrás de la cabeza–. Me acuerdo.

Por alguna razón, Flora volvió a sentir pánico, y se puso en pie de un salto.

–Tengo que irme –dijo–. Es tarde, y mis padres piensan que estoy acostada. Además, no puedo permitir que me vean sola de noche.

–Todavía no puedes salir –le dijo Lowell–. Te vas a empapar antes de dar cinco pasos. Espera a que escampe, y yo te acompañaré.

–¡No! Si alguien nos viera juntos…

Lowell se puso en pie. Estaba muy cerca de ella, y su presencia era fuerte y poderosa, tanto, que Flora intentó dar un paso atrás y se tropezó con la mesa.

—No vas a irte sola de noche —le dijo, y le tomó la cara entre las manos. En sus ojos había una mirada de ternura y de exasperación que hizo que a Flora le temblaran las rodillas.

—Podrías casarte con quien tú quisieras —susurró Lowell—. Eres guapa, rica, dulce y valiente —cerró los ojos durante un instante—. ¿Por qué yo, Flora?

Flora se apoyó en la mesa y lo miró. No más engaños, pensó, no más orgullo, no más excusas.

—Cuando me encontraste aquel día —dijo—, el día en que había cancelado mi boda, yo me sentía como si me hubieran concedido una segunda oportunidad. Hasta aquel momento no había vivido de verdad. Oh, había ido a fiestas, a bailes, de compras, de visita, y había dado órdenes a los sirvientes, y había hecho cientos de cosas que se supone que hacen las señoritas de mi edad y de mi clase. Sin embargo, no había hecho ni una sola cosa que me hiciera feliz —explicó, y tragó saliva—. No quiero parecer desagradecida —añadió—. Tener dinero es una bendición enorme, desde luego, pero no deseo vivir siempre de ese dinero, sin hacer nada, sentada en un salón recibiendo visitas de amigas y preguntándome cuándo va a empezar mi vida hasta que tenga mareos de pura frustración.

Miró a Lowell. Él estaba escrutando su rostro como si quisiera grabárselo en el corazón.

—Entonces, te vi a ti —prosiguió Flora—. El día en que había conseguido una segunda oportunidad —

Una pasión inesperada

carraspeó–. Te había visto más veces, claro, en las asambleas y en el pueblo, pero pensé... pensé que tenías tanta vida, tanta energía y tanta pasión que yo también quería eso. Quise esa pasión con todas mis fuerzas, y por eso he venido aquí hoy, para fingir que quería comprarte con mis cincuenta mil libras... –se detuvo.

Con solo mirar a Lowell, se había dado cuenta de que no tenía sentido continuar. Y lo más extraño de todo era que... Flora sabía que él no la compadecía, como había dicho cuando ella había llegado. La deseaba.

Lo veía en su rostro y lo sentía, aunque él no la estuviera tocando. Pero...

–Lo siento, Flora –dijo él, con una mirada llena de dolor–. No puedo casarme contigo. Tú crees que eres capaz de adaptarte a la vida de una granjera, pero no tienes ni idea de lo que significa eso. Sé que no serías feliz. Sería demasiado diferente a todo lo que conoces, y terminaría por destruirte. Por destruirnos.

Flora retrocedió. Estaba hundida por haberlo intentado y haber fracasado, y se sentía muy decepcionada.

«No voy a llorar», pensó. «Él no me merece».

–Por lo menos, yo me he atrevido a intentarlo – dijo con la voz ronca–. Me equivoqué acerca de ti, Lowell Lister. Pensaba que tenías coraje además de pasión, pero al final no estabas preparado para arriesgarte.

Se dio la vuelta y salió de la casa, a la tormenta, sin mirar atrás.

Lizzie estaba sentada junto a la ventana, mirando la calle bajo la lluvia. Era tarde y el pueblo estaba desierto, tan silencioso como una tumba. Lizzie nunca había vivido en el interior de Fortune's Folly, y había creído que al principio disfrutaría del bullicio y de la actividad del pueblo, pero aquella noche silenciosa era oscura y sofocante. Nat le había alquilado por un corto periodo una mansión llamada Chevrons a un abogado que se había marchado a Bath a pasar el invierno, y había decidido quedarse allí. Los duques de Cole eran quienes ocupaban la vivienda el año anterior, cuando intentaban buscarle un pretendiente a Lydia. Aquello había terminado mal, pensó Lizzie, y ahora, su matrimonio no iba mucho mejor.

Lizzie no tenía ni idea de cuánto tiempo pensaba Nat quedarse en Fortune's Folly, porque él no se lo había dicho. De hecho, Nat y ella no habían hablado de nada importante en absoluto y Lizzie no tenía ni idea de sus planes. Apenas se habían visto durante las dos semanas que había durado su compromiso oficial. La mañana siguiente a la orgía de Tom, Nat la había llevado a Drum Castle a que se alojara, respetablemente, con Miles y con Alice. Nat también se había ocupado del funeral de sir Montague, que había sido un acto muy triste con

Una pasión inesperada

muy pocos asistentes. Tom no había aparecido, y habían tenido que pagar a los sirvientes para que se presentaran en el cementerio.

Y después, Nat se había marchado a Londres para hacer los preparativos de la boda. Durante aquel tiempo, Lizzie se había quedado esperando, como si su vida estuviera suspendida, a que él volviera.

Nat y ella se habían casado aquella misma mañana en la capilla de Scarlet Park. Los testigos habían sido su primo Gregory, el conde de Scarlet, y algunos oficiales de la Cancillería. La boda se había adelantado como favor a Nat y a su primo, que tenía mucha influencia política. Lizzie había sido ignorada en todo el proceso. Ninguno de sus amigos había sido invitado, y cuando había protestado, Nat le había dicho que su primo el conde había requerido que la ceremonia fuera privada y que, como estaban en su propiedad, no podían decir nada. Lizzie se había sentido como si Gregory Scarlet hubiera mantenido todo el asunto en secreto porque se avergonzara de ella. Cosa que no sería de extrañar.

Después de la ceremonia, habían tomado un desayuno de celebración con los condes. Durante todo el tiempo, Lizzie había sentido nostalgia por estar en su antigua casa, aunque ya no fuera un lugar familiar para ella y perteneciera al actual conde.

Las esculturas y pinturas atrevidas de su padre habían desaparecido, y todo se había subyugado con colores oscuros y sombríos. Nada podía haberle indicado con más claridad que su antigua vida estaba cerrada para ella, para siempre. Lizzie ya no tenía sitio en Scarlet Park y tampoco tenía sitio en Fortune Hall, así que, ¿cuál era su lugar? No estaba segura. Y tampoco sabía qué tipo de vida iban a forjar Nat y ella juntos.

Habían vuelto a Fortune's Folly la tarde de la boda, y Nat había desaparecido rápidamente sin decirle a Lizzie adónde iba. Lizzie se había quedado sentada en el salón de Chevrons, sin nada que hacer. Estaba a punto de irse a dar un paseo para distraer la tristeza cuando había vuelto Nat, se la había llevado al dormitorio y le había hecho el amor, y después la había informado de que iba a pasar la noche con Dexter, hablando sobre los últimos adelantos de la investigación en el asesinato de sir Montague. Había sido brusco e impersonal, y los sentimientos agradables de Lizzie se habían disipado.

Se había sentado en la enorme cama y lo había observado mientras él se vestía con rapidez y eficiencia. Se había sentido perdida y desconcertada. Durante unos momentos, allí tendida junto a Nat, había podido engañarse pensando que eran como cualquier otra pareja de recién casados. La marcha de Nat, con un beso apresurado, había acabado con aquella ilusión y le había dejado un hueco dentro para que la desesperanza pudiera llenarlo. El hecho de que la dejara sola en su noche de bodas le dejaba bien claro que se había casado con ella para cumplir con su responsabilidad y proteger su reputación.

Una pasión inesperada

«¿Y esto es el matrimonio?», se preguntó Lizzie. «Pues entonces, no me gusta estar casada», se dijo con irritación, mientras tamborileaba con los dedos en el alféizar. «Mi marido ya me está ignorando, tan solo doce horas después la boda. No debería haberme casado con él».

Aquellos pensamientos, tan enredados y dolorosos, hicieron que se diera cuenta de lo distante que estaba de Nat y cómo, en los momentos posteriores a la muerte de Monty y en su desesperación por escapar de Tom, había permitido que Nat tomara todas las decisiones.

Miró de nuevo hacia la calle, a los charcos de agua que se habían formado en el empedrado, y al cielo, que se iluminaba hacia el oeste a medida que la tormenta escampaba.

Lo único que se oía dentro de la casa era el tictac del reloj. La frustración y el miedo la atenazaron de nuevo.

¿Qué se suponía que debía hacer? Aquel era el día de su boda, pensó con indignación. No iba a quedarse sola en casa, sola y abandonada. Si Nat deseaba salir, era asunto suyo, y ella iba a hacer lo mismo.

Abrió las puertas del salón y se encontró con la señora Alibone, el ama de llaves, en el pasillo.

–Buenas noches, señora –le dijo–. ¿En qué puedo ayudarla?

–Gracias, señora Alibone –dijo Lizzie–. Por favor, dígale al cochero que prepare el coche. Y avise a mi doncella. Voy a salir.

NICOLA CORNICK

La señora Alibone arqueó las cejas.

–Pero, señora... ¡está de luto! No es decoroso que salga por la noche, y además sin su marido.

–Es mi hermano quien perdió su vida –respondió Lizzie con aspereza–. Yo no tengo por qué perder también la mía. ¿Y por qué voy a dejar de ser persona por mí misma después de casarme?

–Si insiste, haré que saquen su vestido de crepé negro, señora –dijo la señora Alibone, con cara de desaprobación.

–No, gracias –dijo Lizzie–. Quiero llevar el vestido de noche plateado. Y los diamantes Scarlet. Tengo intención de causar impacto.

–No esperaba que estuvieras libre en tu noche de bodas, amigo –comentó Dexter cuando Nat se sentaba a su lado en un rincón tranquilo del bar del Hotel Granby–. ¿Cómo está lady Waterhouse? –añadió–. Me sorprende que hayas podido separarte de ella.

–Lizzie está bien –dijo Nat. Tomó un trago de cerveza y se apoyó en el respaldo del banco–. Está muy cansada. Ha sido un día muy largo y la he dejado leyendo tranquilamente en casa –añadió.

Cuando él había salido de Chevrons, Lizzie estaba leyendo una revista en el sofá del salón. Aquella visión había complacido a Nat, y le había hecho sentirse contento; su recatada esposa, recién levantada de la cama donde le había dado el mayor placer, y

Una pasión inesperada

después dedicándose a sus libros o a su costura en casa. Tenía la impresión de que había domesticado a aquella descocada y que Lizzie sería la perfecta desvergonzada en el dormitorio y un parangón de virtudes conyugales fuera de él. De hecho, Nat había empezado a pensar que quizá Lizzie tuviera dentro de sí aquella esposa calmada y decorosa que él siempre había deseado. Quizá lo sorprendiera. Quizá su matrimonio no fuera el desastre que él había previsto.

Quizá lo único que necesitara Lizzie era tener un hogar y una vida seguros, constantes. Nat estaba orgulloso de haber podido dárselo. Ella había estado mucho más tranquila y más maleable durante las semanas precedentes a su boda. Había aceptado su proposición de matrimonio sin discusiones, había seguido todos sus planes y había tenido una actitud muy reservada y sosegada.

Dexter lo estaba mirando con un poco de asombro.

–Si tú lo dices... No me parece que eso sea propio de la lady Elizabeth Scarlet que todos conocemos, pero tú debes conocerla mejor. Después de todo, es tu mujer.

Nat asintió. Volvió a pensar que durante las dos últimas semanas todo había ido notablemente bien. Desde el momento en que había rescatado a Lizzie de Fortune's Folly, la noche de la orgía de Tom, Nat había estado completamente concentrado en hacer todo lo que tenía que hacer para protegerla, para

NICOLA CORNICK

asegurar su fortuna y para pagar el chantaje de Tom Fortune.

Aquel día había sido la culminación de todo su trabajo. Se había casado con Lizzie, había salvado su reputación, había conseguido su dote y había arreglado la situación. Había pagado a su hermano, y había podido proteger también a su hermana Celeste y a su familia de todo daño. Había cumplido con su deber.

Nat tomó otro trago de cerveza mientras se felicitaba en silencio. Después le hizo un gesto a uno de los sirvientes del hotel para que le llevara otra jarra y la conversación se centró en la investigación de asesinato.

El buen humor le duró a Nat, exactamente, dos horas.

–Disculpe, milord –dijo un criado, después de que Nat hubiera consumido varias cervezas y se sintiera muy relajado. El sirviente le entregó una nota que, claramente, había sido escrita con urgencia.

Por favor, ven a la sala de juego en cuanto puedas. Lizzie está aquí, y hay un problema.
Alice Vickery.

Nat frunció el cielo, asombrado por el hecho de que Lizzie acudiera a un baile tan solo tres semanas después de la muerte de su hermano, y comenzó a sentirse inquieto. Sabía que Lizzie se comportaba

Una pasión inesperada

frecuentemente de manera poco convencional y hacía lo que le daba la gana, pero, ¿no había cambiado todo aquello después de que se convirtiera en su esposa? Él había pensado que ella lo había entendido y que se había adaptado a su nuevo papel. Quizá su optimismo hubiera sido prematuro.

—¿Ocurre algo? —preguntó Dexter, con las cejas arqueadas.

Nat arrugó la nota con exasperación, miró a su amigo y suspiró.

—Parece que Lizzie está aquí, en la sala de juego, y Alice me pide que vaya con ellos. Hay algún tipo de problema, así que me imagino que está apostando —dijo, y se puso en pie.

—Pero si Miles y Alice están en la sala, vigilarán a Lizzie —le dijo Dexter para tranquilizarlo, mientras se levantaba también.

Nat y él recorrieron apresuradamente el pasillo desde el bar hasta el salón de baile del Granby. A cada paso que daba Nat, su humor empeoraba, y no dejaba de preguntarse qué iba a encontrarse cuando viera a Lizzie.

En la sala de baile principal había un baile calmado y decoroso. Nat miró a su alrededor, pero no vio ni a Lizzie, ni a Alice, ni a Miles. Alice había mencionado la sala de juego en su nota. Nat esquivó a los bailarines y atravesó la puerta. Vio una multitud en la sala de juego.

Estaban arremolinados alrededor de una mesa de juego, y había un ambiente de gran expectación.

NICOLA CORNICK

Cuando entraron Nat y Dexter, Miles Vickery se abrió paso entre la gente hasta ellos. Nat lo agarró del brazo.

−¿Qué pasa?

−Lizzie está jugando al monte de tres cartas con Tom −dijo Miles con tirantez−. Él la ha desafiado a cambio de los diamantes Scarlet.

−¿Cómo? −Nat se quedó helado.

−Que Tom la retó −dijo Miles−. Dijo que los diamantes deberían ser suyos de todos modos, puesto que es el mayor. Lizzie dijo que su madre se los había dejado expresamente a ella, pero que se los jugaría contra él al mejor de tres partidas. Hasta el momento, ha ganado una vez cada uno.

Nat contuvo una maldición y fue hacia la mesa de juego. Lizzie miró hacia arriba. Ella llevaba un traje de encaje plateado, con un escote escandalosamente bajo, y llevaba el pelo caoba recogido con un pasador de brillantes. Tenía un aspecto etéreo, como de fantasía. Tenía los enormes ojos verdes nebulosos y rasgados y, cuando vio a Nat, esbozó la sonrisa que siempre tenía un extraño efecto en el cuerpo de Nat, que lo derretía por dentro y lo convertía en una lava de deseo.

Lizzie tenía una copa de champán junto al brazo, las mejillas sonrosadas y los ojos muy brillantes. Los diamantes Scarlet, el collar que le había regalado el difunto conde a su esposa cuando se casaron, descansaba, dibujando curvas sinuosas y deslumbrantes, sobre el tapete, entre Tom y ella.

Una pasión inesperada

—Buenas noches, amor mío —dijo Lizzie alegremente—. Espero que estés disfrutando de tu noche de bodas.

—He venido a llevarte a casa —respondió él, intentando contener su ira. Era consciente del silencio que reinaba en la sala y de que todo el mundo los estaba mirando, pero, sobre todo, era consciente de la mirada burlona y triunfante de Tom Fortune. Así que Tom no se había conformado con recibir veinticinco mil libras aquel mismo día, pensó Nat ferozmente. Su avaricia era incontrolable. Siempre quería más.

Lizzie entrecerró los ojos al oír sus palabras.

—Pero, Nat, querido —dijo—, ¡lo estoy pasando tan bien! ¡No puedes llevarme a casa ahora mismo!

—No seas aguafiestas, Waterhouse —dijo Tom—. ¿Es que no puedes permitirte perder las veinte mil libras de nada que vale ese collar ahora que tienes el dinero de Lizzie, y más todavía?

Su mirada oscura e insolente le dio a entender a Nat lo que estaba dispuesto a revelar si lo presionaba, y Nat sintió una punzada de pánico. Había creído que el asunto del chantaje estaba terminado, pero se dio cuenta de que había sido un idiota; los chantajistas nunca quedaban satisfechos, y si Tom decía una palabra de la desgracia de Celeste... De repente, el mundo ordenado de Nat se vio al borde del desastre otra vez.

—No sé por qué tienes tan asumido que voy a perder, Tom —intervino Lizzie. Barajó con movimientos expertos tres cartas, dos negras y una reina roja, y las puso boca abajo en la mesa–. Ya sabes que tengo mucha suerte.

–Quizá en el juego –replicó Tom–, aunque no creo que la tengas en el amor.

Nat hizo un movimiento involuntario de furia, y Lizzie lo miró un instante, pensativamente. Después volvió a fijarse en su hermano.

–Encuentra la dama, Tom –lo provocó–, y los diamantes son tuyos.

Nat tenía el cuerpo tenso.

Tom lo miró de nuevo, con los ojos llenos de malicia.

–Encuentra la dama, sí –murmuró–. ¿Es una pariente tuya, Waterhouse?

Nat sintió que Miles se movía a su lado, y se dio cuenta de que su amigo lo estaba observando con desconcierto, pero él estaba completamente concentrado en Lizzie. Ella estaba pálida y observaba las cartas con los ojos entornados mientras esperaba a que Tom eligiera una.

Tom alargó la mano y tomó una carta. Era el siete de espadas. Lizzie dio un gritito de alegría y unas palmadas.

–¡He ganado!

Hubo un aplauso de todos los presentes.

–Eres peor que un tahúr –le dijo su hermano malhumoradamente, mientras se levantaba de la mesa–. ¿Cómo demonios has aprendido esos trucos?

Lizzie tomó el collar y se lo puso. La joya des-

Una pasión inesperada

cansó sobre la curva superior de sus pechos, donde comenzó a resplandecer como el fuego y el hielo cada vez que ella respiraba. Nat apartó la vista de allí con dificultad y vio que Lizzie lo estaba mirando retadoramente.

—¿Quién es el próximo? —preguntó.

Entonces, Nat se sentó en la silla, frente a ella.

—Yo —dijo.

Hubo un murmullo de asombro en el grupo, y Lizzie abrió unos ojos como platos debido a la sorpresa.

—Creía que no aprobabas las apuestas —comentó.

—Y no las apruebo —respondió él. Se apoyó en el respaldo, se desabrochó la camisa y se aflojó el pañuelo del cuello.

—¿Basset? —preguntó ella.

—Piquet.

Lizzie encogió uno de sus blancos hombros.

—Lo que prefieras. ¿Y cuál es la apuesta?

—Tú —respondió Nat—. Vienes a casa conmigo. A nuestra cama.

De nuevo, los espectadores emitieron exclamaciones escandalizadas de asombro, y algunos se marcharon, Dexter, Miles y Alice entre ellos.

Lizzie miró a Nat con los ojos muy abiertos y brillantes de excitación, y con aquella pulsión salvaje que él estaba empezando a reconocer.

—Vas a perder.

—No, claro que no —dijo Nat.

—Siempre has sido un mal jugador.

NICOLA CORNICK

—He sido un jugador indiferente —dijo él, y la miró con intensidad—. Quizá te sorprenda.

—Me sorprendes frecuentemente —dijo Lizzie, y comenzó a repartir las cartas.

Ella ganó las dos primeras partidas; Nat ganó la tercera, la cuarta y la quinta. Se daba cuenta de que Lizzie había perdido la concentración, pero también de que se estaba esforzando mucho, mordiéndose el labio.

La mayoría del público se había marchado a buscar otro entretenimiento nuevo. Al final solo quedaron Lizzie y él, enfrascados en su círculo de tensión y deseo mutuo. Cuanto más duraba el juego, más lujuria sentía Nat. Estaba decidido a ganar y a conseguirla.

—No deberías haber bebido tanto champán —le dijo él—. Hace mella en la concentración.

Lizzie lo miró con irritación.

—Y tú deberías beber un poco más, y quizá no serías tan estirado.

—¿Por qué el collar? —le preguntó Nat—. ¿Por qué has arriesgado algo que es tan importante para ti?

—¿Y por qué no? ¿Qué importa?

—Vale veinte mil libras.

—No todo se trata de dinero en la vida.

—No —dijo Nat—. Se trata del hecho de que te lo dio tu madre, y de que tú valoras muchísimo cualquier cosa que pueda conectarte con ella.

Entonces, Lizzie lo miró fijamente.

—¿Cómo lo sabes?

Una pasión inesperada

—Porque, pese a lo que todos los demás dicen de ella, tú siempre la has adorado.

Lizzie tragó saliva y bajó la mirada.

—La echo de menos.

—¿Y por qué has apostado algo de valor que ella te dejó? No tiene sentido.

—¡Sentido! ¿Y qué sentido tiene la pérdida? Yo perdí a mi madre, ¿y se supone que debo valorar mucho un collar en su lugar? Perdí a mis dos padres. He perdido a Monty. Ninguno de ellos era perfecto, pero eran más valiosos que esto —dijo Lizzie, y tocó el collar con las yemas de los dedos.

—¿Es por eso por lo que has salido esta noche? ¿Porque te sentías sola y querías apostar para pasar el rato?

—Estaba aburrida —dijo, mientras repartía una mano de cartas, arrojándolas a la mesa como si no le importara nada—. Era mi noche de bodas y estaba sola. ¿Y tú?

—Yo tenía trabajo.

—Oh, bien —dijo Lizzie con una sonrisa burlona que no le llegó a los ojos. Sus palabras fueron pequeños alfilerazos para Nat—. Entonces todo está bien. Cuando los hombres dicen que tienen trabajo, nada de lo demás importa, ¿verdad?

—Estás enfadada.

—Y tú eres muy listo —dijo ella con desdén—. Es nuestra noche de bodas, Nat Waterhouse. Has ganado mis cincuenta mil libras, te has acostado conmigo... tomas todas las cosas que quieres, y después te vas a trabajar y me dejas sola. Me tratas como a una posesión, y después te comportas como un hombre soltero –dijo, y arrojó sus cartas con un gesto de disgusto–. Tengo una carta blanca y ninguna figura. Creo que ganas tú.

–Cuatro partidas contra dos –dijo Nat–. Deberías haber hablado antes. Eres temeraria.

–Cierto –dijo Lizzie–. Qué excitante debe de ser para ti el haber tenido razón.

–Ven conmigo –respondió él con aspereza, y se puso en pie–. Nos vamos a casa.

Ella lo miró de arriba abajo lentamente, como si fuera una reina evaluando a un campesino. Era todo altivez. Su mirada se posó despreciativamente en la evidencia de su erección.

–¿A casa? –le preguntó–. No durarás tanto. Me deseas demasiado.

Nat sabía que ella tenía razón. Tenía un dolor insoportable en el cuerpo. Solo podía pensar en aquella excitación desesperada. Tomó a Lizzie de la muñeca, sin preocuparse de quién estuviera mirando.

–Yo he ganado, así que...

–Así que reclamas tu premio –dijo Lizzie con frialdad.

Él quería encender un calor igual al suyo en ella, obligarla a que respondiera. La atrajo hacia sí y la besó. No era propio de él besar a una mujer en público, pero cuando rozó sus labios, helados y firmes, se olvidó de dónde estaban, y la besó con fuerza, saboreando el champán que había en su lengua y la

Una pasión inesperada

dulzura de Lizzie, y no dejó de besarla hasta que el maestro de ceremonias se acercó para decirles que su carruaje estaba esperando y que les agradecería que se marcharan porque estaban creando un escándalo público.

Lizzie tenía razón. En el coche, Nat la despojó del vestido plateado y la dejó tan solo con el collar de diamantes, y la tomó allí mismo, en el asiento, mientras el vehículo daba vueltas al pueblo en círculo hasta que ellos hubieron terminado. Lizzie sonrió con aquella sonrisa fría en la oscuridad veraniega, y su cuerpo desnudo brilló con igual frialdad y palidez. Con solo mirarla, Nat sintió lujuria de nuevo. Se perdió en ella mientras deploraba su falta de contención.

Después, se sintió saciado pero no feliz, y Lizzie se quedó silenciosa y distante de él, y las dudas que le habían oscurecido la mente antes volvieron, sin que él pudiera apartárselas de la cabeza.

Tenía miedo de que su matrimonio con Lizzie fuera un desastre, y aunque sus relaciones sexuales fueran espectaculares, estaba empezando a ver que sus dudas estaban justificadas.

Lizzie tenía un demonio de infelicidad que Nat no comprendía, y aunque quisiera ayudarla, no sabía cómo hacerlo.

Cuando por fin llegaron a Chevrons, llevó a Lizzie a la cama y le hizo el amor de nuevo, intentando ahuyentar a todos los demonios, y después se sumió en un sueño inquieto, y se despertó cuando su ayuda de cámara le llevó el agua caliente y descorrió las cortinas. La cama estaba vacía. Lizzie se había marchado. Nat sintió una extraña punzada de pérdida.

Lizzie ya estaba en el comedor cuando él bajó a desayunar. Llevaba un vestido verde claro y estaba muy bella, salvo que tenía ojeras. Se había recogido el pelo con una cinta verde, y estaba picoteando una tostada con miel como si detestara tan solo verla.

Nat tomó una taza de café, despidió al criado y se sentó frente a ella. Sabía que tenía que hablar con Lizzie, pero ella estaba tan reservada que le parecía imposible encontrar las palabras adecuadas.

—Espero que estés bien esta mañana —le dijo.

—Sí, gracias —respondió ella, distante.

Nat carraspeó.

—Acerca de lo que ocurrió anoche...

—Supongo que debo disculparme por avergonzarte —dijo Lizzie, si levantar los ojos del plato—. Perdona.

—No. No, no quiero una disculpa. Solo quiero saber por qué lo hiciste, por qué saliste, por qué tuviste la necesidad de apostar con Tom.

Lizzie lo miró brevemente.

—Porque soy salvaje e incontrolable —dijo irónicamente—. ¿No es lo que tú has dicho siempre?

—Sí, pero... —agitó la cabeza, desconcertado—. No entiendo por qué haces esas cosas tan escandalosas —dijo.

Entonces, recordó la noche anterior. ¿Qué era lo que le había dicho ella?

Una pasión inesperada

«Es nuestra noche de bodas. Has ganado mis cincuenta mil libras, te has acostado conmigo... tomas todas las cosas que quieres, y después te vas a trabajar».

—Siento haberte dejado sola anoche —le dijo—. Debería haber pensado que era nuestra noche de bodas y... —se interrumpió al ver que ella volvía la cara.

—No importa —dijo. Habló en voz muy baja.

Nat tuvo la impresión de que importaba mucho, pero ella se negaba a reconocerlo.

—También debería haberte tratado mejor. Te deseaba y no fui gentil. Me olvidé de que tienes poca experiencia...

Lizzie se encogió de hombros con indiferencia.

—No me has hecho daño, ni me has asustado —dijo—. Me sorprende mucho más descubrir que tenemos tanta afinidad física sin que haya nada más... —se detuvo, mordiéndose el labio—. Discúlpame —dijo, y se puso en pie.

—Lizzie —dijo él.

Ella se quedó inmóvil y lo miró.

—Sé que ocurre algo malo —dijo—. Lizzie, cuéntamelo.

—No pasa nada —respondió ella—. Estoy perfectamente.

—¿De veras?

Durante un segundo, Nat percibió una expresión de tristeza absoluta en su rostro, pero, después, ella alzó la barbilla.

–Me voy al pueblo –dijo Lizzie–. Quiero ir a la biblioteca. Espero que sea de tu agrado.

–Por supuesto –dijo él, cabeceando ligeramente ante su brusco cambio de tema–. Yo tengo trabajo hoy. Dexter me ha pedido que me una a Miles y a él para continuar con la investigación del asesinato de tu hermano, y tenemos mucho que hacer.

Lizzie asintió y salió. Un momento después, Nat la oyó hablando con la señora Alibone, y después oyó el sonido de sus pasos, y después todo quedó en silencio. Nat terminó su desayuno, intentando distraerse con el periódico, y preguntándose por qué se sentía peor que antes.

Capítulo 10

Estaban en boca de todo el pueblo. Nat Waterhouse y su lujuria ardiente y no disimulada hacia su esposa, y la de ella por él, eran el tema de moda en Fortune's Folly. Lizzie se sentía consternada.

Ella había sido el centro de los chismorreos muchas veces, y nunca le había importado nada. Y, si Nat y ella fueran felices y escandalosos juntos, tampoco le importaría nada en aquella ocasión. Sin embargo, no lo eran. Nat y ella no eran felices porque querían cosas distintas. Él estaba satisfecho con usar la pasión física como sustituto de una intimidad real. Nat no quería otra cosa que una esposa abnegada en la casa y una esposa desvergonzada en el dormitorio, mientras que ella lo quería todo: su deseo, su amor, a él mismo. Y él no lo entendía ni por asomo.

Cuando se había disculpado por dejarla sola en su noche de bodas y le había preguntado qué ocurría, ella se había sentido impotente, porque, si no era capaz de verlo por sí mismo, ¿cómo iba a entenderlo? Lizzie no quería tener que explicarle que hería sus sentimientos que la dejara sola en una noche que debería haber sido especial y maravillosa, y solo para los dos. Ver la mirada de incomprensión y sentir la lástima de Nat hacía que se diera cuenta de que no debía haberse casado, porque no era más que otra responsabilidad para él. Y no podía decirle, tampoco, que cuando se acostaban juntos se le rompía el corazón, porque era algo apasionado y excitante, pero estaba totalmente vacío de amor.

Lizzie se tomó una taza de chocolate en el balneario, compró unos lazos rojos y un par de guantes y fue a la biblioteca. Estaba agotada, dolorida por las exigencias de Nat en sus relaciones, e infeliz por la tensión emocional de tener que reprimir el amor que sentía por él. Le dolía el cuerpo, y tenía la mente embotada.

Miró por las estanterías de libros e intentó pensar en cuál podía elegir. Leer podía estar bien. Le calmaría la mente y le proporcionaría algo que hacer durante todo el día. Se sentó en una de las butacas que la señora Tarleton, la bibliotecaria, había situado en un rincón para los lectores, y se quedó mirando al vacío. Al cabo de unos instantes, el murmullo de unas voces la sacó de su ensimismamiento. Priscilla Willoughby estaba al otro lado de la estantería. Lizzie reconoció su voz ligera, y también los tonos agudos de lady Wheeler.

–¿Has oído la noticia? Sí... una total falta de vergüenza... bebiendo litros de champán y apostándose las joyas, con su hermano muerto hace pocas semanas, aunque nadie lo eche de menos, en realidad...

«Yo sí», pensó Lizzie. «Quizá sea tonta, pero a pesar de sus defectos, echo de menos a Monty. Debo de ser la única».

–Me tiene asombrada que Nathaniel se casara con esa ordinaria –dijo Priscilla, en un tono mordaz–. Aunque no me sorprende que ella se comporte tan mal. Su madre no era más que una prostituta de clase alta. De hecho, no me extrañaría que la misma lady Waterhouse se hubiera acostado con varios hombres antes de casarse... John Jerrold, por ejemplo...

–Pobre lord Waterhouse –dijo lady Wheeler–. Porque él la desea, por lo que tengo entendido... sí... en el carruaje... absolutamente escandaloso... Y pensar que siempre había imaginado que él preferiría a una esposa bien educada, como Flora Minchin o como tú misma, Priscilla...

–Nathaniel no está pensando con la cabeza en este momento –dijo Priscilla–. Todos los hombres son iguales. Se dejan llevar por lo que tienen en los pantalones...

Nicola Cornick

—¡Priscilla! —lady Wheeler estaba escandalizada, y Priscilla moderó su tono.

—Lord Waterhouse recuperará el sentido común cuando se le pase la lujuria. Entonces se dará cuenta de lo libertina que es su mujer —dijo, y se rio—. No es posible que la quiera de verdad. Estaba desesperadamente enamorado de mí cuando era joven. Me dijo que era su ideal de mujer.

Hablaba con petulancia. Lizzie la veía por entre los libros; llevaba un vestido de color lila y un gran sombrero de paja con lacitos. Tenía un aspecto de frialdad, de compostura glacial.

—Me escribía largas cartas de amor —prosiguió Priscilla Willoughby—, en las que me hablaba de sus sentimientos, ¿sabes, Margaret? —soltó una risita tintineante—. A decir verdad, creo que todavía está un poco enamorado de mí.

Lizzie se puso en pie bruscamente. La manga se le enganchó en la estantería y, al tirar, hizo caer varios libros al suelo. Lady Willoughby y lady Wheeler se volvieron, como el resto de los ocupantes de la biblioteca. Lady Wheeler enrojeció violentamente, pero lady Willoughby permaneció calmada, con una sonrisa triunfante.

—¡Lady Waterhouse! No la había visto.

—¿De veras? —preguntó Lizzie, y al recibir la mirada de desprecio de Priscilla Willoughby, intentó no sentirse joven y vulnerable—. Me han interesado mucho sus reflexiones sobre el sexo masculino de la especie, lady Willoughby —continuó—. Está claro

Una pasión inesperada

que ha conocido a tantos hombres como para hacer un estudio.

Asintió bruscamente y salió al calor de la calle. El sol le cayó en la cabeza y la luz la cegó. Se le había olvidado tomar un sombrero, o una sombrilla. Estaba acalorada y mareada.

Cartas de amor, había dicho Priscilla Willoughby. Nat, el hombre más práctico y menos sentimental del mundo, le había escrito a Priscilla Willoughby cartas de amor. Ella era su ideal de mujer, bien educada, refinada. ¿Qué le diría él en aquellas cartas? Seguramente, contenían las palabras que Lizzie quería oír de labios de Nat.

Siempre te he querido...
Te querré hasta el final de los tiempos...

¿Las habría conservado Priscilla, atadas con un lazo, dentro de una caja? ¿O había valorado el amor de Nat tan poco que las había quemado o las había tirado a la basura?

La Perfecta Priscilla, el ideal de mujer de Nat... Lizzie podía pensar que algunas de las cosas que había dicho lady Willoughby no eran más que muestras de desdén y celos, pero en algo tenía mucho miedo de que Priscilla hubiera dicho la verdad. Los sentimientos y emociones profundas, el amor que Nat pudiera tener por una mujer como aquella durarían mucho más que la lujuria que sentía por ella. Un día, aquel deseo se terminaría, porque era dema-

Nicola Cornick

siado intenso como para durar, y no quedarían cimientos sólidos. No quedaría nada...

Lizzie se dio cuenta de que estaba temblando pese al calor. Caminó lentamente por el paseo de Fortune, ajena a los grupos de gente que disfrutaba del sol de verano. Se sentó en uno de los bancos del parque y miró ciegamente hacia la nada. No tenía idea de cuánto tiempo llevaba sentada allí, cuando se le acercó alguien y dijo:

–Mi señora me ha pedido que le entregue esto, milady.

Una criada le dio una carta, y Lizzie miró la figura de la doncella uniformada mientras se alejaba. La muchacha no miró atrás. Lizzie observó con asombro el papel. Estaba gastado y era viejo, y la carta no estaba dirigida a ella, sino a Priscilla Willoughby.

Lo entendió todo y sintió una aguda punzada de dolor. La Perfecta Priscilla no podía permitir que Lizzie dudara que Nat le había escrito aquellas cartas de amor, y le había enviado una de ellas para que la leyera. Estaba allí, en su regazo, tentándola a abrirla para que su tristeza fuera completa. Tocó el lazo descolorido e intentó resistir el impulso de abrirla.

No iba a leerla. No iba a atormentarse.

Tiró la carta al paseo, donde una mujer la pisó sin darse cuenta mientras caminaba. Lizzie sintió algo de satisfacción, y cuando comenzaron a caer las gotas gruesas de una lluvia de verano y la tinta comenzó a correrse, se sintió incluso mejor. Pronto, pensó, la carta de amor para Priscilla no sería más que pasta de papel. Pero habría, sin duda, muchas más en el mismo sitio en el que había estado aquella.

Volvió a casa caminando bajo la lluvia, empapándose, y se encontró con que Nat había vuelto a comer y estaba hablando de asuntos domésticos con la señora Alibone en el vestíbulo. Ambos se la quedaron mirando, desde el pelo aplastado hasta el vestido calado, y Lizzie se echó a reír ante sus miradas idénticas de sorpresa y desaprobación.

–La señora es muy original –le dijo el ama de llaves a Nat mientras Lizzie pasaba hacia las escaleras para subir a su habitación a cambiarse–. Mi antigua señora, la duquesa de Cole, tenía ideas muy precisas de cómo deben comportarse las damas...

–Yo no tomaría a Su Excelencia como un modelo de buen comportamiento –comentó Lizzie por encima del hombro–. Tenía tendencia a asesinar a aquellos que no le parecían bien. Un poco exagerado...

Se echó a reír, y la señora Alibone se irguió como si se hubiera tragado el palo de una escoba.

Aquella noche, Lizzie y Nat fueron a un concierto. Alice y Miles también estaban allí, con otros miembros de la buena sociedad de Fortune's Folly, y Lizzie sonrió hasta que le dolió la cara, y charló, y se rio, pero después no era capaz de recordar nada de aquello sobre lo que había hablado. Priscilla Willoughby estaba sentada al otro lado de la sala, deslumbrante con un vestido rosa claro, y sonrió a Lizzie como un gato gordo que acabara de tomarse un cuenco de nata. Cuando Lizzie llegó a casa, se encontró con otra carta de amor esperándola, en aquella ocasión, atada con un lazo rojo. Lizzie la echó al fuego y se acostó.

Se despertó en mitad de la noche, con un dolor agudo en el vientre, y supo al instante lo que significaba. Habían pasado seis semanas sin que tuviera el periodo, y había empezado a pensar que estaba embarazada. Se había sentido ansiosa por ello, pero también sentía pequeñas chispas de júbilo a cada día que pasaba. Sin embargo, ahora su entusiasmo había sido sustituido por la desesperación.

Lizzie tuvo que meter la cabeza bajo la almohada para no echarse a llorar en voz alta. Las lágrimas se le resbalaban por la cara, y se acurrucó en el colchón, buscando consuelo ciegamente. Nat estaba en la habitación contigua, y una parte de ella quería correr a su lado. Deseaba tanto su consuelo... Quería que él supiera instintivamente que lo necesitaba, y que acudiera a su lado. Sin embargo, la puerta siguió cerrada, y la ausencia de Nat ponía de relieve la distancia que había entre ellos.

Permaneció en la cama al día siguiente, y el día después, alegando que tenía dolor de garganta. Nat echó una mirada a su cara pálida y dijo que debía descansar. Le besó la mejilla y se marchó. Aquella noche le llevó flores, rosas rojas de los jardines, que olían maravillosamente y que hicieron que Lizzie tuviera ganas de salir al aire fresco de verano.

Una pasión inesperada

Parecía que él estaba muy inquieto por ella, pero Lizzie estaba demasiado cansada como para hablar. Estaba muy confusa, porque su menstruación nunca había interferido antes en su vida. Nunca había sentido aquella lasitud. Se quedó dormida con Nat sentado a su lado, en la cama, pero cuando se despertó a medianoche, él ya se había marchado.

En la noche del quinto día, Lizzie se levantó por fin, y Nat la llevó a un baile, con la esperanza de que se animara. Lizzie bebió demasiado y bailó tres veces con John Jerrold, e intentó no fijarse en el hecho de que Nat bailara con Priscilla Willoughby, que estaba bellísima con un vestido de seda de color ámbar.

–Tienes aspecto de estar triste, Lizzie –le dijo Alice al día siguiente, mientras tomaban el té en el balneario.

–Me duele mucho la cabeza –confesó Lizzie–. Bebí demasiado vino anoche.

–¿Por qué?

Lizzie hizo girar la taza de té entre las manos. Ella también se había hecho la misma pregunta.

–Me siento mejor bebiendo –admitió–. Estaba tan triste, Alice... y no sé por qué. El vino me quitó el dolor, al menos durante un rato.

–Pero te has despertado sintiéndote peor –dijo Alice–. Lizzie, estás sufriendo. Estás abatida por la muerte de sir Montague y por todas las cosas que has perdido. Sé delicada contigo misma. ¿Le has contado a Nat cómo te sientes?

Lizzie negó con la cabeza.

NICOLA CORNICK

—Le dije que me dolía la garganta.

—Lizzie...

—No estoy embarazada —dijo Lizzie de repente, sin poder evitarlo—. No estoy embarazada, Alice, y lo deseaba tanto... No me había dado cuenta de lo mucho que quería tener un hijo hasta que supe que no iba a tenerlo —susurró, apretándose los dedos—. Al principio pensé que sería terrible, pero ahora que no va a ocurrir... —se le resbaló una lágrima por la mejilla y cayó en la taza.

—Oh, Lizzie... lo siento muchísimo. No sabía que quisieras...

—Yo tampoco, pero lo deseo, Alice. Al menos, eso sería un vínculo con Nat —dijo Lizzie. Miró a su amiga y se dio cuenta de que la había dejado perpleja—. No me mires así —le dijo—. Sé que Miles y tú sois muy felices, pero no todos tenemos tanta suerte.

Alice le apretó las manos con afecto.

—Nat y tú erais muy buenos amigos hasta hace muy poco, Lizzie. ¿Qué ha ocurrido?

—Todo se estropeó cuando me enamoré de él —dijo Lizzie con tristeza—. No sé por qué, pero no soy capaz de hablar con él ahora. Me parece un extraño —añadió, y se mordió el labio—. No debería haberme casado con Nat. Sabía que sería un desastre.

—Habla con él —dijo Alice—. Dile lo que sientes...

—¡No! No puedo, Alice. Si le digo que lo quiero, perderé mi orgullo, como he perdido todo lo demás.

—El orgullo es un pobre consuelo —dijo Alice, y suspiró—. Me parece que Nat es igual de tonto que

Una pasión inesperada

tú. Debe de ser la única persona de Fortune's Folly que no se da cuenta de que estás enamorada de él. ¡Tengo ganas de decirle lo que opino!

—¡No lo hagas! —le rogó Lizzie, tomándola de la mano—. Por favor, Alice. No hagas nada. Déjamelo a mí —apartó la mirada y dijo—: Yo hablaré con él cuando llegue el momento. Todavía no estoy preparada. Mis sentimientos están en carne viva.

—Está bien —dijo Alice, y volvió a suspirar—. Pero, por favor, ten cuidado, Lizzie. Me asustas. Para ti, las cosas han cambiado mucho recientemente. No me extraña que te sientas perdida —añadió, y la miró con atención—. ¿Qué vas a hacer durante el resto del día?

—No lo sé —dijo Lizzie.

Las horas se extendían ante ella como un espacio vacío y aburrido. ¿Qué hacía ella antes de casarse? Durante un momento aterrador, casi no fue capaz de acordarse.

—Lady Waterhouse. Lady Vickery —dijo Priscilla Willoughby, que se detuvo junto a su mesa al pasar, mirándolas por encima del hombro—. Cuánto me alegro de verlas aquí —añadió con una sonrisa falsa—. Y qué bien se ha adaptado a la sociedad local, lady Vickery. Pero claro, lady Membury me dijo una vez que usted era la sirvienta más lista que tenía.

Después asintió, y se alejó.

Lizzie estaba a medio levantar del asiento, presa de la rabia y el disgusto, cuando Alice la agarró del brazo.

—¡Lizzie, no! —le siseó Alice.

—¡Ya he tenido suficiente de esa arpía despreciable!

—Sí —convino Alice—, pero la respuesta no es montar una pelea en el balneario.

Hizo que Lizzie se sentara de nuevo y sirvió dos tazas de té. Lizzie, agitándose de furia, se quedó asombrada al ver que en la cara de Alice había una expresión de calma y que no le temblaba la mano.

—No sé cómo puedes estar tan serena.

—No lo estoy —respondió Alice—, pero me niego a darle a lady Willoughby la satisfacción de ver que me ha enfadado. Ella quiere provocarme para que cometa una falta de educación y demuestre así que tiene razón. Sin embargo, yo no voy a darle ese gusto.

—No —dijo Lizzie—. Tienes toda la razón.

—La venganza —continuó Alice—, es mucho mejor que una demostración de cólera.

Lizzie se inclinó hacia delante, prestándole a su amiga toda su atención.

—¿Qué has pensado?

—Me he enterado de que lady Willoughby ha mandado disculpas esta noche por no poder venir —le susurró Alice a Lizzie al oído, durante el intermedio del concierto al aire libre que se estaba celebrando en el parque aquella tarde.

Miles y Nat se habían ido a buscar unos refres-

Una pasión inesperada

cos, y Lizzie y ella estaban sentadas bajo un sauce, protegidas del sol, y escuchando cómo los miembros de la orquesta afinaban los instrumentos antes de comenzar la segunda parte del concierto.

–Dice que tiene jaqueca, pero los criados han dicho que ha contraído una enfermedad horrible en la piel. Parece que tiene picores, y que... eh... las zonas íntimas son las que pican más. Es el último chisme.

–Qué pena –dijo Lizzie–. ¿Y saben cuál es la causa?

–No –dijo Alice–. Es un misterio –añadió, y examinó el programa–: Oh, qué bien, ahora viene una cantata de Bach –volvió a bajar la voz–. He oído, sin embargo, que el jugo del aliso de Buckthorn puede causar prurito si por accidente entra en contacto con la piel.

–Yo también lo había oído –dijo Lizzie–. Sobre todo si es absorbido por la ropa interior.

–Pero claro, eso no puede pasar –dijo Alice, sonriendo angelicalmente mientras Nat y Miles se unían a ellas–. Porque, para que sucediera, sería necesario que el jugo llegara al agua de lavar la ropa, ¿y cómo es eso posible?

–Solo por accidente –asintió Lizzie–. Quizá, si lady Willoughby ha recibido un regalo, algo como un frasquito de lavanda que aparentemente le había mandado un antiguo admirador... –miró a Nat de reojo, pero él estaba hablando con Miles y no se dio cuenta de nada–. ¿Han dicho cuánto tiempo va a tardar en recuperarse? –le preguntó.

–Creo que varios días –dijo Alice, cabeceando.

NICOLA CORNICK

—¿De veras? —preguntó Lizzie—. Qué terrible.

Alice y ella se miraron y sonrieron como si fueran dos colegialas. Lizzie pensó que era reconfortante haber sido mala y haberse vengado de lady Willoughby, que se merecía tanto que la pusieran en su sitio. Sin embargo, no pensaba que Priscilla fuera de las que se dejaran vencer fácilmente. Haría falta algo más que un frasco de agua de lavanda adulterada para derrotarla. Seguramente, ella volvería a la carga.

Lizzie miró a Nat e intentó olvidar la existencia de las cartas de amor que su marido le había enviado a Priscilla. Hacía mucho tiempo de todo aquello. Nat no la quería, pero tampoco quería a lady Willoughby. No era posible. Sin embargo, Lizzie no podía evitar sentir celos de la mujer que había tenido un día el corazón de Nat entre las manos. Todas aquellas cartas, todas aquellas declaraciones de amor, todas aquellas palabras y la emoción que ella quería y que le era negada...

La música comenzó de nuevo, y Lizzie fijó los ojos en la orquesta e intentó no preocuparse demasiado.

Al día siguiente, Nat había salido de casa antes de que Lizzie se despertara.

—Su señoría ha tenido que irse a atender un asunto familiar urgente —murmuró la señora Alibone cuando Lizzie bajó a desayunar—. No deseaba despertarla, pero me indicó que le dijera que espera estar de vuelta esta misma noche.

Después, el ama de llaves se escabulló de la habitación como una serpiente, y Lizzie se quedó inquieta y abatida. ¿Por qué no la había llevado Nat a Water House con él? Hacía varios años que no veía a su familia. ¿Acaso se avergonzaba de haberse casado con ella? Él se había ausentado tantas veces últimamente que Lizzie no tenía la sensación de estar casada. ¿Y por qué no le había dejado una nota, en vez de darle el mensaje a la señora Alibone, a quien ella odiaba? El ama de llaves, con su lengua afilada y su mirada entrometida, hacía que se sintiera como si fuera una prisionera en su propia casa.

Lady Wheeler y Mary la visitaron aquella mañana, sin disimular su curiosidad por los avances de la investigación del asesinato de sir Montague. A Lizzie le pareció que Mary tenía muy mal aspecto. Estaba pálida, demacrada, e inquieta. No dejaba de moverse nerviosamente mientras su madre cotilleaba y parloteaba, y aceptaba una segunda taza de té.

–Una se pregunta si sir Thomas será el próximo –dijo lady Wheeler con preocupación, mientras ponía tres cucharadas de azúcar en la taza–. Espero que nadie lo asesine, porque le ha prestado bastante atención a Mary, y sería una suerte que mi hija se convirtiera en lady Fortune.

–Tom no es precisamente el pretendiente que yo

querría para ninguna de mis amigas –dijo Lizzie–. Aunque estuviera intentándolo durante una semana, no podría nombrar una sola cualidad buena de mi hermano.

–Bueno, al menos Mary estaría casada –dijo lady Wheeler, con una mirada fulminante para Lizzie, que sugería que, como ella se las había arreglado para atrapar a un conde, debería ser más comprensiva con las ambiciones de una madre–. Desde que lord Armitage la abandonó, Mary ha estado muy decaída –continuó lady Wheeler–, arrastrándose por la casa como un fantasma, suspirando y lloriqueando. Está acabando con mi paciencia...

–Mamá... –susurró Mary, con los ojos llenos de lágrimas.

–He oído decir que sir Thomas también ha visitado a Flora Minchin –dijo lady Wheeler, haciendo caso omiso de la angustia de su hija, y hablando como si la muchacha no estuviera a su lado–, así que supongo que Mary tiene una rival, aunque Flora solo es hija de un banquero, y no tiene alcurnia.

–Creo que lo que más le importa a Tom es la fortuna de Flora, y no su pertenencia a la aristocracia –dijo Lizzie, poniéndose en pie. Le sonrió a Mary, que solo pudo hacer un gesto de tristeza en respuesta–. Le ruego que no se haga demasiadas ilusiones, señora. Ahora que mi hermano ha descubierto, como Monty antes que él, que puede desplumar a todo el mundo con los impuestos medievales, dudo que se moleste en casarse. No está capacitado para ello.

–Bueno, pues es una falta de consideración por su parte –dijo lady Wheeler, que por fin se dio por aludida y se dirigió hacia la puerta–, sobre todo teniendo en cuenta que hay tan pocos caballeros solteros en el pueblo. ¿Qué vamos a hacer ahora con Mary?

–Yo le sugiero que la dejen en paz –dijo Lizzie, apretándole las manos afectuosamente a Mary cuando se separaron en el vestíbulo.

Después, observó cómo lady Wheeler y su hija se alejaban por la avenida flanqueada de árboles. Lady Wheeler iba moviendo la cabeza mientras le echaba un sermón a la muchacha, y Mary iba arrastrando los pies y quedándose atrás como una niña poco obediente.

Por la tarde, Nat no había vuelto ni había enviado ningún mensaje, así que Lizzie se fue a montar a caballo sola, hacia los pantanos y hacia Fortune Hall. Quería ver su viejo hogar, aunque sabía que se quedaría dolida y nostálgica al recordar cómo habían sido las cosas antes de que Monty se hubiera vuelto loco por el dinero y Tom hubiera demostrado que era un canalla. Observó la vieja casa solariega dormitando bajo el sol, y supo que aquella parte de su vida había terminado para siempre.

Estaba alejándose de la casa por el camino hacia Fortune's Folly cuando Tom salió súbitamente por la puerta del vallado de uno de los prados, y asustó tanto a Lizzie que, sin querer, tiró de las riendas y Starfire estuvo a punto de encabritarse. Lizzie la calmó automáticamente, mientras Tom se apoyaba despreocupadamente contra la portezuela y la miraba, con una sonrisa desagradable.

—Vaya, si es la tahúr de mi hermanita —dijo—. ¿Qué te trae por aquí, Lizzie?

—Estaba dando un paseo —respondió ella—. ¿Cómo estás, Tom?

—Mejor que otros, por supuesto —dijo Tom, y se irguió—. Por ejemplo, que Priscilla Willoughby. Me ha pedido que te dé un mensaje, Lizzie.

Lizzie arqueó las cejas.

—¿Lady Willoughby es amiga tuya? Debería haberlo imaginado —dijo, y ladeó la cabeza—. Seguro que os lleváis muy bien, con tanta malicia como tenéis en común.

—Tenemos un trato —dijo Tom.

—Entonces, ¿va a convertirse en la siguiente lady Fortune? —inquirió Lizzie.

Tom se echó a reír.

—No, no creo —dijo—. No soy lo suficientemente rico como para tentar a Priscilla, y de todos modos, no quiero casarme con semejante furcia —dijo, y miró fijamente a su hermana—. No juegues con ella, Lizzie. Tiene mucha más experiencia que tú, y podría hacerte mucho daño.

—¿Y me lo adviertes por una bondad repentina?

Tom volvió a reírse.

—No, claro que no. Hay cosas que tú no sabes,

Una pasión inesperada

Lizzie. Cosas de ese marido tuyo, tan honorable. Eso es lo que quiero decirte.

Lizzie agarró con fuerza las riendas, sin darse cuenta, y Starfire se movió. Tom sonrió al ver que su dardo había dado en el blanco.

–Tu talón de Aquiles –dijo suavemente–. Tu amor por el conde de Waterhouse –añadió, y movió la cabeza de lado a lado–. Eres una gran chica, Lizzie. Te admiro, de verdad. En muchos sentidos, somos muy parecidos, pero tú eres una ingenua.

–No me iguales a ti –le dijo Lizzie–. Puede que yo sea salvaje, Tom, pero no soy una desgraciada sin sentimientos.

–Peor para ti –respondió su hermano con calma–. Le has entregado tu corazón al hombre equivocado.

–¿Qué es lo que quieres decirme? –le preguntó ella con el corazón encogido–. ¿Es algo tan importante como que Nat fue amante de Priscilla Willoughby?

–Seguro que ella lo hubiera querido, pero no. Al menos, te ahorraré esa tortura, Lizzie. Lo que iba a preguntarte es si sabes que el primo Gregory Scarlet pagó a Nat para que se casara contigo.

Lizzie se quedó mirándolo fijamente, mientras el sol se filtraba entre las hojas de los árboles y los pájaros cantaban, y ella no podía oírlos porque tenía un zumbido en los oídos.

–Una dote –dijo, con los labios rígidos.

Tom negó con la cabeza.

–Un soborno, Lizzie. Ya sabes lo estirado que es

el primo Gregory. Se había enterado de que te pareces mucho a nuestra madre –dijo–. La bebida, ¿sabes? Tienes fama de bebedora. Y tus coqueteos con hombres poco adecuados... Poco digno y conveniente para el título ancestral de los condes de Scarlet.

–Tú no eres quién para hablar de conducta poco digna y conveniente –respondió Lizzie. Sentía frío en los huesos.

Un soborno... Nat había recibido un soborno por casarse con ella...

–Para los hombres es distinto –dijo Tom–. De mí nadie va a decir que soy una libertina borracha.

–No. Solo un borrachín arrogante, insufrible y odioso.

Tom se rio de placer por haberla herido. Lizzie sabía que lo estaba disfrutando. Lo veía en su cara, y sin embargo, no podía resistir su provocación.

–Tendrás que hacerlo mejor si quieres vengarte –le dijo él alegremente–. Al menos, a mí no me van a comprar ni a vender como un trozo de carne, como a ti –Tom se acercó, mirándola–. El primo Gregory te vendió, Lizzie, con unos cuantos miles de libras extra para endulzar tu dote, y Nat Waterhouse te compró porque necesitaba el dinero.

Lizzie ya había oído suficiente. Taloneó a Starfire e hizo que el caballo se volviera con tanta brusquedad que lanzó a Tom al suelo. Lizzie tiró de las riendas y Starfire se encabritó, y durante un momento de satisfacción, Lizzie vio un terror verda-

Una pasión inesperada

dero en el rostro de su hermano, que temió que los cascos del caballo lo aplastaran. En el último instante, ella se volvió de nuevo, de modo que el caballo hizo una pirueta perfecta. Tom se puso en pie, jurando horriblemente, y Lizzie lo miró.

–Nunca he entendido tu necesidad de hacer daño a la gente, Tom –dijo–. Una vez éramos amigos, Monty, tú y yo. ¿Cuándo se estropeó todo?

No esperó su respuesta. Salió galopando hacia Fortune's Folly, y dejó a Tom en mitad del camino, mirándola. Lizzie sentía el veneno de su mirada. El corazón le chocaba contra las costillas a causa del esfuerzo tan grande que estaba haciendo por no llorar.

Comprada y vendida como un trozo de carne...
Un soborno...
Una libertina borracha, como su madre...

Gregory Scarlet no había querido tener nada que ver con ella desde el momento en que había heredado el título de su padre, y ahora, lo único que le importaba era proteger la buena reputación del apellido Scarlet. Y Nat había aceptado el trato, por el dinero... Por el dinero... Las palabras resonaban en su cabeza al ritmo de los golpes de los cascos de Starfire.

Cuando llegó a Chevrons, cepilló ella misma a Starfire y le dio de comer. Estar en los establos, con los caballos, la calmaba. Era una de las pocas cosas de su vida que se mantenía constante.

La casa estaba en silencio cuando entró. La mesa estaba puesta para uno en el comedor.

NICOLA CORNICK

—Lord Waterhouse volvió mientras usted estaba fuera, milady —dijo la señora Alibone—. Ha ido a cenar a su club esta noche, y dijo que no lo esperara hasta tarde.

Nat había salido. Por supuesto. Él siempre estaba fuera, el marido a quien habían tenido que sobornar para que se casara con ella. Lizzie se sintió enferma de tristeza, porque Nat no quería pasar tiempo con ella. Sin embargo, solo el dinero y el deber los habían empujado a casarse, no el amor.

Se quitó los guantes de montar y los dejó sobre la mesa. Había un decantador en la consola auxiliar. Parecía que la llamaba. El color rojo del vino brillaba a la luz de la tarde. Un pequeño trago la ayudaría a mitigar la tristeza.

Una libertina borracha, como su madre…

Lizzie tiró el decantador al suelo de un golpe brusco y violento. El cristal se hizo mil pedazos, y el vino empapó la alfombra. La señora Alibone volvió rápidamente a la habitación y Lizzie se preguntó si había estado espiándola por el agujero de la cerradura.

—¡Señora!

—Ha sido solo un accidente —dijo Lizzie—. Discúlpeme. Yo misma lo limpiaré…

—¡Milady! —exclamó la señora Alibone, incluso más indignada ante la idea de que su señora limpiara—. ¡Por supuesto que no!

Lizzie suspiró.

—Muy bien. Gracias, señora Alibone —dijo, mirando

Una pasión inesperada

los cubiertos y el plato que había sobre la mesa–. Por favor, dígale a la cocinera que no se moleste con la cena. Voy a salir.

El ama de llaves arqueó las cejas.

–¿Va a salir? ¡Señora, no puede hacerlo! ¡No es aceptable!

–Sí, sí puedo –dijo Lizzie–. Voy a salir sin mi marido. Otra vez. Horrible, ¿verdad?

Y subió corriendo las escaleras para cambiarse.

Capítulo 11

—Mañana por la mañana voy a pedir la mano de tu prima Mary —dijo Tom Fortune.

Estaba repantigado en la butaca de su estudio de Fortune Hall. Tenía la camisa suelta y los pantalones desabrochados. Estaba disfrutando de las atenciones de la habilidosa boca de Priscilla Willoughby, y de sus manos igualmente hábiles, y se sentía muy relajado.

El hecho de recibir placer de una mujer con velo resultaba extremadamente erótico. Priscilla se había negado a dejar que la viera ni la tocara, porque la enfermedad de la piel que estaba sufriendo le había provocado un tremendo sarpullido. A Tom le resultaba hilarante que Lizzie le hubiera infligido semejante humillación a su engreída amante. Priscilla lo encontraba menos divertido. De hecho, Tom sospechaba que el único motivo por el que estaba allí, satisfaciendo sus vicios, era que quería algo de él en compensación.

–Intenté seducir a Mary –continuó–. Quería asegurarme de que se viera obligada a casarse conmigo.

–¿Y qué ocurrió? –preguntó Priscilla, y rozó su pene con la boca, con la más ligera y seductora de las caricias, y lo rodeó con su lengua pequeña y astuta, jugueteando y hurgando. Tom se estremeció de gozo.

–Salió huyendo, como la virgen asustada que es –dijo él–. Creo que estaba aterrorizada. Stephen Armitage no pudo acostarse con ella cuando estaban comprometidos. O quizá sí lo hizo, y por eso ella tiene miedo ahora.

Priscilla tiró de él, y Tom gruñó.

–Al menos, te has librado del tedio horrible de tener que hacerle el amor –murmuró–. ¿Crees que te aceptará?

–Me aseguraré de que así sea –respondió Tom.

Su mente estaba empezando a deshacerse de placer. No quería hablar, en realidad. No podía hablar. Sin embargo, Priscilla seguía acompañando sus atenciones de preguntas.

Preguntas que cada vez eran más difíciles de responder.

–¿Has hablado con tu hermana? –le preguntó

ella, acariciándolo, succionándolo hasta que él creyó que iba a estallar–. ¿Lo has hecho? –de repente, ella lo mordió, y no precisamente con suavidad.

–¡Ay! ¡Sí! –respondió Tom, que estuvo a punto de apartarla, pero ella ya estaba calmando el daño, lamiéndolo con la lengua, y él comenzó a relajarse de nuevo, y el placer suprimió el dolor–. Le dije lo de que Scarlet pagó a Waterhouse para que se casara con ella –jadeó, moviéndose en la silla para colaborar con los movimientos de Priscilla–. Se quedó destrozada, aunque lo disimuló bien.

–Me alegro –dijo Priscilla, y lo recompensó con la más sutil y dulce de las caricias–. Es una pequeña bruja, y se merece sufrir por lo que me hizo.

Cuando Tom se había enterado de lo del agua de lavanda adulterada, había sentido una gran admiración por Lizzie, y desprecio hacia Priscilla por haber pensado por un momento que Nat Waterhouse le había enviado un regalo.

En aquel instante, sin embargo, mientras Priscilla lo conducía hacia el más exquisito de los clímax, no estaba dispuesto a hacer otra cosa que convenir con todo lo que ella dijera.

–Creo –dijo con la voz entrecortada–, que está sufriendo mucho.

–Bien –dijo Priscilla de nuevo, y él percibió la satisfacción en su voz y pensó que estaba sonriendo mientras lo llevaba al límite, y él alcanzó el orgasmo con un grito de triunfo.

La liberación lo aplacó y lo dejó agotado, y casi,

Una pasión inesperada

casi lamentando tener que casarse con Mary y no poder hacerlo con su prima.

Nat se había llevado una desilusión al no poder ver a Lizzie antes de salir. La señora Alibone le había dicho que había salido a montar, y Nat se había alegrado, porque sabía que montar era una de las cosas que hacían feliz a Lizzie. Él quería que fuera feliz, pero Lizzie no lo era, y Nat no entendía por qué las cosas parecían tan distintas a como eran antes de que Lizzie y él se casaran. Sin embargo, era evidente que tenía como tarea descubrir por qué, y resolver el problema. Aquello era lo que había estado haciendo desde el principio: resolver el problema de la desgracia de Celeste, resolver el problema de la reputación dañada de Lizzie, proteger a su familia, intentar arreglar las cosas porque los quería a todos, y porque era lo que debían hacer los hombres.

Sin embargo, parecía que todo iba a peor, en vez de resolverse. Su padre estaba muy enfermo, Tom Fortune había empezado a amenazarlo con más chantajes, Lizzie estaba muy triste y cada día más salvaje.

En aquellas circunstancias, la reunión de julio del Club de la Ostra, un club exclusivo con un cupo de miembros muy restringido, excelente comida y buen vino, era exactamente lo que necesitaba Nat para olvidar durante unas horas que el resto de su vida era un caos. Tomó su copa. Servían el vino en copas de medio litro en el Club de la Ostra, y eso siempre aflojaba las lenguas de los hombres. Era tarea de Nat, y de Dexter y de Miles, escuchar todo lo que pudiera arrojar alguna luz sobre el asesinato de Fortune, porque, lamentablemente, no tenían pistas. Parecía que nadie había visto ni oído nada en la noche en que había muerto Monty Fortune, aparte del rumor vago de una mujer enmascarada pasando fugazmente por el pueblo. Monty había tenido una discusión con alguien varias noches antes de su muerte, pero nadie había visto tampoco a la otra persona, ni podía identificarla. Estaban haciendo pocos progresos, pero en casos como aquel, algo propiciaba siempre su resolución al final. Era una cuestión de paciencia y resistencia, casi como en su matrimonio.

Más allá, en la larga mesa, Nat veía a Dexter y Miles hablando con varios conocidos. El Club era ecléctico; entre sus miembros había hombres de negocios de la zona, profesionales y burgueses. Llegó la comida, las famosas ostras que daban su nombre al club, seguidas de un chuletón excelente. Nat comenzó a relajarse e intentó no pensar en Lizzie, que se había quedado en casa.

Por algún motivo, aquello le inquietaba. La última vez que se había quedado sola en casa había salido y se había apostado los diamantes Scarlet. En el pueblo todavía se hablaba de ello. Era imposible que pudiera hacer algo más escandaloso que eso, pero él sabía que no habían llegado a hablar del asunto en condiciones, que no habían hablado de

Una pasión inesperada

nada realmente importante durante las últimas semanas porque parecía que Lizzie estaba tan atrapada en su pena que él no podía alcanzarla, y sabía que usaba su trabajo como excusa para no intentarlo tanto como debiera...

Estaba ocurriendo algún incidente al otro extremo de la sala. Los sirvientes se escabullían en todas direcciones, y Nat oyó algunas voces masculinas que exclamaban:

–¡Vaya! ¡Lady Godiva!

–¡Vaya potranca!

Los hombres se habían puesto en pie y torcían el cuello para mirar, y algunos levantaron su copa en un brindis. Las luces brillantes de los candelabros cegaron a Nat y parpadeó, incapaz de dar crédito a lo que estaba viendo.

Una mujer estaba subiendo a caballo la escalinata curva del club. Los cascos del caballo no hacían ruido sobre la gruesa moqueta roja, y el suave tintineo del arnés era el único sonido que se oía, porque todo el mundo se había quedado inmóvil, callado. La mujer era joven y montaba muy alta y recta en la silla, moviéndose suavemente al compás del caballo. Tenía una pequeña sonrisa en los labios, y una chispa de malicia en los ojos verdes. El pelo rojizo le caía en una cascada gloriosa sobre los hombros hasta la cintura. Sus muslos blancos se aferraban a los costados del caballo mientras ella lo guiaba escaleras arriba.

El cerebro de Nat se negaba a aceptar lo que estaban viendo sus ojos.

NICOLA CORNICK

Estaba completamente desnuda.

Su cuerpo terso y pálido parecía de alabastro. Uno de sus pechos, pequeño, pero perfectamente redondeado, asomaba por entre los mechones, con el pezón rosa y erecto por la caricia del aire nocturno.

El otro estaba escondido, pero la melena caoba subrayaba su curva tentadora. La mujer sujetaba las riendas con ambas manos, en el regazo, cubriendo lo poco que quedaba de su pudor.

Nat oyó tomar aliento bruscamente a los hombres que estaban a su alrededor mientras veían lo mismo que estaba viendo él. Y lo que veía era a su esposa, la nueva condesa de Waterhouse, completamente desnuda, exhibiéndose en todo su esplendor atrevido frente a los miembros al completo del Club de la Ostra.

La primera respuesta de Nat fue la negación. Aquella no podía ser Lizzie. Ni siquiera ella haría algo tan escandaloso. La habitación comenzó a dar vueltas a su alrededor, y cerró los ojos un instante. Sin embargo, cuando los abrió de nuevo y el mundo dejó de girar, Lizzie todavía estaba allí, desnuda, frente a cuarenta caballeros muy apreciativos. En aquel momento estaba avanzando por el corredor, hacia las grandes ventanas del balcón, y había un grupo de hombres muy indiscretos siguiéndola.

Rápidamente, Nat pasó de la incredulidad al asombro, y a una mezcla de furia y mortificación. Los hombres estaban chasqueando la lengua, con los ojos fuera de las órbitas, haciendo bromas groseras.

Una pasión inesperada

Bromas groseras sobre su esposa. Estaban mirando a su mujer con lujuria. Sin duda, todos querían poseerla. Y Lizzie, provocativa y triunfante, les sonreía de una manera fascinante y disfrutaba de la admiración y la atención que suscitaba.

Nat la vio acercarse a las puertas abiertas del balcón. Había una caída de unos tres metros hasta el suelo, y por toda la sala se extendió un murmullo de aprensión cuando los presentes se dieron cuenta de cuál era la intención de la mujer.

–¡Treinta guineas a que lo consigue! –dijo un jugador, haciendo sonar las monedas contra la mesa.

–¡Cincuenta en contra!

La multitud se arremolinó para tener mejor vista. Nat consiguió reaccionar y caminó hacia su mujer.

–¡Elizabeth!

Su voz fue menos autoritaria de lo que hubiera deseado, no supo si por la ira, por el asombro o por una mezcla de emociones. Fuera cual fuera el motivo, Lizzie ignoró por completo la advertencia y llevó a su caballo hasta el borde del balcón.

Hubo una pausa y después saltaron, animal y jinete unidos en el salto elegante y perfectamente ejecutado, hasta el suelo. Nat, y todos los demás, disfrutaron de una vista perfecta de las nalgas respingonas y redondeadas de Lizzie, y de un atisbo rapidísimo y embelesador de la hendidura de entre sus muslos.

Hubo un suspiro simultáneo por toda la sala, y después, todo se volvió un caos, mientras los hombres bajaban las escaleras para comprobar si jinete y caballo habían sobrevivido al salto.

Nat también corrió escaleras abajo, entre el miedo y la ira. Los hombres se empujaban para conseguir un punto de observación, pero él los apartó a todos sin miramientos y vio a Lizzie trotando tranquilamente por la calle. El reflejo de las farolas brillaba en la piel pálida de su espalda y sus nalgas, y sobre las preciosas curvas de su cuerpo. La multitud estalló en aplausos.

–¡Maravilloso!

–¡Espléndida criatura!

Nat sintió una oleada de alivio, seguida de una ira incontrolable. Miles se acercó a él, le puso una mano en el hombro y comenzó a hablar, pero Nat no oyó nada. Se zafó de Miles bruscamente y se marchó por la calle, en la misma dirección que había tomado el caballo. Todavía oía el sonido de los cascos en el aire nocturno.

En aquella ocasión, Lizzie había ido demasiado lejos, y la ira amenazaba con devorarlo. Se dio cuenta de que estaba corriendo por Fortune Street, siguiendo aquel ruido apagado, hasta que llegó al establo de la parte trasera de Chevrons. Tenía la respiración entrecortada, y la sangre le latía por el cuerpo con rabia y tensión. Entró como una furia en el establo y se encontró a Lizzie allí mismo, cepillando calmadamente a su caballo. Llevaba una túnica suelta, aunque todavía estaba descalza, y el hecho de que estuviera vestida ahora solo sirvió

Una pasión inesperada

para encender más a Nat. Por algún motivo, él creía que ella iba a huir y a esconderse, pero su descarada negativa a rendirse, a aceptar la culpa, a pedir perdón por su espantoso comportamiento, fue la gota que colmó el vaso. Y, en aquel momento, Nat se dio cuenta con horror de que estaba enorme e insoportablemente excitado.

La agarró por un hombro e hizo que se volviera hacia él. Ella tenía el cepillo en una mano, y estaba muy pálida. En sus ojos había la misma rabia que en los de Nat.

–¿No vas a felicitarme? –le preguntó–. Ha sido un salto perfecto. Starfire –dijo, y le dio unas palmaditas en el cuello al animal– es todo espíritu. No tiene miedo.

«Todo espíritu. No tiene miedo».

Nat se percató de que estaba demasiado enfurecido y excitado como para hablar. Tomó a Lizzie por los hombros y la empujó bruscamente fuera del receptáculo, hacia el almacén del heno. Cerró la puerta de golpe, echó el cerrojo y se giró hacia su mujer. Le agarró el cuello de la túnica y se la arrancó, y una vez más, ella quedó desnuda ante él.

–¿Y crees que esta es la vestimenta más adecuada para montar? –le temblaba tanto la voz que apenas podía pronunciar las palabras–. ¿Y delante de todos mis amigos y mis conocidos?

Ella alzó la barbilla.

–Sin duda, te habrán envidiado –dijo, y miró el bulto enorme de sus pantalones.

NICOLA CORNICK

—Sin duda, habrán pensado que eras una prostituta, y habrán querido tomarte sobre la mesa del banquete —dijo Nat—. ¿Era eso lo que querías?

—¡Desgraciado! —gritó ella—. Sé que mi primo te pagó para que te casaras conmigo. Toda esa charla sobre el honor y sobre proteger mi reputación y preocuparte por mí... —se le quebró la voz, pero continuó—: Oh, sabía que también necesitabas el dinero. Al menos, fuiste sincero en eso. Pero ya tenías mi dote. No necesitabas que Gregory me vendiera a ti...

Nat intentó agarrarla, pero ella se le resbaló de entre las manos con agilidad, y agarró la fusta que había sobre la mesa. Lo apuntó con ella, como si fuera un arma.

—¡No me toques o te golpearé! ¡Te lo digo en serio!

—Lizzie —dijo Nat—. Por favor... ¿No podemos hablar de esto?

En respuesta, recibió un latigazo en el brazo. El dolor fue tan agudo que le cortó la respiración.

—¡No te acerques a mí!

—Muy bien —dijo Nat, furioso—. Si quieres jugar así...

No reconocía la mezcla de lujuria, ferocidad, violencia y frustración que se había apoderado de él. Todo aquello era completamente ajeno a su naturaleza. Con un movimiento rápido, consiguió agarrar el extremo de la fusta y la usó para atraer a Lizzie hacia él. Le quitó el látigo de las manos y lo

Una pasión inesperada

partió en dos, y tiró los pedazos a un rincón. Ella no aprovechó la oportunidad para huir. Se quedó frente a él con una sonrisa provocativa.

—Te lo advertí —le dijo.

—Y yo te lo advierto a ti —dijo Nat, jadeando—. Exhibirte así delante de todos esos hombres... Yo soy el único que puede tomarte.

Ella se encogió de hombros con insolencia.

—Eso es lo único que te importa. El sexo y el dinero. Bueno, si me deseas, tendrás que conseguirme.

Cuando él extendió los brazos para atraparla, ella se apartó y se alejó hacia la puerta. Fue muy rápida, pero él fue más rápido todavía. La agarró por los brazos y la giró, de modo que su espalda desnuda quedó contra la pared de ladrillo del almacén. Él hizo que inclinara la cabeza hacia atrás con una mano enredada en los mechones sedosos de su pelo, y la besó con fuerza, y en respuesta, ella le mordió el labio y él notó el sabor de la sangre.

Aquella locura, aquella necesidad frenética que sentía por Lizzie, le resultaba incomprensible. No entendía por qué tenía tal ansia por domesticarla, pero agarró una de las riendas de la mesa y se la enrolló en las muñecas, y después las sujetó en un gancho que había por encima de sus cabezas. La mirada de sus ojos cuando se dio cuenta de que estaba atada fue fiera. Comenzó a darle patadas, pero él atrapó sus piernas entre los muslos, y la inmovilizó. Ella siguió retorciéndose inútilmente.

—Lizzie —dijo él. Estaban muy cerca, mirándose

a la cara, y los senos de Lizzie tocaban el pecho de Nat mientras los dos jadeaban. Y entonces, aquella sonrisa impúdica volvió a aparecer en sus labios.

–Nat. ¿Hasta dónde vas a llegar?

–Tan lejos como tú –dijo Nat–. Más lejos.

El reto estaba en sus ojos.

–¿Eso crees? Ponme a prueba. Tómame.

Aquellas palabras terminaron con la capacidad de control de Nat. Le recorrió el cuerpo con las manos, le acarició los pechos que lo habían atormentado con su belleza impertinente y respingona mientras ella los paseaba ante todos los hombres de Fortune's Folly.

«Tómame…».

Ahora podía pellizcarlos, acariciarlos y succionarlos hasta que ella gritó y se arqueó contra su boca, satisfaciéndolo con su sumisión y su ansia. Él podía separar la suavidad sedosa de sus muslos y hallar el centro resbaladizo de su sexo, y sentir cómo su cuerpo se cerraba alrededor de sus dedos y lo apretaban en un exceso de placer y deseo. Podía pasar el pulgar por su punto más sensible y deleitarse con su manera de retorcerse y con los tirones desesperados de las ataduras, y con la forma en que podía exigirle aquella respuesta, y con cómo ella le daba todo lo que tenía, porque estaba tan desesperada como él.

–No deberías haberme provocado –le dijo contra los labios, mientras la invadía con los dedos, deslizándose, acariciando–. No entendías lo que podía ocurrir.

Una pasión inesperada

—Oh, claro que lo entendía —dijo Lizzie—. Es lo único que hay entre nosotros que puedo entender —añadió, retorciéndose—. Termínalo. Por favor. No me importa rogar.

Nat negó con la cabeza.

—Consecuencias —dijo, y retorció los dedos dentro de ella, un poco, y la oyó jadear.

—Voy a tener un orgasmo de todos modos —dijo ella—, solo por despreciarte.

—Y después otro —dijo él, besándola con delicadeza, en contraste con sus palabras—. Y otro, hasta que yo diga que puedes parar.

Entonces, Lizzie llegó al clímax contra su mano. Y otra vez, contra la insistencia de sus dientes y su lengua, y después, él ya no pudo esperar más, la desató y la arrojó a un montón de heno. La sujetó con una mano mientras, con la otra, liberaba su miembro. Volvió a besarla, y ella le devolvió el beso, tan insaciable como enfadada, con un hambre tan violenta como la de él. Nat estaba tan excitado para entonces que pensó que iba a explotar, a hacerse añicos.

Ella le subió la camisa y le arañó la espalda, le mordió el pecho y los hombros. No había gentileza en sus caricias. Quería venganza, y su venganza era dolorosa. Él le abrió las piernas y se hundió en su cuerpo con embestidas calientes y despiadadas, y llegó al éxtasis inmediatamente, gritando su nombre. Lizzie gritó también, y su cuerpo se arqueó y se deshizo en convulsiones alrededor del de Nat. Todo terminó en segundos.

Después, cuando él hubo recuperado algo las fuerzas, la envolvió en los jirones de su vestido y la llevó a casa. El cuerpo de Lizzie era suave y dócil entre sus brazos. Ella había apoyado la cabeza en su hombro y había cerrado los ojos. Nat ya no estaba enfadado, pero se sentía magullado y arañado, y cansado, y todavía insatisfecho.

Persiguió aquella satisfacción durante toda la noche, buscando el olvido en el cuerpo de Lizzie, llevándola a las cimas salvajes del placer, haciendo que llegara al clímax una y otra vez, hasta que ella quedó agotada. La despertó simplemente para poder acariciarla a placer, y hacer lo que quisiera con su cuerpo pálido y seductor. Ella no lo rechazó ni una sola vez. Él permaneció tendido con su miembro enterrado en ella, duro y caliente, durante varias horas, sin moverse, resistiendo la pulsión y los espasmos del cuerpo de Lizzie a su alrededor, como si estuviera decidido a demostrarle que podía controlar el poder que ella tenía sobre él. Se sentía como si estuviera en un sueño, persiguiendo algo tan esquivo que siempre estaba a su alcance pero que se le escapaba justo cuando creía que lo había capturado. Incluso cuando la tomó por última vez, el placer lo abrumó, pero después se disipó y lo dejó exhausto y vacío, privado de lo que estaba buscando.

Nat se quedó dormido intentando descubrir qué era lo que estaba buscando, y se despertó cuando la luz del sol del amanecer entró en la habitación con toda su gloria. Se volvió instintivamente en

Una pasión inesperada

busca del calor de Lizzie, pero se encontró la cama vacía, y sintió un vacío igual, cada vez más profundo. Al mismo tiempo, se sentía limpio de la ira de la noche anterior, y más solo de lo que había estado antes. Y asombrado. Asombrado y horrorizado por lo que había hecho. No podía apartarse de la cabeza el pensamiento de que su matrimonio, aunque le proporcionara aquellos extremos de placer físico, era un desastre completo en los demás sentidos, y no sabía qué hacer para arreglarlo. Ni siquiera sabía por dónde empezar.

¿Dónde estaba Lizzie?

La aprensión de Nat comenzó a incrementarse. La noche anterior... la noche anterior estaba furioso con su nueva esposa, tan iracundo y posesivo y enrabietado que la había usado. Probablemente, la había asustado, o había conseguido que sintiera asco. Lizzie era salvaje, su pareja física perfecta; despertaba en él emociones que no sabía que poseía, y que hacían que se le olvidara ser delicado. Estaba tan excitado que no había tenido en cuenta la relativa juventud de Lizzie, ni su falta de experiencia.

La culpabilidad le retorció las entrañas. Lizzie había huido de él, igual que había hecho aquella primera noche en El Capricho. Al pensarlo se levantó corriendo, se vistió apresuradamente y abrió la puerta que comunicaba sus habitaciones. Lizzie no estaba en su dormitorio. Nat bajó corriendo las escaleras, atravesó la casa y salió al jardín.

Nicola Cornick

¿Dónde estaba Lizzie? ¿Se había escapado?

Casi al mismo tiempo que aquellas palabras se formaban en su mente, la vio, sentada en el columpio de madera que había colgado de las ramas de un viejo manzano. Estaba meciéndose lentamente. Tenía la cabeza agachada, y el sol de la mañana bruñía el profundo caoba de su pelo, y encendía sus mechones sedosos. Llevaba un vestido amarillo y tenía un aspecto bello y fresco. Nat tuvo una sensación extraña que le retorció el corazón como un puño.

Después de todo, Lizzie no había huido de él. Pese a todo, seguía allí. El alivio lo abrumó.

Avanzó hacia ella por la hierba. Oyó el canto de un mirlo, y percibió el olor de las rosas en el aire. Entonces, Lizzie miró hacia arriba, y la tristeza que él vio en sus ojos volvió a retorcerle el corazón, en aquella ocasión de angustia, porque era algo doloroso de ver.

–Lizzie –dijo–, querida...

Ella se puso en pie y soltó la cuerda del columpio.

–Esto tiene que terminar, Nat –le dijo–. No puedo soportarlo más.

Capítulo 12

Lizzie se había despertado antes del amanecer, cuando el canto de los pájaros había roto la quietud de la noche y los primeros rayos de sol habían empezado a iluminar el cielo del este. Nat no se despertó cuando ella se levantó, sigilosamente, de la cama, y Lizzie se sintió contenta por ello. Tenía que salir de la casa, tomar el aire fresco, respirar, pensar.

En la paz de la madrugada, se había sentado en el jardín y había reflexionado sobre el desastre que era su matrimonio. Estaba tan enfadada con Nat la noche anterior por el hecho de que hubiera aceptado de forma mercenaria el soborno de Gregory Scarlet, y más incluso porque no se lo hubiera contado, y él estaba furioso con ella por su comportamiento salvaje y escandaloso. Aquella furia mutua había estallado en un deseo igualmente salvaje, y eso no la había sorprendido en absoluto. Así eran las cosas entre Nat y ella.

Era lo único que había entre Nat y ella.

Y no era suficiente para Lizzie.

Sabía que muchas personas mantenían relaciones sexuales sin amor, pero a ella le estaba rompiendo el corazón, y sabía que no podría hacerlo de nuevo.

Miró a Nat mientras él se acercaba por el jardín. Solo llevaba los pantalones, la camisa y las botas, y estaba desarreglado. Tenía una expresión de angustia y preocupación, y Lizzie sintió su amor por él en cada latido de su corazón. Sabía que era una catástrofe sentir aquello por él, pero no podía evitarlo. No podía negar su amor, ni desenamorarse de Nat solo porque él no correspondiera a sus sentimientos.

Cada vez que hacían el amor, a Lizzie le resultaba más y más difícil contener sus emociones, porque, aunque era capaz de responderle y sentir placer, sus relaciones la dejaban engañada, desolada, y más consciente que nunca de que fuera del dormitorio ni siquiera hablaban.

—Esto tiene que terminar, Nat —dijo—. No puedo soportarlo más.

Ella vio su desconcierto.

—No lo entiendo —dijo Nat.

—Lo siento —prosiguió Lizzie—. Siento lo que ocurrió anoche. Estaba muy enfadada y disgustada porque acababa de descubrir que habías aceptado dinero del primo Gregory a cambio de casarte conmigo. Eso me empujó a comportarme muy mal.

Nat se frotó la frente.

—Yo también lo siento. Te traté mal. Parece que tu ira alimenta la mía, y entonces todo se vuelve una locura entre los dos.

Lizzie eligió cuidadosamente sus palabras.

—Creo que necesitamos conocernos mejor —le dijo—. Apenas hemos hablado desde que nos casamos. Ahora me parece que somos dos extraños. Y, hasta que no resolvamos nuestras dificultades, creo que no debemos volver a acostarnos juntos.

La mirada de confusión de Nat se transformó en una, casi cómica, de espanto. Si Lizzie no se sintiera tan abatida, se hubiera echado a reír.

—¿No volver a acostarnos? —repitió él.

—Exacto. No volver a tener relaciones sexuales. Una prohibición del sexo. Ni tocarse, ni besarse hasta que nos conozcamos mejor.

—Lizzie, nos conocemos desde hace nueve años. No somos precisamente extraños el uno para el otro.

«Y tú no me conoces en absoluto», pensó Lizzie, «ni yo a ti». Comenzó a caminar lentamente hacia la casa.

—Eso ya lo sé —dijo—, pero durante toda nuestra amistad, yo no era más que la hermana pequeña de Monty para ti, y tú...

«Tú eras como un héroe para mí».

NICOLA CORNICK

—Hay una gran diferencia entre la amistad que teníamos antes —dijo Lizzie—, y ser marido y mujer.

—Mucha gente se casa siendo prácticamente desconocidos —dijo Nat—. Es algo aceptado por la sociedad.

—Lo sé, pero yo no puedo vivir así —respondió Lizzie, y lo miró a los ojos—. Me hace muy infeliz entregarme a ti con tanto abandono y sentirme alejada del ti el resto del tiempo. Me parece mal. Necesito conocerte mejor, Nat. Necesito tiempo.

«Necesito intentar que me quieras...».

—Entiendo que necesites tiempo para adaptarte a la nueva situación —dijo Nat—. Esto es extraño para ti, y tú eres joven y has perdido mucho últimamente... —se interrumpió y frunció el ceño—. Si te hice daño anoche...

—No, no me hiciste daño —dijo ella—, pero necesito tiempo. Lo siento. Es cierto que estoy sufriendo por la muerte de mi hermano, y que estoy resentida y enfadada todo el tiempo, y por eso me vuelvo un poco loca y hago cosas escandalosas... ¿Lo harás por mí, Nat? —le pidió—. ¿Vas a intentar conocerme mejor, hacer cosas conmigo, hablar conmigo?

—Muy bien —dijo Nat—. Sé que estás enfadada y eres infeliz —añadió, y sonrió un poco—. De hecho, tendría que estar ciego para no haberme dado cuenta, y siento mucho haberme enfadado tanto y no haber tenido más paciencia contigo.

Lizzie se sintió abrumada de amor por él en aquel momento.

Una pasión inesperada

—Habrías tenido que ser un marido muy complaciente para no enfurecerte por mi comportamiento —susurró, y él volvió a sonreírle, cansado y triste, y ella tuvo ganas de disipar aquella tristeza.

—¿Quieres venir a montar conmigo a caballo más tarde, y a merendar, quizá? —le preguntó Nat—. Así podríamos empezar a conocernos mejor.

—Me gustaría mucho —dijo Lizzie, sonriendo de placer. Una pequeña semilla de esperanza comenzó a germinar en su corazón, nueva y delicada.

Nat le acarició el dorso de la mano con el pulgar.

—Pero esta idea de no tocarnos... —continuó él—, ¿no quieres pensarlo mejor?

Lizzie lo miró fijamente; la tentación de echarse atrás en aquel punto era muy poderosa, pero se contuvo y se soltó de la mano de Nat.

—Lo siento —le dijo—. Nada de sexo.

Sin que pudiera evitarlo, su voz sonó un poco ronca, a causa de la proximidad de Nat. Él se dio cuenta e, inmediatamente, entornó los ojos con un brillo depredador.

—Tú serás la primera en romper esa norma —le dijo suavemente.

—No —respondió Lizzie.

—Sí, lo harás, porque no tienes paciencia.

«Quizá me conozca mejor de lo que yo creo», pensó Lizzie. «Pero le demostraré que se equivoca».

Nat le devolvió la sonrisa, y a Lizzie comenzó a darle vueltas la cabeza. Aquello era distinto. Era nuevo. Su marido estaba flirteando con ella.

Nicola Cornick

«Esto es lo que habíamos perdido», pensó Lizzie de repente. «No tuvimos noviazgo. Fuimos directamente desde una amistad bastante tensa a un matrimonio bastante tenso también, y no tuvimos tiempo de adaptarnos. Pero ahora podemos cambiarlo...».

De repente, se sintió conmovida.

Nat le besó la palma de la mano, pero Lizzie la apartó de él, notando agudamente la presión de sus labios en la piel.

–¡Ya estás haciendo trampas! –protestó.

–Estoy seguro de que perderás, querida –dijo Nat–. Nos veremos durante el desayuno.

Y se alejó hacia la casa. Lizzie lo observó, con el corazón más animado. Él nunca la había llamado querida antes de aquella mañana. Probablemente, nunca había pensado en ella de aquel modo. Por supuesto, Nat no tenía ni idea de que ella se estaba apostando mucho más que él en aquel asunto, la oportunidad de ganarse su amor; sin embargo, de repente pensó que aquella apuesta con su marido podía resultar mucho más divertida de lo que ella hubiera imaginado.

–Entonces –dijo Laura Anstruther–, entraste cabalgando desnuda en el Hotel Granby, te peleaste apasionadamente con Nat...

–Y supongo que terminaríais haciendo el amor incluso más apasionadamente –dijo Lydia astutamente.

Una pasión inesperada

—Y ahora te niegas a acostarte con él hasta que se enamore de ti —dijo Alice.

—En resumen, sí —dijo Lizzie, y miró a sus amigas—. ¿Y bien? ¿Os parece que estoy loca?

Estaban sentadas en la biblioteca de Laura aquella misma mañana, y el sol entraba a raudales por las ventanas. Alice y Lizzie habían estado en el pueblo, y habían vuelto con noticias y chismorreos para sus amigas, y estaban tomando el té.

—No, no estás loca —le dijo Laura a Lizzie, dándole unas palmaditas en la mano—. Me parece que eres muy valiente por arriesgar así tu corazón. Y me sorprende que Nat accediera —añadió.

—Bueno, por supuesto, él piensa que me ha asustado con las exigencias que me ha hecho —dijo Lizzie, ruborizándose un poco—. Y no es que accediera, precisamente. Lo ve más como una apuesta, y cree que voy a perder.

—Y mientras, se estará enamorando de ti —dijo Alice.

—Si no se enamora... —susurró Lizzie.

—Se enamorará —afirmó Laura—. Los hombres caen rendidos a tus pies desde hace años, Lizzie.

—Y el único al que quiero, mi marido, siente indiferencia por mí —dijo Lizzie—. Es toda una ironía.

—Nat no siente indiferencia por ti —dijo Laura pensativamente—. Se preocupa profundamente. Siempre ha estado ahí para ti, Lizzie, desde que lo conoces. Lo que todavía no ha hecho es permitir que esa preocupación se convierta en amor. Pero creo que está cada vez más cerca, y ahora que tú has cambiado las reglas del juego, bueno… –sonrió–. Ya veremos.

–Se acerca una horda de gente por el prado –comentó Lydia, que estaba mirando por la ventana de la biblioteca–. ¿Qué querrán? Vienen la señora Broad, la señora Morton, el mercero, el sombrerero, la florista…

–Y la señora Lovell, la esposa del abogado, y la señora James, la esposa del médico, y mi madre, y los sirvientes de Fortune Hall… –agregó Alice.

Cuando los primeros visitantes llegaron a la puerta, llamaron con firmeza, y después hubo un alboroto de voces y Carrington, el anciano mayordomo de Laura, entró tambaleándose en la biblioteca, seguido de unas cuarenta personas.

–Varias damas del pueblo desean hablar con usted, señora Anstruther –gritó Carrington, por encima del tumulto–. La señora Broad, la señora Morton, la señora…

–Por favor, no se sienta obligado a anunciar a todo el mundo, Carrington –dijo Laura rápidamente, porque parecía que el mayordomo iba a expirar por el esfuerzo. Ella alzó una mano.

–¡Señoras, por favor! –la habitación quedó en silencio, obedientemente–. ¿Qué podemos hacer por ustedes? –añadió Laura.

–¿No han oído las noticias del pueblo? –preguntó la señora Lovell, temblando como un sabueso–. Acabamos de enterarnos. ¡Spencer, el ayuda de cámara de sir Montague, ha sido asesinado!

Una pasión inesperada

Lizzie emitió un jadeo de horror y miró a Laura.

–Es horrible –dijo–. Lo siento muchísimo...

–De todos modos, a nadie le caía bien –dijo la señora Broad, abriéndose paso hacia el frente del grupo–. Se daba muchos aires. Sin embargo, se dice que alguien lo confundió con sir Thomas y lo asesinó por error.

–Oh, Dios mío –dijo Lizzie–. Pobre Spencer.

–Pero no hemos venido por eso –prosiguió sin miramientos la señora Broad–. Necesitamos su ayuda. Sir Thomas es un sinvergüenza, con su permiso, milady, y tenemos que detenerlo. Solo lleva de señor dos minutos y ya se ha comido mi gallina y está cobrando impuestos a los comerciantes para comprarse ropa y pagar a sus mujeres... ¡Y pensábamos que sir Montague era malo, pero sir Thomas es peor! ¡Ahora quiere que paguemos un impuesto por morirnos, y se va a quedar con la mitad de nuestros bienes cuando muramos! ¡No podemos permitirnos vivir, y tampoco podemos permitirnos morir!

–Entonces, lo mejor será que protejamos nuestros intereses y nos aseguremos de que no muera nadie, para empezar –dijo Lizzie.

–Sí –respondió la señora Broad–. A menos que sea sir Thomas. ¡Lo voy a estrangular con mis propias manos!

De nuevo, se produjo un alboroto de protestas y descontento por parte de los habitantes del pueblo.

–¿Qué vamos a hacer? –inquirió la señora Morton después de unos instantes–. Esto no puede continuar.

Lizzie miró a Laura, que estaba sonriendo.

–Yo puedo hacer muy poco en este estado –dijo, señalando su avanzado embarazo–, pero creo que tú tomarás mi relevo admirablemente bien, Lizzie.

Lizzie miró a Lydia, que estaba sentada con dignidad en su butaca, Lydia, que era la que más se merecía vengarse de Tom.

–Hazlo, Lizzie –le dijo.

Lizzie miró de nuevo a Laura. Laura asintió.

–Muy bien –dijo Lizzie, que de repente sintió todo el peso de la responsabilidad–. Lo primero que voy a hacer será escribir al Príncipe de Gales para ver si se puede hacer algo con respecto a esas viejas leyes. Era amigo de mi padre, y quizá esté dispuesto a ayudarnos…

–Ese hombre es idiota –dijo la señora Broad.

–Eso es traición –respondió la señora Morton.

–Pero es cierto –dijo la señora Broad.

–Señoras –intervino Lizzie, levantando la mano–. Puede que sea cierto y puede que sea traición, pero si el príncipe puede ayudarnos, para mí es suficiente.

Varias personas asintieron.

–Sin embargo, tardaremos un tiempo en obtener respuesta –continuó Lizzie–. Así que, mientras, sugiero que tomemos una serie de medidas que detengan a mi hermano durante una temporada. Reúnanse conmigo en el río esta tarde a las cuatro, y comenzaremos.

Una pasión inesperada

—¿Qué has pensado, Lizzie? —le preguntó Alice, cuando las señoras del pueblo se marcharon y Carrington les hubo servido unos refrescos.

—Voy a darle a Tom donde más le duele —dijo Lizzie—. ¿Cuáles son sus cosas favoritas?

—La ropa y las mujeres —dijo Lydia.

—Exacto. Su armario y su colección de pornografía —dijo, y se volvió hacia Laura—. ¿Sabes si Dexter y Miles están ocupados hoy? Yo preferiría que no me interrumpieran en lo que tengo planeado hacer.

—Si Spencer ha muerto asesinado, entonces me imagino que estarán muy ocupados —dijo Laura—. Pobre hombre. Es terrible sufrir un asesinato, pero encima, ¿un asesinato por error? —suspiró—. De todos modos, seguro que el camino está despejado.

—¿Qué vamos a hacer? —preguntó Alice.

—Vamos a colarnos en Fortune Hall —le respondió Lizzie—. Vamos a robarle a Tom su ropa y sus libros pornográficos, y vamos a destruirlos en público —añadió, riéndose—. Vamos a hacer que sufra por lo que le ha hecho a todo el mundo.

Capítulo 13

Era una tarde muy calurosa.

A las cuatro, Nat estaba caminando por el pueblo de Fortune's Folly con Miles Vickery, hablando sobre los últimos avances de los dos casos de asesinato.

–Hemos adelantado muy poco, casi nada –iba diciendo Miles–. El asesinato de Spencer está vinculado al de sir Monty, sin duda, y puede que sea cierto que lo confundieron con Tom, pero, de nuevo, no tenemos nada más que otra mujer enmascarada y misteriosa a quien alguien vio anoche.

–Al menos, no fue Lizzie –dijo Nat, frunciendo los labios–. A menos que compagine el asesinato con la equitación nudista.

Una pasión inesperada

—Sí... —Miles carraspeó—. Eh... Espero que todo siga bien entre vosotros dos.

—Perfectamente, gracias —dijo Nat.

Pocas horas antes, quizá su respuesta hubiera sido distinta, pero ahora tenía razones para albergar esperanzas.

—Porque todos los hombres que estaban allí anoche miraron a lady Waterhouse con la mayor admiración y el mayor respeto —continuó Miles.

—Estás exagerando un poco, amigo mío —dijo Nat.

—Bueno —corrigió Miles—, la miraron con... eh... apreciación y admiración. Tiene el mejor trasero sobre un caballo de todo el país.

—Eso está mejor —dijo Nat, y se echó a reír.

Se daba cuenta de que estaba deseando ver a Lizzie e ir con ella de picnic a la colina.

Hablarían. Él le explicaría el motivo de la contribución de Gregory Scarlet a su dote, e intentaría comprender la ira y el dolor que la impulsaban y entonces, quizá, su matrimonio no seguiría siendo un desastre.

—Me pregunto por qué están cerradas todas las tiendas —dijo Miles, mirando las ventanas cerradas de Fortune Street.

—He oído decir que Tom Fortune está cobrando impuestos excesivos a los comerciantes —dijo Nat—. Quizá esta sea su forma de protestar.

—¿Y qué hace toda esa gente en el puente? —preguntó Miles—. ¿Qué ocurre?

—¡Hay un incendio! —exclamó Nat, al oler el humo del aire.

NICOLA CORNICK

Se acercaron apresuradamente al puente sobre el río Tune. La gente estaba de buen humor, y les permitieron abrirse paso. Miles se apoyó en la baranda del puente y silbó entre dientes.

—¡Demonios!

Nat llegó un segundo después y vio lo que sucedía. La señora Broad y la señora Morton estaban en la orilla del agua, cuidando de una hoguera, alimentándola con hojas de papel de un enorme libro. Mientras, en el río parecía que alguien estaba haciendo su colada, porque había muchas prendas de ropa flotando en la superficie. Se habían enganchado en las piedras del lecho del río, y en las ramas de los sauces, que rozaban el agua, y se movían por la corriente. La ropa que se soltaba seguía el curso del río bajo el puente, y algunos de los vecinos del pueblo las estaban agarrando y llevándoselas.

—Es ropa de buena calidad —dijo Nat, al ver una chaqueta de terciopelo gris y un chaleco con bordados rojos y dorados, que pasaban por debajo de ellos—. Un poco llamativa para mi gusto, pero demasiado buena como para tirarla al río.

—Eso depende de por qué quieras destruirla —respondió Miles, sonriendo. Entonces, voló junto a ellos un pedazo de papel ennegrecido que había escapado de la hoguera, y él lo agarró—. ¡Mira esto!

Nat observó el papel. Tenía unas ilustraciones chabacanas y textos muy explicativos en francés.

—¡Eso parece un consolador! —dijo, con los ojos fuera de las órbitas, señalando uno de los dibujos.

Una pasión inesperada

Inmediatamente, alguien de la multitud le arrebató el papel de las manos a Miles y lo miró, y el escándalo de la multitud se acrecentó.

—Es la colección de pornografía de Tom Fortune —dijo Miles, intentando no echarse a reír—. Oh, Dios Santo, sé que se gastó mucho dinero en ese libro —dijo, señalando hacia el río—. Mira. Creo que hemos dado con las culpables de este escándalo.

Nat miró. En la parte menos profunda del río, con el agua por las piernas bien torneadas, estaban Lizzie y Alice. Se estaban riendo juntas. Lizzie tenía la cabeza echada hacia atrás, y el pelo se le había soltado de la cinta, y parecía llena de júbilo, feliz. A Nat se le cortó el aliento al ver aquella alegría tan viva en su rostro. Miró a Miles, que estaba observando a Alice con una sonrisa en los labios.

—¿Qué hacemos? —le preguntó.

Miles arqueó una ceja.

—Ir con ellas —dijo.

Se quitó la chaqueta y el chaleco, se los entregó a un vecino colaborador y salió corriendo hacia el río.

Eso no era lo que Nat había preguntado. Se le pasó por la cabeza que debía recordar a los presentes la ley contra las reuniones ilegales, dispersar a los vecinos y rescatar la ropa de Tom, aunque no fuera su pornografía, y al mismo tiempo, vio a Miles saltar al agua y abrazar a Alice por la cintura y besarla con mucho entusiasmo. La gente los vitoreó y Lizzie alzó la cabeza y miró hacia el puente. Sus ojos se encontraron con los de Nat.

NICOLA CORNICK

Durante un largo momento, se miraron el uno al otro, y Nat se dio cuenta de que la aprensión se le reflejaba en los ojos a Lizzie, y que toda la alegría se le había borrado de la cara. Ella comenzó a caminar, torpemente, hacia la orilla del río. Nat tuvo el extraño sentimiento de que era de capital importancia alcanzar a Lizzie y calmarla, y devolver aquella irresistible sonrisa a sus ojos. Se subió rápidamente a la baranda. La gente lo miró con alarma, y al oír sus exclamaciones, Lizzie se detuvo y miró hacia atrás, y lo vio al borde del puente.

Y entonces, él saltó y lo último que recordó antes de caer era que no sabía qué profundidad tenía el río, y que probablemente habría sido buena idea comprobarlo primero.

Lizzie agarró a Nat cuando emergió a la superficie, y lo arrastró a la parte poco profunda. Ella tenía el corazón acelerado por una mezcla de asombro y nerviosismo.

—¿Qué estás haciendo? —le preguntó, chillando como una verdulera a causa de la ansiedad—. ¿Te has vuelto loco? ¡Podías haberte matado!

Nat se estaba riendo.

—Hace mucho calor, y necesitaba refrescarme.

Se apartó el pelo empapado de la cara y la agarró por la cintura, estrechándola contra sí. Ella sintió el calor de su cuerpo a través de la ropa mojada, y los latidos de su corazón contra el pecho. Se sentía muy aliviada de que él no estuviera herido, y sentía una extraña debilidad que hacía que le temblaran las piernas. Nat la ciñó con fuerza y la besó. Lizzie lo detuvo empujándolo con las palmas de la mano en el pecho.

–¡No! ¡Recuerda que tenemos un trato!

Nat miró hacia el puente, desde donde la gente los estaba vitoreando y aclamando.

–Al cuerno el trato –dijo–. Vas a decepcionar a nuestro público, y ellos están muy orgullosos de ti. Yo estoy muy orgulloso de ti.

Entonces le dio un beso breve, duro, y alejó la cara para mirarla fijamente. Tenía los ojos llenos de triunfo, de posesión, y ella se sintió incluso más débil.

–Nat... –comenzó, pero las palabras se perdieron cuando él la besó de nuevo, en aquella ocasión con una minuciosidad que animó a la multitud a expresar su aprobación con gritos, y que dejó a Lizzie sin fuerzas. Se agarró a su camisa para sujetarse mientras le daba vueltas la cabeza.

–Esto no es propio de ti –susurró, cuando por fin sus labios se separaron–. Pensaba que estarías enfadado conmigo. He cometido un delito. Lo entiendes, ¿no? –preguntó, y frunció el ceño al ver que Nat se limitaba a sonreír–. ¿Qué te ha ocurrido? –le preguntó.

Nat la silenció besándola una tercera vez, hasta que Lizzie olvidó a la gente, olvidó que estaban en mitad del río, lo olvidó todo menos a Nat. Era distinto, aunque ella no sabía explicar en qué, pero había excitación en sus besos, además de ternura e impaciencia. Ella sentía sus manos cálidas a través del vestido empapado, y el sol brillaba con fuerza, y la gente gritaba, y Lizzie pensó que iba a estallarle la cabeza con tantas sensaciones. Cuando Nat la soltó, le acarició dulcemente la mejilla, y le pasó la mirada por la cara como si fuera una caricia.

–Recuerda que vamos a ir a montar juntos esta tarde –murmuró él–. Prometo que me portaré bien –después se miró los pantalones mojados y se rio–. Bueno, supongo que será mejor que vaya a cambiarme.

Entonces, se alejó hacia la orilla, y Alice fue junto a Lizzie, con los ojos azules brillantes de alegría.

–¡Vaya! ¡Si eso es lo que ocurre cuando le niegas tu lecho a Nat, creo que voy a intentar lo mismo con Miles!

–Pensé que estaría muy enfadado porque hubiéramos cometido un delito, pero me ha dicho que está orgulloso de mí –dijo Lizzie, observando cómo Nat salía a la orilla.

–Miles me dijo una vez que, cuando te niegas algo que deseas realmente, lo único que consigues es desearlo más y más –le dijo Alice, y la miró especulativamente–. Tú le has arrebatado la certidumbre de las cosas a Nat, Lizzie. Has cambiado las reglas. Eso está haciendo que Nat piense, y le está haciendo trabajar por lo que quiere –dijo, y se echó a reír–. Ya era hora. No te rindas. ¡Ponlo de rodillas!

Una pasión inesperada

—Lo haré —dijo Lizzie, pensando en la noche que se acercaba, y ardiendo de impaciencia—. No me voy a rendir ahora.

Aquella noche, cabalgaron colina arriba y extendieron su merienda en la cima, bajo un anciano roble que protegía los restos de una cabaña de pastores. Hablaron, y Nat mantuvo una escrupulosa distancia con Lizzie, aunque no le quitó los ojos de encima. Lizzie tenía un cosquilleo en el estómago mientras charlaban, una emoción nueva y dulce que le dificultaba mucho la concentración.

—He escrito al Príncipe de Gales para contarle nuestro problema con las leyes medievales en Fortune's Folly —le dijo, mientras admiraba las vistas de los valles que había entre las colinas—. Era amigo de mi padre, y espero que ayude a nuestra causa. He descubierto, en la biblioteca de Laura, un documento que se refiere al Fuero del Bosque. Fue escrito poco después de la Carta Magna, y apoya los derechos y privilegios de los comunes frente a su señor, y me parece que podemos invocarla contra Tom para invalidar El Tributo de las Damas y los demás impuestos... —se detuvo, porque Nat la estaba mirando con una sonrisa.

—¿Qué pasa? —inquirió ella, con enfado.

—Tú —dijo Nat—. Ahora que tienes una causa, te has convertido en una mujer inspirada...

—¡No te rías de mí! —protestó Lizzie.

NICOLA CORNICK

—No me estoy riendo. Llevaba años pensando que necesitabas una tarea, algo que hacer —dijo Nat—. Algo en lo que usar toda esa energía y vitalidad que tienes. No me extraña que otras mujeres padezcan mareos de pura frustración, debido a las vidas tan reprimidas que llevan.

—La sociedad es idiota en cuanto a lo que estipula como apropiado o no para una mujer —dijo Lizzie, asintiendo—. Siempre me ha parecido muy molesto.

—Me había dado cuenta —respondió Nat irónicamente.

—No esperaba que tú pensaras eso —dijo Lizzie. Arrancó una hierba y comenzó a masticarla—. Me refiero a que no creía que tú quisieras que yo tuviera una ocupación, aparte de ser una esposa y una madre convencionales. Pensaba que tenías unas ideas muy definidas sobre el papel de tu esposa, y que yo no encajaba con ellas.

—Puedo cambiar de actitud —dijo Nat—, aunque sea estirado y anticuado.

—No siempre eres tan convencional y tan decoroso —dijo Lizzie—. A veces eres tan salvaje como yo.

Sus miradas quedaron atrapadas, y la de Nat era oscura y pesada por un deseo intenso y repentino. El calor hizo hervir la sangre de Lizzie, la abrasó, y sin darse cuenta, se movió hacia Nat por puro instinto. Rápidamente volvió a echarse atrás. Aquella no era la forma de comportarse si quería conseguir su propósito.

Una pasión inesperada

—Supongo que cuando tenga mi propio hogar, podré convertirme en la mujer gestora que siempre he estado destinada a ser —dijo rápidamente.

—Sé que no te gusta mucho Chevrons —dijo Nat, y la sorprendió—. Debería haberte consultado dónde íbamos a vivir. Confieso que ni siquiera lo pensé. Lo único que podía pensar era que tenía que casarme contigo, proteger tu reputación, sacarte de Fortune Hall y alejarte de Tom y... —se interrumpió bruscamente.

—Querías rescatarme —dijo Lizzie suavemente—. Es lo que haces siempre.

—Sí, supongo que sí —respondió él—. Pero hay más que eso, Lizzie...

Lizzie contuvo la respiración. Percibió el silencio, percibió el movimiento de la brisa cálida entre la hierba de verano, y notó los latidos acelerados de su corazón. ¿Habrían empezado a cambiar los sentimientos de Nat, tal y como había predicho Laura? ¿Estaba empezando a verla de un modo distinto, a ver más allá de la necesidad de protegerla y defenderla, y a sentir un amor más grande que abarcara el alma y el corazón? Su mirada era de embeleso, pero no dijo nada, así que ella se apresuró a hablar para llenar el silencio, porque se sentía nerviosa.

—Algunas veces pienso que la familia Fortune tiene que estar maldita —dijo con un estremecimiento—. Monty, asesinado, y ahora Spencer también, porque supuestamente alguien lo ha confundido con Tom. Y Tom, por su parte, a un paso de la locura...

—Tom no está loco —dijo Nat, en un tono duro—. No es más que un granuja peligroso que ha tenido mucha licencia para comportarse mal —afirmó—. Siento que te debo el atrapar al asesino de Monty, Lizzie. Y te admiro mucho por lo que estás haciendo al enfrentarte a Tom. Como la gente de Fortune's Folly. Alguien tenía que plantarle cara a tu hermano, ¿y quién mejor que tú?

—¿Porque yo también me porto mal?

Nat se echó a reír.

—Porque tú eres la única con el valor necesario para hacerlo.

De nuevo, sus miradas se cruzaron, y Nat se inclinó hacia delante para besarla.

Rápidamente, ella rodó hacia un lado por la manta para esquivarlo.

—Oh, no, no. ¡Aléjate! Me has prometido que no ibas a intentar seducirme.

Nat volvió a reírse y la soltó.

—De acuerdo. Estás a salvo conmigo.

—Lo dudo —replicó Lizzie—, pero confío en tu honor de caballero.

Nat gruñó.

—Una lástima.

—Estamos hablando. Por favor, Nat.

Nat se puso serio.

—Lo sé. Tenemos mucho de lo que hablar —dijo, y frunció el ceño—. Anoche me acusaste de haber aceptado el dinero de tu primo como soborno para casarme contigo.

Una pasión inesperada

Lizzie perdió un poco del placer que estaba sintiendo.

–Me lo dijo Tom. Me dijo que el primo Gregory te había pagado para que te casaras conmigo porque piensa que soy una desgracia para el apellido Scarlet y quería librarse de mí.

–No fue así, Lizzie.

–¿Te dio dinero? –insistió ella–. ¿Te lo dio, Nat?

Él se quedó callado, mirándola fijamente, y ella supo la respuesta.

–Te lo dio –afirmó–, y tú no me lo dijiste.

–No fue así –repitió él–. Lizzie, cariño... Gregory sugirió que debía hacer una aportación a tu dote, eso es todo –le explicó–. Dios sabe que no ha hecho nada por ti desde que se convirtió en conde de Scarlet.

–Así que pensó remediarlo con dinero –dijo Lizzie amargamente–. Y así, calmar su conciencia –de repente, se incorporó y se sentó, llena de indignación–. ¿Te dijo que yo era una desgracia para los Scarlet? ¿Te dijo que era igual que mi madre?

–¡No! –exclamó Nat–. Si Tom te dijo eso, fue solo por maldad –le dijo, y la tomó del brazo–. No le prestes atención a Tom, Lizzie –le dijo–. Te diga lo que te diga, solo está intentando hacerte daño. Toma la verdad y la manipula en su propio interés. Prométeme que no vas a hacerle caso.

–Está bien –dijo Lizzie, asombrada por el tono de voz de Nat. Durante un momento, le había dado la sensación de que estaba desesperado–. Sé que

NICOLA CORNICK

Tom es un mentiroso y un canalla –dijo ella–. No dejaré que vuelva a hacerme daño.

Sintió que Nat se relajaba. Él deslizó su mano por el brazo de Lizzie hasta que entrelazó sus dedos con los de ella, y en aquella ocasión, Lizzie no se apartó.

El sol del atardecer se derramaba sobre ellos y le calentaba la piel a Lizzie, calmaba un poco su corazón dolorido, y la ayudaba a sentirse relajada por primera vez en semanas.

–Nat –dijo ella lentamente.

–¿Mmm? –su marido emitió un murmullo somnoliento como respuesta.

–Si alguna vez vuelve a ocurrir algo parecido, ¿me lo vas a contar? Tú organizaste la boda y elegiste el lugar donde íbamos a vivir, e hiciste todos los planes sin pedir mi opinión, pero ahora soy tu mujer –dijo Lizzie, y sonrió–. Sé que muchos hombres no ven necesario consultar a sus mujeres sobre ningún asunto, pero a mí no me gusta eso.

–Me he dado cuenta –dijo Nat, y la miró con arrepentimiento–. Lo siento. Esto también es nuevo para mí, querida.

Lizzie le acarició la mejilla.

–A cambio, te prometo que no reaccionaré tan mal ante las cosas, ni me apostaré una fortuna, ni me quitaré la ropa en público.

Nat dejó escapar una carcajada ahogada.

–Quizá si pudieras hablar conmigo de ello primero...

Una pasión inesperada

–Sí –dijo Lizzie, y le permitió que la abrazara. Apoyó la cabeza confortablemente en su hombro.

–No tienes que temer por tu virtud –le susurró Nat contra el pelo–. Solo quiero abrazarte.

–No estoy segura de que me quede algo de virtud después de todas las cosas que hemos hecho – admitió Lizzie suavemente.

–Ah, Lizzie... –Nat le apartó el pelo de la cara–. No digas eso. En muchos sentidos, eres la mujer más dulce, admirable y valiente del mundo.

–Y tú, evidentemente, estás muy engañado sobre mi carácter si piensas así.

–No digas eso –repitió Nat–. Te vi cuidando de Monty la noche en que volvió tan borracho de casa de los Wheeler –dijo, y apretó los labios–. A menudo he pensado lo poco que te han cuidado Tom y Monty... y tus padres. Hay cosas que nunca deberías haber visto, ni soportado... Toda esa gente debería haberse preocupado por ti, y en vez de eso te hacían daño y dejaban que te las arreglaras sola... –la estrechó entre sus brazos–. Me ofende profundamente.

–Por eso siempre estabas intentando protegerme, ¿verdad? –le preguntó suavemente Lizzie–. Eres una persona buena, Nat Waterhouse. Siempre ayudas a la gente... –al ver la mirada de dolor de Nat, se interrumpió.

–¿Qué te ocurre?

–No siempre lo consigo –dijo él.

Lizzie frunció el ceño.

—No lo entiendo.

Nat exhaló un suspiro entrecortado.

—Tenía otra hermana —dijo—. Celeste tenía una hermana gemela. Murió.

Lizzie se quedó perpleja. Durante todos los años de amistad con Nat, nunca lo había oído mencionar a otra hermana. Nunca había hablado de ella. Tampoco sus padres, ni Celeste. Lizzie se quedó muy callada, inmóvil, esperando a que Nat continuara.

—Se llamaba Charlotte —dijo él—. Una noche hubo un incendio en Water House, cuando las niñas tenían más o menos seis años. Yo pude salvar a Celeste —carraspeó—. Y podría haber salvado también a Charley.

—Nat... —Lizzie sentía todo su dolor, tan crudo como si fuera nuevo. Estaba en el eco de la voz de Nat, y en la tensión de su cuerpo.

—Tuve que elegir —dijo él—. Intenté llevarlas a las dos, pero estaban muertas de miedo, demasiado asustadas como para estar quietas. Charley se me resbaló de los brazos. Tuve que dejarla para poder salvar a Celeste. Incluso ahora recuerdo las llamas en la espalda, y el calor de la barandilla, y el humo, tan espeso, asfixiante... Fue un trayecto tan largo por las escaleras... Intenté volver por Charley, pero no me lo permitieron. Dijeron que yo también moriría.

Lizzie no dijo nada. No sabía qué podía decir para consolarlo. No había palabras. Lo abrazó mientras el sol del atardecer los envolvía en su calidez y, poco a poco, notó que Nat se iba relajando. Él posó los labios en su pelo y siguió abrazándola, como si nunca fuera a permitir que se alejara de él.

—Fracasé, Lizzie —dijo—. Y no quiero que eso vuelva a suceder.

—Salvaste a Celeste —dijo ella—. No hubo fracaso.

—Por eso no puedo...

Nat se calló lo que iba a decir, y aunque Lizzie esperó, con una paciencia poco habitual, él no habló más.

—No puedes... ¿qué?

—Nada —dijo Nat, mirando ciegamente al horizonte—. Solo que... no me conviertas en un hombre más honorable de lo que soy.

Él volvió la cabeza y esbozó una sonrisa débil. Pese a su gesto, Lizzie se quedó helada. Era como si, aunque le hubiera abierto su corazón, Nat le estuviera ocultando algo. Se había abierto una distancia entre ellos. Quizá, pensó ella de repente, él lamentara la situación en la que le había colocado su honor cuando se había visto obligado a casarse con ella.

—La primera noche que estuvimos juntos —dijo ella, con un hilillo de voz—. Cuando estuvimos en El Capricho... Fue todo culpa mía. No debería haberte provocado.

—Tú no entendías lo que estabas haciendo —dijo Nat—. Yo sí. Fue culpa mía, no tuya.

—Sí lo sabía —respondió Lizzie con honestidad—. Al menos, lo sabía en la teoría, aunque no lo supiera en la práctica. Te provoqué demasiado, y lo hice a propósito. Siempre voy demasiado lejos.

—Parece que tienes una habilidad especial para ello —convino Nat, aunque su tono de voz era agradable. Por el rabillo del ojo, Lizzie vio que sonreía, y a ella se le encogió el corazón de deseo.

—En mi defensa —añadió—, diré que no sabía que fueras tan propenso a perder los estribos.

Nat se rio.

—Me conoces desde hace años, Lizzie. Deberías saber que soy famoso por mi escaso aguante.

—Nunca lo había notado —confesó Lizzie—. Sabía que podías enfadarte conmigo algunas veces, pero también sabía que al final me perdonabas, porque... —se interrumpió.

Se dio cuenta de que había estado a punto de decir que él la quería, en el sentido de la aceptación y la tolerancia que habían caracterizado su relación anterior. Ella había dado por supuesto que la amistad de Nat era inquebrantable. Con una punzada de dolor, se dio cuenta de lo mucho que había perdido al aniquilar aquella relación, y con ella, todas sus certidumbres.

—Porque éramos amigos —se corrigió. Después, suspiró—. Oh, Nat, lo siento muchísimo. Fui irresponsable, irreflexiva, y la consecuencia es que todo ha cambiado. Ojalá... Ojalá todo volviera a ser como antes, y pudiéramos tener de nuevo aquella amistad sin complicaciones.

—¿De verdad lo deseas? —le preguntó él con una

voz neutral y una expresión indescifrable–. No podemos volver atrás, Lizzie.

–Lo sé. Es solo que han cambiado muchas cosas para mí, y echo de menos la antigua seguridad...

De repente, se puso en pie de un salto, deseando apartar de sí la tristeza antes de que les estropeara la noche.

–Pero hay algunas cosas que siguen siendo igual que antes –dijo–. Todavía monto a caballo mejor que tú.

Subió con agilidad a Starfire y se rio de Nat mientras él se ponía en pie.

–Te echo una carrera hasta casa.

Lizzie ganó, pero por poco.

Nat le dio un beso de buenas noches en la puerta de su dormitorio aquella noche. El beso se transformó pronto en algo apasionado y ardiente.

–Tú serás quien se rinda primero –le susurró contra la boca–. Sabes que me deseas, y no tienes paciencia para esperar las cosas que deseas.

–No voy a rendirme –dijo Lizzie–. Me subestimas. Y estás haciendo trampas de nuevo –añadió, mientras él le daba besos diminutos por todo el cuello–. Se supone que no debes besarme, ni tocarme.

–Puedo respetar el trato –dijo Nat, apartándose de ella–. Pero no tanto.

Lizzie se acostó y se quedó mirando la puerta que comunicaba sus dormitorios. Pensó en lo que le había contado Nat sobre su pasado, y en la pesada carga que llevaba sobre los hombros: el sentimiento

Nicola Cornick

de culpabilidad por la muerte de su hermana. Era un peso demasiado grande e injusto para él.

Se preguntó qué otra cosa iba a decirle Nat cuando se había quedado callado. Quizá fuera algo más relacionado con Celeste. Y quizá ella hubiera debido presionarlo un poco para que hablara. Sin embargo, él había tardado nueve años en contarle lo que ocurrió aquella noche en Water House. No podía obligarle a que le contara más secretos todavía, cuando todo era tan frágil entre ellos. Pese a la reserva de Nat, Lizzie sentía una chispa de esperanza, creía que él estaba empezando a verla de una manera distinta. No quería estropearlo todo con sus prisas y su impaciencia.

Miró de nuevo hacia la puerta. Aunque deseaba con todas sus fuerzas estar entre los brazos de Nat, la obstinación la mantuvo en su cama. Habían empezado a construir algo más fuerte, y ella no podía debilitarlo ahora.

Para su sorpresa, durmió muy bien, y se despertó descansada y feliz. Por el contrario, el rostro demacrado y el mal humor de Nat a la mañana siguiente en la mesa del desayuno le dieron a entender que él no se sentía igual de bien.

—¿No has dormido bien, mi amor? —le preguntó Lizzie, lozana como una rosa, mientras se servía el café.

Nat puso cara de pocos amigos.

—Ni un segundo.

—Lo siento.

Una pasión inesperada

—Dudo que lo sientas —replicó él, y dejó el periódico sobre la mesa con demasiada fuerza—. Voy a salir —dijo, con una mirada fulminante—. No porque tenga ganas, sino para no ponerte las manos encima, mi señora esposa.

Él había pensado que iba a sucumbir. Lizzie se sintió muy satisfecha de sí misma.

—Acuérdate de que tienes que acompañarme al baile después —dijo dulcemente—. Sé puntual, o tendré que pedírselo a otro —añadió, y se tomó una de las cerezas que había en el frutero.

Nat le miró los labios. Frunció el ceño.

—Aquí estaré.

—Oh, bien.

Lizzie ladeó la cabeza para recibir un beso casto en la mejilla, y sonrió cuando su marido salió de la casa dando un portazo y de muy mal humor.

—¿Va todo bien, amigo? —le preguntó distraídamente Dexter Anstruther cuando Nat entró en el salón de El Viejo Palacio, minutos después—. Parece que has tenido mala noche.

—Estoy perfectamente —le dijo Nat con aspereza—. ¿Por qué se preocupa tanto todo el mundo de mi bienestar últimamente? Primero Miles, ahora tú...

En realidad, se sentía fatal. Había pasado horas despierto, esperando a que Lizzie atravesara la puerta, y después, horas de sorpresa y disgusto al comprobar que ella había resistido, y después, horas intentando controlar los impulsos de su cuerpo. Era ridículo. Era embarazoso. Había pasado meses sin estar con una mujer antes de casarse con Lizzie, y parecía que ya no era capaz de aguantar ni un solo día. Lizzie lo estaba volviendo loco.

Y, pese al tormento físico que estaba sufriendo, Nat se daba cuenta de que tenía otras imágenes de ella en aquel momento, y no simplemente las visiones tentadoras de hacer el amor con Lizzie. La recordaba en el río, riéndose alegremente con Alice mientras destruían la ropa de Tom para vengarse de él en nombre de los vecinos de Fortune's Folly. La veía galopando delante de él, con el pelo volando en la brisa, ágil, valiente, la mejor jinete de todo el condado. Y la recordaba acurrucada contra él sobre la manta del picnic, mientras él hacía algo que nunca había imaginado que haría: hablarle sobre la muerte de Charley.

Se había sentido tan cercano a Lizzie que había podido obtener fuerza y consuelo de ella, en vez de verla como un deber, como a alguien que necesitaba su protección, como sus padres y Celeste. Toda su perspectiva había cambiado en pocos momentos, y Nat se daba cuenta de que el coraje y la generosidad de Lizzie no eran solo para sus amigos ni para sus hermanos, sino que ella también lo había bendecido a él. Era extraño, poco familiar, pero era algo cálido y afectuoso, y él había sentido frío durante tanto tiempo...

Una pasión inesperada

—Dexter —le dijo, moviéndose ligeramente en la butaca—. Este asunto del matrimonio... Es difícil, ¿no te parece?

—Muy difícil —convino Dexter, asintiendo.

—¿Y cuál es el secreto?

—No lo sé —dijo Dexter—. Yo llevo casado menos de un año. Quizá la comunicación —añadió pensativamente—. La honestidad.

Nat se movió de nuevo.

La honestidad...

Él no le había hablado a Lizzie sobre el chantaje de Tom. Había estado a punto de decírselo la noche anterior, cuando estaban abrazados íntimamente, corazón con corazón, pero por algún motivo se había reprimido. Era demasiado pronto. En aquel momento, las emociones de Lizzie estaban demasiado enredadas con el dolor y la pérdida, y Nat estaba seguro de que si le daba más pruebas de la crueldad y la maldad de Tom, solo conseguiría que ella se sintiera peor. Y, aunque Lizzie y él se estaban acercando el uno al otro, aunque compartían secretos, Nat seguía pensando que debía protegerla de Tom. Tenía que cuidarla. No podía arriesgarse a dañar los pasos delicados y valiosos que estaban dando entre los dos. Cuando ella se hubiera fortalecido, podría decírselo, pero hasta entonces, no. Le haría demasiado daño.

Sin embargo, Nat se sentía muy incómodo ocultándole secretos a Lizzie, sobre todo ahora que se estaban aproximando de un modo distinto que él no sabía de-

NICOLA CORNICK

finir. La imagen de la Lizzie Scarlet salvaje que él había tenido en la mente durante tanto tiempo, la hermana pequeña de Monty Fortune, estaba perdiendo forma a favor de otra. No de la tentadora de seda que lo había provocado aquella primera noche, ni la escandalosa lady Waterhouse que estaba en boca de todos en Fortune's Folly.

Aquella era una Lizzie que defendía los derechos de la gente cuando Tom intentaba pisotearlos. Aquella Lizzie no había huido cuando habían tenido una discusión tan fuerte, sino que se había mantenido firme. Aquella Lizzie era una fuerza de la naturaleza que se estaba convirtiendo en una mujer a la que, de repente, Nat veía algún día con la misma autoridad impresionante que tenía Laura Anstruther. Aquella Lizzie era admirable y valiente, además de preciosa y seductora... De nuevo, él percibió un cambio de perspectiva brusco, como si estuviera viendo a Lizzie con unos ojos muy distintos. Los recuerdos de los nueve años anteriores se alejaron, y llegó un sentimiento que no tenía nada que ver con el deseo físico, sino que era una mezcla de amor y protección, y de alegría pura por el hecho de que ella formara parte de su vida...

Todavía estaba asimilando la impresión de lo que acababa de descubrir cuando alguien llamó a la puerta. Era Miles, que entró en la habitación con urgencia. Nat se sobresaltó y se dio cuenta de que Dexter lo había estado observando con diversión y desconcierto al mismo tiempo. Se preguntó qué demonios se le habría reflejado en el semblante.

Una pasión inesperada

Sin embargo, la noticia que les llevaba Miles no le concedió más tiempo para analizar sus sentimientos.

—Hay una pista —dijo brevemente—. Un aviso anónimo sobre la mujer enmascarada que fue vista en el pueblo las noches de los asesinatos de Monty y de Spencer. Una doncella llevó el mensaje a Drum esta mañana.

—¿Anónimo? —preguntó Nat—. Puede que eso no sea más que una venganza.

—Lo sé —dijo Miles—, pero de todos modos no podemos pasarlo por alto.

Nat vio que Dexter leía la nota, miraba a Miles y después volvía a mirar el papel. Hubo un extraño silencio.

—¿Qué dice? —inquirió Nat con un extraño presentimiento—. No será Lizzie, ¿verdad? —preguntó, entre el miedo, la ira y la necesidad de protegerla, abrumado por el poder de aquellas emociones.

Dexter estaba negando con la cabeza.

—No. No es Lizzie. Es Flora Minchin.

Capítulo 14

Lizzie estaba cruzando la calle de camino a El Viejo Palacio, para visitar a Laura, cuando vio a un grupo de gente que se había reunido ante la casa de los señores Minchin. Antes, a Lizzie le había inquietado que Flora y ella se hubieran convertido en vecinas. Nunca habían sido amigas, y de hecho, Lizzie siempre había pensado que Flora era una insulsa, aunque tuviera que admitir que quizá debido a los celos. Estuvo a punto de pasar de largo, pero oyó un grito, como si la señora Minchin tuviera un ataque de histeria, y se detuvo.

–¿Qué ocurre? –le preguntó a la señora Lovell, que estaba en el grupo de observadores.

–Flora es la que asesinó a sir Montague y a Spen-

Una pasión inesperada

cer, su ayuda de cámara –dijo la señora Lovell, que adoraba los buenos escándalos–. ¡Era la mujer enmascarada! ¡Imagínese! Han venido a arrestarla, lord Vickery, el señor Anstruther y su marido.

Lizzie frunció el ceño.

–¿Flora, una asesina? No sea absurda. ¡Ella no mataría ni a una mosca!

Los gritos de la señora Minchin se intensificaron, y de repente una de las criadas salió por la puerta, retorciéndose el delantal.

–Por favor, ¿podría ir alguien a avisar al señor? La señora está histérica, y se van a llevar a la señorita Minchin, y yo no sé qué hacer...

–¡Oh, todo esto es ridículo! –exclamó Lizzie. Entró rápidamente a la casa, cerró la puerta ante las narices de la multitud ávida y se volvió hacia la criada, mientras los gritos de la señora Minchin atravesaban las paredes–. Manda al chico del establo a avisar al señor Minchin. ¡Rápido! –le susurró a la criada.

–Pero la señora...

–Yo me encargaré de eso –dijo Lizzie.

Fue al salón. La señora Minchin estaba sentada en el sofá, temblando. Había otra doncella pasándole, inútilmente, unas plumas quemadas por debajo de la nariz. Lizzie la apartó y le dio unas palmaditas en las mejillas a la señora Minchin. La dama abrió sus ojos azules, tan parecidos a los de Flora, tragó saliva y se quedó en silencio.

–Las sales –dijo entonces Lizzie. Las tomó de la mesa y se las entregó a la criada–. Ayúdala a tumbarse y tráele una taza de té cuando se haya calmado.

—¡Flora! —exclamó la señora Minchin, entre sollozos, intentando levantarse.

—Yo ayudaré a Flora —dijo Lizzie, empujándola de nuevo hacia el sofá—. No se preocupe. Todo saldrá bien, se lo prometo.

La dama se deshizo en lágrimas.

—Ahora estará bien —dijo Lizzie, apretándole el brazo a la doncella—. Las sales, y luego el té.

Salió apresuradamente de la estancia. Oyó voces que provenían del gabinete, y mientras corría por el pasillo, Dexter salió por la puerta seguido de Flora. Flora estaba muy pálida. Mientras Lizzie la miraba, la muchacha se tropezó con el borde de la alfombra y estuvo a punto de caerse. Lizzie le agarró las manos para ayudarla a conservar el equilibrio. Estaban heladas.

—¿Qué demonios estáis haciendo? —preguntó con ira, y volvió a meter a Flora en el gabinete, enfrentándose como una tigresa a Miles, a Dexter y a Nat—. ¿Es que no veis que está aterrorizada? ¡Dejad que se siente!

Llevó a Flora hasta una silla e hizo que se sentara.

—¿Por qué teníais que venir todos a asustarla? —añadió—. ¡Con uno habría sido más que suficiente! —le tomó las manos a Flora para calentárselas, y notó que la muchacha estaba temblando—. No pasa nada —le dijo en voz baja—. No te asustes.

Una pasión inesperada

Flora le clavó los ojos azules en el rostro.

—Yo no he hecho nada malo.

—Claro que no —dijo Lizzie. Se sentó junto a ella y la rodeó con un brazo.

Nat le tocó el hombro a Lizzie.

—Nadie quiere asustarla —le dijo—, pero ella no nos dice dónde estaba durante las dos noches en cuestión, Lizzie.

—Pues entonces, marchaos y dejadme con ella. Dadme cinco minutos. Id a hacer té, o algo así. Seguro que a la señora Minchin le vendrá bien.

Nat le sonrió, y Lizzie sintió un cosquilleo en el estómago.

—Gracias —le dijo él suavemente.

—Vamos, Flora —murmuró Lizzie, mientras Nat se llevaba a los demás y cerraba la puerta—, sé que tú no has hecho nada malo, pero si no me explicas qué estabas haciendo esas noches, no puedo ayudarte. ¿Te has estado escapando por la noche, Flora?

Hubo una pausa, y entonces Flora asintió ligeramente.

—¿Y adónde ibas?

Flora se mordió el labio y no respondió. Estaba muy angustiada.

—Supongo —prosiguió Lizzie con gentileza—, que ibas a ver a un hombre.

Flora la miró.

—Yo no... no era para... No es lo que tú piensas —dijo, con algo de firmeza—. La primera vez fui a pedirle que se casara conmigo, pero me rechazó. Después, solo fui a... verlo. Necesitaba verlo, pero él me echó.

Lizzie le tomó la mano.

—Estás enamorada de un hombre que no te quiere —dijo, tragándose un nudo muy tirante que se le había formado en la garganta.

—Sí —respondió Flora, y suspiró—. Me duele.

—Lo entiendo. ¿Quién es, Flora?

La muchacha no respondió. Observó atentamente a Lizzie, como si quisiera saber si podía confiar en ella o no.

—Escucha —le dijo Lizzie—. Sé que tú y yo no somos amigas, Flora, pero quiero ayudarte. Tenemos que convencer a esa persona de que declare en tu favor, o quizá te arresten. Si me dices quién es, yo hablaré con él y estoy segura de que te ayudará.

—Es Lowell Lister —dijo Flora, y estalló en sollozos—. Lo quiero mucho, pero él no quiere casarse conmigo porque no quiere mi dinero...

—Debe de ser el único hombre de todo Fortune's Folly que no quiere casarse con una heredera —musitó Lizzie—. Probablemente también esté enamorado de ti, pero cree que está siendo noble. El muy tonto —dijo.

Flora soltó una risita nerviosa y se incorporó.

—Oh, y ahora pensará que estoy intentando atraparlo —dijo, y le estrechó la mano a Lizzie—. ¿Hablarás con él y se lo explicarás todo? Tú le caes bien.

—Le pediré a Alice que hable con él —le prometió

Una pasión inesperada

Lizzie–. Lowell piensa que yo soy una caprichosa, y puede que tenga razón. Sin embargo, Alice es encantadora, y Lowell la respeta. Todo irá bien, Flora.

–A mis padres esto no les va a gustar nada –dijo Flora–. Mi reputación está destrozada...

–No, si Lowell se casa contigo –replicó Lizzie.

–Pero él es un granjero, y ellos son tan clasistas...

–También es cuñado de un lord –dijo Lizzie, sonriendo–. Creo que ese es el detalle en el que debemos concentrarnos –añadió, e hizo que Flora se pusiera en pie–. ¿Quieres ir a descansar un poco?

–No. Tengo que ir con mi madre –respondió Flora, y le dio un abrazo espontáneo a Lizzie–. Oh, Lizzie, muchas gracias. Y yo que creía que no me caías bien... –de nuevo, se le llenaron los ojos de lágrimas.

–Vamos, adelante –le dijo Lizzie, riéndose. Empujó a Flora hacia la puerta y la vio marchar rápidamente hacia el salón, con su madre. Nat y Miles salieron del comedor, y Lizzie agarró a Miles por el brazo.

–¿Puedes ir a buscar a Alice? Necesito que hable con Lowell.

Miles y Nat se miraron.

–¿Lowell? –preguntó Miles.

–Flora está enamorada de él –dijo Lizzie en voz baja–. Se estaba escapando por las noches para ir a verlo.

–¿Y por qué no nos lo dijo? –preguntó Nat.

Lizzie lo miró con exasperación.

NICOLA CORNICK

—Oh, por favor, ¿su reputación?

—Voy a buscar a Alice —dijo Miles, y sonrió a Lizzie—. Eres una maravilla.

Se marchó, y Nat tomó de la mano a Lizzie y se la llevó al gabinete.

—Gracias —le dijo suavemente—. Has sido muy amable, Lizzie. Yo pensaba que no te caía bien Flora.

—Y no me caía bien —dijo ella—. Estaba celosa de ella —susurró—. Lo que dijiste aquella noche en El Capricho era cierto, Nat. Yo era una caprichosa y una envidiosa, y te quería para mí. Ahora me doy cuenta.

Nat la abrazó con fuerza y la miró intensamente, de un modo que hizo que el mundo girara alrededor de Lizzie...

—Lizzie —susurró—. Tu honestidad es una lección de humildad...

—¿Qué demonios está pasando aquí? —el señor Minchin entró en la habitación imperiosamente—. ¡Hay una muchedumbre ahí fuera, y mi esposa y mi hija están llorando en el salón, y he oído el rumor de que van a arrestar a mi hija!

—No tiene por qué preocuparse, señor —dijo Dexter con deferencia. Acababa de aparecer tras él—. Creemos que alguien ha hecho una acusación falsa contra la señorita Minchin, pero ya está todo solucionado.

—¡Haré que la ley los persiga! —gritó el señor Minchin, enrojeciendo de una manera alarmante.

—Nosotros somos la ley —dijo Dexter suavemente—. Y nos encargaremos de ello, señor.

Una pasión inesperada

El señor Minchin miró a Lizzie y se tranquilizó un poco.

–Me he enterado de que usted envió a buscarme, señora –dijo–. Y que atendió a mi esposa y ayudó a mi hija. Debo darle las gracias.

–Ha sido un placer –dijo Lizzie, y se apartó de Nat, consciente de que él no dejaba de mirarla–. Quizá debería ir a consolarlas, señor Minchin. Sé que agradecerán que usted haya venido –añadió, y posó una mano sobre su brazo–. Y creo que también podría empezar a aceptar el hecho de que va a tener a Lowell Lister como yerno. Es un buen hombre.

–¿Lister? –el señor Minchin dio un respingo–. ¡Pero si es un granjero!

–Un granjero rico y con muy buenos contactos –dijo ella alegremente.

–Lister –repitió Minchin, en un tono de voz distinto–. Un granjero y un caballero. Sí, ya entiendo. Me preguntaba qué le ocurriría a Flora.

–Todo se arreglará muy pronto –dijo Lizzie, y le sonrió con calidez.

–No veo a Flora como esposa de un granjero –dijo Nat cuando el señor Minchin se hubo marchado del gabinete.

–Se las arreglará. No es tan tonta como parece.

La puerta se abrió de repente, y entró Lowell, seguido de Alice y Miles.

–Qué rápido –comentó Lizzie.

–Me lo encontré en la calle –dijo Alice–. Había oído el rumor del arresto de Flora y venía hacia aquí.

Lowell los ignoró a todos, fue directamente al salón y, sin decir una palabra, abrazó a Flora y la besó.

–Y así –dijo Lizzie, riéndose–, es como soluciona estas situaciones un hombre de Yorkshire –se volvió hacia Nat, Miles y Dexter y agregó–: Será mejor que vayáis a encontrar a vuestro informador –le lanzó una mirada a Nat–. Yo me interesaría por Priscilla Willoughby. Le gusta causar problemas y ella también ha estado paseándose por las calles de noche, según tengo entendido. Y de paso, podíais pedirle que os diera una coartada para Tom para la noche del asesinato de Monty. Creo que vais a averiguar que Tom pasó la noche con ella, y no con Ethel.

Al ver la expresión de perplejidad de Nat, sintió una enorme satisfacción.

Aquella noche, en la asamblea de Fortune's Folly solo se hablaba de dos cosas. La primera era el compromiso de la señorita Flora con Lowell Lister. La feliz pareja estaba presente aquella noche, bailaron cuatro escandalosas veces juntos y apenas podían dejar de mirarse.

–Los señores Minchin están muy satisfechos con la elección de Flora –le dijo Lizzie, maliciosamente, a Alice, mientras observaban a la pareja–. ¿No será que has hecho un gran trabajo facilitándoles las cosas, Alice? Sé que la señora Minchin tenía dudas sobre la conveniencia de ese matrimonio hasta que Miles y tú habéis señalado sus beneficios.

Una pasión inesperada

—Hemos hecho lo que hemos podido —dijo Alice, frunciendo los labios—. Quiero mucho a mi hermano, y espero que sea feliz, pero no le envidio una suegra tan estirada.

—Yo creo que Flora y Lowell se van a llevar muy bien —dijo Lizzie—. Ella es una chica estupenda. Da la impresión de ser muy tonta, y sin embargo, tiene un carácter muy decidido.

—Lowell está completamente enamorado —dijo Alice, asintiendo—. Nunca pensé que lo vería así. Me contó que se había enamorado de Flora la primera vez que la vio en High Top Farm, el día en que se había suspendido su boda. Estaba empeñado en rechazarla por la disparidad de sus situaciones, pero en cuanto se enteró de que ella corría el peligro de que la arrestaran, se dio cuenta de lo tonto que estaba siendo. De todos modos... —suspiró—, me parece que a Flora no le va a resultar fácil adaptarse a la vida de una granja. Ha llevado una vida muy consentida. No será fácil para ella.

—¿Y qué te parece la otra noticia? —preguntó Lizzie con los ojos muy brillantes—. Pobre lady Willoughby, ¡tener que marcharse tan urgentemente de Fortune's Folly!

Lady Wheeler se había acercado a su mesa un poco antes, con Mary, a contarles que Priscilla Willoughby había recibido un aviso urgente por un asunto familiar.

—Qué pena —dijo lady Wheeler—. Mi querida Priscilla lo estaba pasando muy bien en Fortune's Folly.

—Eso pensábamos —le respondió dulcemente Lizzie—. ¡Las excursiones nocturnas de lady Willoughby se estaban convirtiendo en la comidilla de todo el pueblo!

Lizzie vio que Mary la miraba, pero la muchacha no dijo una palabra, y Lizzie pensó que estaba más pálida y demacrada que antes.

—¿Quién hubiera pensado que la enfermedad iba a golpear tan bruscamente a la familia de lady Willoughby? —asintió Alice—. ¿Te ha contado algo Nat de su entrevista con ella?

—Solo que se alegraba de que se fuera —dijo Lizzie—. Le pregunté si estaba muy decepcionado porque su modelo de virtud hubiera resultado ser una cualquiera.

—¡Lizzie, no! —exclamó Alice, tapándose la boca con una mano.

—Sí —dijo Lizzie sin ninguna muestra de arrepentimiento—. Y él me dijo que hacía años que ella no le importaba nada, y que prefería tener a una descarada y terca por esposa. Así que creo —prosiguió, bajando los ojos recatadamente hacia su abanico—, que mi plan está funcionando.

—Eso parece —dijo Alice.

—Entonces, yo le dije que eso solo eran palabras para conseguir que me acostara con él —dijo Lizzie—, y él me dijo que...

—¡Ya basta! —exclamó Alice.

Lizzie se echó a reír.

—De acuerdo. ¿Dónde estarán Miles y Nat con el

Una pasión inesperada

postre? –miró por la habitación y vio a Mary Wheeler hablando con el vizconde Jerrold. La muchacha tenía un aspecto muy triste.

–Pobre Mary –dijo–. ¿Qué le ocurrirá? ¿Crees que estará enferma? Está peor a cada minuto que pasa.

Nat y Miles volvieron en aquel momento y depositaron un cuenco de fresas y hielo ante sus esposas. El hielo se estaba derritiendo con el calor de la sala de la asamblea, y Lizzie lo apartó con la cuchara, sin entusiasmo.

–Ven a bailar conmigo, ya que no tienes interés en el postre que te he conseguido a ti especialmente –le dijo Nat, sonriendo.

–Bailar es otra cosa, como las cartas, en la que eres indiferente o malo –dijo Lizzie, fingiendo un suspiro mientras ocupaban un puesto en la formación para las danzas folclóricas–, pero como soy tu esposa, tengo que obedecer. Es mi deber.

–Pues parece que tienes menos diligencia a la hora de cumplir otros deberes –señaló Nat, arqueando las cejas expresivamente.

–¡Y tú eres el que me acusa de falta de paciencia! –exclamó Lizzie–. A decir verdad, me gusta hacerte esperar. Significa que hablas más conmigo.

–Me gusta hablar contigo –dijo Nat.

–Parece que te sorprende –bromeó Lizzie–. Antes éramos amigos, Nat. Hablábamos mucho.

–Sí –dijo Nat, y Lizzie percibió en su voz un tono de descubrimiento–. Pero no como ahora. Es distinto...

NICOLA CORNICK

El movimiento de la danza los apartó, y Lizzie se sintió tan ligera como una pluma. Todo estaba cambiando. Lo notaba en el aire, y en el cosquilleo que tenía en la piel.

Bailó solo una vez con John Jerrold, que le comentó juguetonamente que el próximo chisme en el pueblo sería lo muy enamorados que estaban lord y lady Waterhouse. Después, Nat bailó varias veces más con ella, y no demostró que quisiera separarse de ella entre danzas. Era muy agradable disfrutar de todas sus atenciones, sentir que la miraba, intercambiar el más ligero de los roces con él, algo que la hacía muy feliz.

Más tarde, cuando salieron del edificio de la asamblea del pueblo, estaba lloviendo. Lady Wheeler y sir James lamentaron haber ido caminando al baile.

—No tenía idea de que fuera a llover esta noche –dijo lady Wheeler–. James no ha traído ni siquiera un paraguas, y ahora se nos van a estropear las capas...

—Tenga mi paraguas –dijo Lizzie, tendiéndoselo a Mary, que era quien estaba más cerca de ella–. Nat y yo nos arreglaremos sin él...

Al ver la expresión de Mary, se interrumpió. La muchacha estaba lívida y temblorosa, y se apartó del paraguas como si fuera una serpiente.

—Lo sabes, ¿no? –susurró, con los ojos muy abiertos y llenos de terror–. ¡Estás intentando atraparme!

Entonces, se agarró la falda y salió corriendo por la calle oscura. Las suelas de sus zapatos de noche repiqueteaban en los charcos.

Una pasión inesperada

—¡Mary! —la llamó lady Wheeler—. ¡Mary, vuelve aquí ahora mismo! ¡Te vas a estropear el vestido! ¿Qué le ocurre? —le preguntó a sir James—. ¿Qué le ocurre a esta chica últimamente?

Lizzie se giró hacia Nat.

—¿Qué ha pasado?

—Lizzie, déjame ver el paraguas. ¿Es tuyo?

—No —respondió Lizzie con desconcierto—. Era de Monty. Me lo llevé cuando salí de Fortune Hall. Se desenrosca esto —dijo, señalando el mango plateado— y creo que él tenía una petaca de brandy escondida ahí... ¡Oh!

Se detuvo cuando Nat desenroscó el paraguas. Lady Wheeler gritó y se apartó, como había hecho su hija un momento antes, porque en el mango había un cuchillo, largo, y manchado de sangre.

—¡No! —exclamó Lizzie al entenderlo todo—. ¡Mary! —agarró a Nat de la manga—. ¿Por qué? No, no puede ser. Ella no puede haber asesinado a...

Nat estaba mirando fijamente hacia la calle por la que había huido Mary. Lady Wheeler estaba gritando y parecía que iba a desmayarse, y la gente salía de la asamblea para enterarse de qué estaba ocurriendo.

—Tengo que encontrarla —dijo Lizzie de repente, con el corazón encogido, mareada—. Necesito saber qué ocurrió.

—¡No! ¡Espera! —Nat la agarró con fuerza—. No vayas. Puede que sea peligroso. —Pero... es Mary —dijo Lizzie. No podía creerlo—. ¡Mary no le haría daño a una mosca, ¡y menos a Monty! Esto debe de ser un error, o es que todo fue un accidente. Tengo que encontrarla y ayudarla...

—No —repitió Nat—. Lizzie...

Lizzie se zafó de él y salió corriendo por la calle.

—¡Lizzie! —gritó Nat.

Lizzie oía sus pasos tras ella, pero no se volvió a mirar.

Tenía que encontrar a Mary. ¿Era posible que su amiga le hubiera arrebatado a su hermano? ¿Podía ser Mary la culpable? Por supuesto, pensó ciegamente, Mary no lo sabía, no entendía lo importante que era su pequeña familia para Lizzie, después de haber perdido tanto. Ella había ocultado el afecto que sentía por Monty y por Tom, riéndose de sus defectos, cuando en realidad, sentía un afecto tenaz por ellos porque eran lo único que tenía... Corrió, impulsada por la ira, por la pérdida, por un dolor repentino y salvaje que le estaba atenazando el pecho.

La lluvia era más fuerte de lo que ella había creído, y le picaba en las mejillas, y la cegaba. La noche estaba muy oscura y hacía mucho calor, como si estuvieran atrapados bajo una manta. ¿Adónde había ido Mary?

Lizzie tomó un callejón hacia el río, oyó que Nat se chocaba con algo detrás de ella y que juraba ferozmente. Y entonces, de repente, atisbó la figura ligera de Mary ante ella, a la luz parpadeante de las farolas de la calle.

Una pasión inesperada

—¡Mary! —le gritó.

La figura se volvió hacia ella y Lizzie vio el borrón de su cara pálida y sus enormes ojos, antes de que Mary corriera hacia el puente y desapareciera en el abismo del río.

Capítulo 15

—¡Mary! ¡No!

Lizzie corrió hasta el río, resbalándose por las piedras húmedas del suelo. Vio una forma en el agua, una forma que la corriente manejaba como un trozo de madera, una cara, una mano extendida...

Se tiró al agua y jadeó al sentir el frío. La corriente la zarandeó, y sus pies se deslizaron por las piedras musgosas del fondo mientras intentaba alcanzar a Mary desesperadamente. Consiguió agarrarla del brazo y tiró de ella con todas sus fuerzas. La tela del vestido de Mary se rasgó, pero consiguieron salir de la corriente y cayeron, en un montón jadeante, sobre las piedras húmedas de la orilla. Mary estaba floja como una muñeca, como si hubiera perdido todas las fuerzas. Y Lizzie también perdió toda su furia y su tristeza, y no sintió nada más que entumecimiento y desesperación.

–¿Por qué? –preguntó–. ¿Por qué lo hiciste, Mary?

Mary la miró. Su rostro estaba mojado y pálido.

–Fue culpa suya –dijo.

–¿Culpa de quién? –preguntó Lizzie, con ganas de sacudirla por los hombros–. ¿De Monty?

–Stephen me dejó por su culpa –dijo Mary–. Fue todo por culpa suya. Él trajo a aquella prostituta y Stephen se marchó... –tenía la cabeza agachada, y el agua caía de los mechones de su pelo oscuro.

Lizzie frunció el ceño y sacudió la cabeza con incredulidad.

–¿Culpaste a Monty de que Stephen Armitage te dejara? Eso es una locura. Lord Armitage se escapó con una cortesana...

El rostro de Mary se contorsionó de dolor y tristeza.

–Fue culpa suya –repitió–. Él fue quien la trajo.

Lizzie supuso que aquella idea tenía cierta lógica. Era cierto que sir Montague había llevado a Fortune's Folly a Louisa Caton, la antigua amante de Miles Vickery, desde Londres, para intentar sabotear el compromiso de Miles con Alice. En vez de conseguir separar a Alice y a Miles, Monty había destruido el futuro de Mary, porque era su prometido quien había huido con la cortesana. Sin embargo, culpar a Monty de todo...

–Destrozó toda mi vida –dijo Mary–. Yo quería a

Stephen con toda mi alma –miró a Lizzie con los ojos llenos de furia–. ¡Y entonces tuvo la audacia de pedirme que me casara con él!

–¿Monty? –preguntó Lizzie, sin dar crédito.

–Nos peleamos por eso –dijo Mary–. Yo fui a Fortune Hall a rogarle que no hiciera una petición formal, porque mis padres me obligarían a aceptar. Sin embargo, sir Montague se rio de mí y la noche de la cena reanudó sus atenciones. Supe que tenía que hacer algo para impedir que pidiera mi mano a mi padre…

–Y lo mataste –dijo Lizzie, débilmente–. ¿Y Spencer? ¿Qué daño te había hecho él?

–Lo confundí con Tom –respondió Mary–. Cometí un error.

–¿Y qué había hecho Tom?

–Él también quería casarse conmigo. Intentó forzarme. Me da asco –dijo, y se estremeció. Y sé que Stephen volverá, al final. Yo lo quiero, y sé que dejará a esa cortesana y volverá…

Mary se puso en pie con dificultad. Tenía los ojos cerrados y una expresión vacía, y no era consciente de dónde estaba. Dio un paso atrás y perdió el equilibrio, y aunque Lizzie intentó agarrarla, cayó al agua una segunda vez. Lizzie solo pudo asir el aire vacío, y cuando se arrastró al borde de la corriente, Mary había desaparecido. Lizzie entró hacia lo profundo, sin preocuparse de sí misma ni del peligro, pero no encontró nada. Y de repente, se dio cuenta de que ella también iba a perder pie. El río era muy rápido y profundo bajo el puente, y el agua rugía

Una pasión inesperada

en sus oídos, y no veía nada. Durante un momento breve, horrible, pensó que la corriente iba a arrastrarla, pero entonces Nat la agarró del brazo y tiró de ella hacia la orilla. Ella estaba jadeando, y se abrazó a él, y aunque no lo veía, sabía que estaba furioso, pero también notó algo más en su contacto.

–Lo siento –le dijo entre sollozos–. No he podido salvarla. No he sido lo suficientemente rápida –añadió. Escondió la cara en el cuello de Nat e inhaló su esencia para obtener consuelo y fuerza, y por fin, se sintió segura.

–Oh, Lizzie –dijo él, con la cara contra su pelo mojado–. ¿Es que nunca vas a dejar de hacer estas locuras tan peligrosas?

Sin embargo, aunque la zarandeó suavemente, su voz era amable, y ella supo que estaba exasperado, pero también había angustia y alivio en su voz y en su modo de abrazarla.

–Tenía que intentarlo –dijo Lizzie. Le castañeteaban los dientes y estaba temblando violentamente. Nat se la llevó hacia la calle–. Aunque ella fue quien mató a Monty y a Spencer. Me lo dijo, Nat... –volvió a estremecerse–. Los dos querían casarse con ella, Monty y Tom, pero ella estaba tan enamorada de Stephen Armitage que no podía soportarlo. Pensaba que Armitage volvería por ella.

Se volvió para mirar por encima del hombro de Nat y, por primera vez, vio los faroles y oyó las voces de la gente por el río. Miles se acercó, y Nat preguntó:

—¿Habéis encontrado algo?

Miles negó con la cabeza, con un gesto grave.

—Ahora voy a llevarte a casa —le dijo Nat a Lizzie.

Alice los acompañó. Cuando Nat y ella acostaron a Lizzie, estaba temblando de fiebre. La luz era demasiado brillante, y no podía soportarla. Y estaba ardiendo.

—Tiene las fiebres, milord —oyó que le decía la señora Alibone a Nat, en tono de profunda desaprobación—. Y era de esperar, después de haberse tirado al río. ¡Vaya comportamiento para una condesa! Primero, ese desgraciado incidente con el caballo, y ahora esto... ¡Nunca había estado tan horrorizada! No sé si podré seguir trabajando en una casa en la que ocurren estas cosas...

—Entonces, le sugiero que busque empleo en otro lugar, señora Alibone —dijo Nat—. Nadie habla así de mi esposa.

—Creo que es la reacción a la impresión tan fuerte que se ha llevado —Lizzie oyó la suave voz de Alice, después de que la señora Alibone se hubiera marchado a hacer su equipaje, llena de indignación—. Lizzie es más fuerte que un toro.

—Yo me quedaré con ella —dijo Nat.

Lizzie tuvo la sensación de que estaba ansioso y quiso tranquilizarlo, pero sus miembros eran de plomo, y no podía levantar la cabeza, no podía hablar.

Supo que Nat estaba cumpliendo su palabra. Sin-

Una pasión inesperada

tió su presencia durante toda la fiebre y las pesadillas que siguieron, cuando Lizzie soñó con su madre caminando por los pasillos de Scarlet Park, y con Monty paseando por los jardines de Fortune Hall, que habían sido su alegría y su orgullo, y cuando vio la cara burlona de Tom y oyó el llanto de un bebé, y ella misma lloró de angustia por todo lo que había perdido. Sentía que Nat estaba a su lado, y sabía que hablaba con él y él le respondía, aunque después no fuera capaz de recordar lo que habían dicho. Pero su presencia la reconfortaba y la calmaba, y finalmente se sumió en un sueño profundo.

Al tercer día se despertó, sintiéndose mejor, con la cabeza clara, con hambre, y se encontró a Alice sentada junto a su cama.

–Nat va a lamentar no haber estado aquí –le dijo su amiga, cerrando el libro que estaba leyendo–. Ha permanecido a tu lado todo el tiempo, Lizzie. Creo que no ha dormido en absoluto. Tuvo que irse hoy porque debía hablar con Dexter y con Miles para atar cabos sobre el caso.

–Lo sé –dijo Lizzie, sonriendo–. Sé que ha estado aquí. Lo he sentido –añadió, y frunció el ceño mientras intentaba recordar. Las imágenes eran débiles, pero la sensación de calidez, de confianza al saber que Nat había estado con ella, persistían–. Creo que hablé con él, aunque no recuerdo las palabras...

–Le contaste que estabas muy triste por no haberte quedado embarazada –dijo Alice, después de un titubeo–. Me lo preguntó, Lizzie, y tuve que admitir que lo sabía. Creo que se quedó horrorizado por tu angustia, y por el hecho de que no se lo hubieras confiado.

—Me equivoqué al ocultarle tantas cosas —dijo Lizzie—. Sí, le hablé muy poco a Nat sobre cómo me sentía, sobre la muerte de Monty, sobre nuestro matrimonio, sobre el bebé... lo mantuve todo encerrado dentro de mí, pero era como una explosión. Por mucho que yo quisiera empujarlo hacia abajo, salía disparado de nuevo. Toda la ira, la pena y la infelicidad tenían que encontrar una salida. Pero ya no me siento así —dijo, porque sentía paz—. Todo eso ha desaparecido —añadió, y su rostro se ensombreció—. Supongo que no se sabe nada de Mary.

—No —respondió Alice—. Lo siento mucho, Lizzie.

—Intenté ayudarla —murmuró Lizzie—. Aunque ella me arrebató a Monty. Estaba sufriendo tanto, Alice, tan dolida, tan rota y tan infeliz —se estremeció—. No sabía que el amor podía ser tan destructivo.

—Iré a buscarte algo de comer —le dijo Alice—. Ahora que la señora Alibone se ha marchado, me temo que la casa no funciona con la misma eficacia, pero es agradable no ver su presencia siniestra detrás de todas las puertas.

Después de que Lizzie hubiera tomado algo de la sopa y el pan que le llevó Alice, hizo que su amiga volviera a casa, porque le pareció que Alice estaba exhausta. Se quedó un poco más en la cama, observando los dibujos de la luz en la pared, y pensando

Una pasión inesperada

en que Nat debía de preocuparse mucho por ella para haber estado junto a su cama, y esperó con todo su corazón que la quisiera. Estaba segura de que había sentido su amor por ella. Lo sentía en su presencia a su lado, lo oía en sus palabras, lo notaba en sus caricias suaves.

«Esta noche», pensó, «esta noche bajaré al comedor y cenaremos juntos, y hablaremos, y le diré a Nat que lo quiero».

Quizá ya se lo había dicho durante la fiebre. No estaba segura, pero quería ser sincera con él y decirle abiertamente cuáles eran sus sentimientos. Y, cuanto más lo pensaba, más esperaba, con obstinación, con optimismo, que Nat la quisiera de verdad, o al menos que existiera la oportunidad de que lo que sentía por ella se transformara en un amor maduro. Igual que su amor por él había cambiado desde el encaprichamiento infantil de su juventud, estaba segura de que los sentimientos de Nat hacia ella habían cambiado durante la última semana. Se aferró tenazmente a aquella creencia y sintió su fe en él como una chispa que se le extendía con calidez por el cuerpo.

Después de un rato, se levantó. Eligió cuidadosamente un vestido y se arregló con esmero. Despidió a su doncella y se miró por última vez en el espejo, se puso un chal sobre los hombros y se dirigió hacia las escaleras. Entonces, oyó que se abría la puerta principal, y percibió el sonido de unas voces en el vestíbulo.

–¿Es que tienes que molestarme con eso ahora?

—preguntó Nat con frialdad, muy enfadado—. Ya te he dicho, Fortune, que no vas a obtener más dinero de mí. Se terminó.

—Mi querido amigo —dijo Tom—, nada más lejos de mi intención. El horrible secreto de tu hermana está a salvo conmigo, te lo aseguro. Tus padres y ella ya deben de haber sufrido suficiente, y además, me has pagado muy bien por mi discreción, ¿verdad?

Lizzie se quedó helada, inmóvil, rogando que el suelo de madera no crujiera bajo sus pies. Lo que acababa de oír la había llenado de espanto, y la había dejado débil. Tom había estado chantajeando a Nat, y Nat le había pagado... No podía creerlo. Nat no. Siempre había sido honorable e íntegro. Nat nunca pagaría a un chantajista.

—No, esto no tiene nada que ver con Celeste —siguió diciendo Tom—. Es sobre Lizzie. He notado, todos lo hemos notado, que te ha tomado un cariño excepcional últimamente, Waterhouse. No servirá de nada. No saldrá bien, amigo, porque te casaste con ella de manera fraudulenta.

—No sé qué quieres decir —respondió Nat con la voz entrecortada, furiosa—. ¿Qué estás insinuando?

—No se lo has dicho a Lizzie, ¿verdad? No le has contado lo de mi chantaje porque habrías tenido que explicarle que te casaste con ella por su fortuna, para poder pagarme.

—Lizzie sabe que necesitaba el dinero —le soltó Nat—. No lo he mantenido en secreto.

Una pasión inesperada

—Pero no sabe que la aceptaste a ella y a su dinero por venganza —dijo Tom.

—Eso es una idiotez, y tú lo sabes.

¿Era un tono de duda lo que percibía en la voz de Nat? Lizzie oyó que su tono cambiaba, y notó un miedo frío en la espalda.

—¿De veras? —dijo Tom suavemente—. No lo creo. Viste la oportunidad de vengarte de mí por mi chantaje, ¿no, Waterhouse? Sabías que, con El Tributo de las Damas, yo podía tener la mitad del dinero de Lizzie si ella no estaba casada antes de septiembre. Es mi derecho como señor. Así que me quitaste a Lizzie, me robaste su dote y después la usaste para pagarme —explicó, y se echó a reír—. Es el tipo de truco sin escrúpulos que yo hubiera usado. Casi te admiro por ello, salvo por el detalle de que me robaste mi parte del dinero de Lizzie, maldito.

Hubo un silencio, un silencio largo y espantoso. Lizzie esperó que Nat rebatiera las palabras de su hermano, porque lo que había dicho no podía ser cierto. Nat nunca la habría usado para vengarse de Tom.

Ella había entendido, por su conversación, que Nat necesitaba el dinero para pagar a Tom y proteger a Celeste, pero seguramente había actuado así por motivos honorables.

Sin embargo, a ella no le había dicho nada sobre el chantaje. No había confiado en ella.

Las palabras le inundaron la mente como un veneno frío y negro. Nat la había mentido sobre su matrimonio. Le había dicho que no habría más secretos entre ellos, pero había mentido.

Nat había usado el dinero de su dote para pagar a Tom.

Todo aquello le dejó un sabor amargo en la boca.

—No debes decírselo —dijo Nat en aquel momento, y Lizzie se sintió enferma, mareada al oír las palabras que confirmaban su culpabilidad—. No puedes decírselo a Lizzie, Fortune. No quiero que conozca los términos de nuestro acuerdo. Nunca —dijo, y suspiró—. ¿Cuánto quieres, esta vez, por tu silencio? —su voz sonaba cansada.

Lizzie se desplomó contra la barandilla, agarrándose con fuerza a la suave madera. Así que era cierto. Ella nunca lo hubiera creído, pero Nat lo había confirmado: la había utilizado para vengarse de Tom. Acababa de admitirlo. Por eso no le había contado nada sobre el chantaje, porque se habría dado cuenta de que la estaba usando.

Lizzie se sentó pesadamente en un peldaño, porque le temblaban las rodillas.

—Quiero los diamantes Scarlet —dijo Tom—. De todos modos, deberían haber sido míos, y es lo menos que me debes, por robarme mi parte de la dote de Lizzie. Estuve a punto de ganárselos la otra noche, a las cartas. Así que dámelos ahora, y no le diré nada a Lizzie de que la usaste para vengarte de mí.

—No puedo dártelos ahora. Lizzie está en casa. Necesito más tiempo... mañana... —a Lizzie se le hundió el corazón en el pecho, como una piedra, y se clavó las uñas en las palmas de las manos en su esfuerzo por no echarse a llorar.

–Entonces, mañana –dijo Tom. Lizzie oyó que se reía–. Me parece un trato justo, Waterhouse. Nos hemos repartido a Lizzie, tú y yo, a satisfacción de los dos. Comprada, vendida, dividido el dinero.

De algún modo, Lizzie consiguió levantarse y entrar de nuevo a su habitación. Cerró la puerta con las manos trémulas. Estaba helada y le castañeteaban los dientes como si tuviera las fiebres otra vez.

Tenía que salir de allí. Sabía que estaba huyendo otra vez, pero no podía evitarlo. No tomó nada de su habitación. No podía pensar con claridad. Oyó que Tom se marchaba, y Nat entró en su estudio y se encerró.

Ella se escabulló por las escaleras y fue al establo. Montó en Starfire sin silla y salió cabalgando en la noche, con su vestido de noche verde.

TERCERA PARTE

Capítulo 16

Nat experimentó una tremenda urgencia de ir a ver a Lizzie en cuanto Tom se hubo marchado, para hablar con ella, incluso despertarla si estaba durmiendo. Sabía que tenía que decirle la verdad inmediatamente, antes de que Tom tuviera oportunidad de verla. Pese a haber ganado algo de tiempo, no confiaba lo más mínimo en aquel hombre.

Nat le había pedido tiempo a Tom, pero no porque tuviera la intención de entregarle el collar ni porque quisiera ocultarle la verdad a Lizzie, sino porque quería engañar a su cuñado con una falsa sensación de seguridad.

Tenía que mantener a Tom alejado de Lizzie hasta que él mismo pudiera explicarle el chantaje que había sufrido. Nat sabía que Tom, con su crueldad y su malicia, le haría daño otra vez a Lizzie, aplastaría toda la confianza que Nat había visto florecer en ella, pisotearía sus sentimientos de aquel modo odioso y despreocupado tan suyo, y destruiría nuevamente la felicidad de Lizzie. Y la idea de que Tom le hiciera daño a Lizzie y doblegara su espíritu enfurecía a Tom.

Se daba cuenta de que había cometido un error al ocultarle la verdad a Lizzie durante tanto tiempo. Pensaba que estaba haciendo lo correcto y que podría protegerla. No quería causarle más desilusión sobre su hermano. Seguramente, la noticia de la última maldad de Tom le destrozaría el corazón. Nat había notado, durante años, cuánto quería Lizzie a Monty y a Tom, y se había sentido enfadado e impotente al ver la indiferencia que ellos dos sentían por su hermana pequeña. Había pensado que no debía aumentar el desencanto de Lizzie contándole más asuntos sórdidos de Tom. Y, sin embargo, se daba cuenta con claridad de cómo podían interpretarse sus actos. Las palabras corrosivas y llenas de desprecio de Tom eran lo único que podía oír:

«Nos hemos repartido a Lizzie, tú y yo... Comprada, vendida...».

Nat se acercó a la mesa y se sirvió una copa de brandy, que apuró de un trago. Era cierto que él había necesitado el dinero de Lizzie para pagar el chantaje, pero ni por un momento había pensado en casarse con ella para vengarse de su hermano. Él quería a Lizzie, y en aquel momento, lo vio con total claridad. Había sido un idiota, y lamentablemente lento a la hora de reconocer sus sentimientos por ella; tan atrapado como siempre por el modo en que habían sido las cosas, que no había sido capaz de darse cuenta de que todo había cambiado. Amaba la valentía de Lizzie, y cómo estaba madurando y convirtiéndose en una persona magnífica. Estaba muy orgulloso de ella. Y la necesitaba, porque sabía que solo Lizzie, con su carácter desafiante y su obstinación, y con su fuerza de espíritu, podía llenar su alma y alejar la oscuridad y el vacío que había sentido siempre, desde la muerte de su hermana Charlotte.

Alice había dejado una nota. Decía que Lizzie se había despertado, que había comido algo y que estaba descansando. Nat tenía intención de subir junto a Lizzie en cuanto volviera a casa, pero Tom Fortune lo había abordado en la puerta. En aquel momento, sin embargo, sabía que no podía retrasarse. Quizá Lizzie estuviera débil y cansada después de las fiebres, y posiblemente era el peor de los momentos para hablarle de aquello, pero no podía posponerlo un minuto más.

Salió al pasillo y miró hacia la escalera. No había ni un sonido. La casa estaba muy silenciosa. Tuvo un mal presentimiento; por primera vez, se dio cuenta de que cabía la posibilidad de que Lizzie hubiera salido de su cuarto mientras Tom estaba allí, y de que podía haber oído su conversación. Nat se había visto obligado a dejar pasar a Tom, porque no quería mantener una conversación difícil con él en la calle, pero ahora se daba cuenta de que podía haber sido un movimiento muy peligroso.

Sin embargo, si Lizzie hubiera oído la conversación, se habría puesto furiosa y se habría enfrentado a ellos, preguntándoles de qué estaban hablando. Aquella era la forma de ser de Lizzie, enfrentarse a las cosas, no huir de ellas. A menos que... a menos que se hubiera sentido tan herida y angustiada al pensar que se había casado con ella solo por el dinero y la venganza, que hubiera huido de él. Que se hubiera marchado sin decir una palabra...

Mientras pensaba aquello, Nat subió las escaleras de dos en dos y abrió de par en par la puerta de Lizzie.

La habitación estaba vacía, silenciosa y oscura. Nat sintió una terrible punzada de miedo, y recorrió la casa, desde el piso superior hasta el establo, donde descubrió que Starfire no estaba en su cajón. El mozo le dijo que lady Waterhouse había salido a cabalgar diez minutos antes y que no sabía qué carretera había tomado.

La respiración le golpeó el pecho a Nat, y el miedo le provocó un agudo dolor de cabeza. Tenía que encontrar a Lizzie. ¿Adónde iría ella? ¿Qué haría? Apenas se había recuperado de la fiebre, y no podía estar cabalgando por el campo. Él sabía que en aquella ocasión la había alejado definitivamente, y tenía que ponerle remedio.

Envió mensajes a Drum Castle, a Alice y a Miles,

Una pasión inesperada

y en El Viejo Palacio, a Dexter y a Laura, preguntándoles si habían visto a Lizzie. Era demasiado tarde para fingir ante sus amigos que no ocurría nada. Después recorrió todos los caminos de Fortune's Folly, buscándola hora tras hora. Mantuvo la esperanza de encontrarla mientras visitaba todas las posadas y las tabernas, y también cuando llegó a la Posada de la Media Luna, donde la posadera, Josie Simmons, estaba echando al patio al último de los bebedores de la noche.

–¿Lady Waterhouse? Sí, pasó por aquí hace un par de horas –dijo, señalando el establo con la cabeza–. Su caballo está ahí. Dijo que ya no lo necesitaba más. Se marchó en un carruaje privado.

Nat frunció el ceño.

–¿Un carruaje privado?

–Se marchó con el vizconde Jerrold –dijo entonces Josie Simmons, y con aquello, extinguió la esperanza de Nat como si hubiera soplado la llama de una vela–. Tomaron la carretera hacia el sur.

Lizzie iba sentada en una esquina del asiento del coche de viaje de John Jerrold, y se sentía sola, hundida y traicionada. Las cortinas del carruaje estaban echadas, y dentro había casi tanta oscuridad como fuera. Lizzie pensó que el camino era malo y el viaje lento, pero Jerrold quería avanzar tanto como fuera posible aquella noche. Lizzie no le había preguntado por qué se marchaba de Fortune's Folly. Apenas había hablado con él. Cuando su coche había aparecido en el patio de la Posada de la Media Luna, ella había subido y le había rogado que la llevara consigo, y se había sentado temblando como un perro abandonado bajo la lluvia.

Jerrold no le había hecho preguntas. La había envuelto en mantas y le había pasado su petaca de brandy. Ella había tomado el licor con agradecimiento, y había notado cómo el alcohol mitigaba un poco el frío de sus huesos, aunque no el dolor de su corazón. Parecía que en aquella ocasión ni siquiera el brandy más fuerte podría conseguirlo. Le dolía demasiado.

—Voy a dejar a Nat —anunció en cierto momento.

Jerrold se echó a reír y le dijo que ya lo había imaginado, y se quedaron en silencio de nuevo. Él no le había preguntado el motivo. Quizá no le importara. Se había arrojado a sus brazos, porque había subido a su carruaje delante de todos los parroquianos del bar de la posada, consciente de que aquel era el golpe final a su reputación, y él no iba a hacerle ninguna pregunta. Había tensión en su silencio, y en su forma de mirarla. Ella sabía lo que iba a ocurrir cuando llegaran a la siguiente posada y se detuvieran a pasar allí la noche.

Esperó a sentir algo. Estaba a punto de traicionar a su marido, de romper sus promesas matrimoniales y de entregarse a otro hombre. ¿No debía sentir culpabilidad? Sin embargo, no experimentó nada. Solo frío y vacío. Era como si se dirigiera, flo-

Una pasión inesperada

tando, hacia el desastre inevitable. Tenía la mente entumecida. ¿Qué importaba ya lo que hiciera? Nat no la quería, y nada de lo demás tenía importancia.

Al final, se detuvieron en Keighley, en la Posada de las Manos Cruzadas. El alojamiento estaba completo, pero la posadera, al darse cuenta de que eran aristócratas, les consiguió una habitación privada en el piso más alto. Lizzie se sentó sobre la cama mientras Jerrold le pedía algo de vino a la posadera y le entregaba una buena propina para comprar su discreción.

El vino llegó rápidamente. Jerrold le sirvió una copa, y Lizzie se lo bebió casi con ansia, pero no sintió nada más que la lasitud que le impedía pensar. John Jerrold se sentó a su lado. Le quitó la copa de las manos y la puso sobre la mesa. Ella observó sus movimientos y le parecieron lentos, como si todo tardara mucho en suceder, mientras la seducción de Jerrold se desarrollaba ante sus ojos con un detalle agonizante. No podía sentir, no podía pensar. Jerrold la besó. Era bueno besando, pero Lizzie no sintió nada. Él la hizo girar y le pasó los dedos fríos por la nuca. Lizzie cerró los ojos y pensó en Nat, acariciándole el cuello con las yemas de los dedos, y la curva de la espalda desnuda, y se estremeció. Jerrold había deslizado la mano hasta los lazos de su vestido. Ella notó que se los desataba y que el corpiño se aflojaba, y que después caía. Jerrold le acarició la piel, y ella recordó las manos de Nat sobre su cuerpo, y de repente, sus sentimientos se despertaron con tanta fuerza que la hicieron jadear. El dolor la sacudió con tanta dureza, con tanta rapidez, que estuvo a punto de gritar de angustia. Se puso el corpiño del vestido contra el pecho y se giró.

–¡No puedo hacer esto! –exclamó, y al ver la expresión del rostro de Jerrold, se detuvo–. Dios Santo –dijo, ante la mirada de sus ojos–. Y tú tampoco.

En el semblante de Jerrold se reflejó una diversión reticente.

–En realidad, creo que sí podría –replicó–, pero admito que es más difícil de lo que había pensado.

–Quiero a Nat –dijo Lizzie, y tragó saliva–. Haya hecho lo que haya hecho, lo quiero. Lo siento muchísimo, Johnny. No quería tomarte el pelo. No sé lo que me pasa, pero no puedo hacer el amor contigo porque no puedo soportar la idea de traicionar a Nat. Lo quiero demasiado.

–Creo que ya lo sabía, en realidad –dijo Jerrold irónicamente.

–Abróchame el vestido para que podamos hablar –le pidió Lizzie, girándose de nuevo–. No puedo mantener una conversación así.

–Es una pena –dijo Jerrold mientras le ataba los lazos–. Definitivamente, sí podría haberlo hecho –añadió, pasándole ligeramente las manos por los hombros desnudos–. Demonios, Lizzie...

Lizzie le apartó las manos con unas palmaditas.

–Ya es demasiado tarde para eso –le dijo. Lo miró; él tenía el pelo rubio por la frente y una luz de picardía en los ojos entornados. Lizzie suspiró–. Eres el libertino perfecto, Johnny, pero no puedo permitir que me seduzcas –dijo, y ladeó la cabeza–. Además, no creo que tengas ánimo para ello. Dime por qué te ha resultado tan difícil. ¿Es porque estoy casada?

Jerrold se echó a reír.

–Eso nunca ha sido un obstáculo para mí –respondió. Entonces, la sonrisa se le borró de los labios–. No, no tiene nada que ver contigo. Eres muy bella, y me gustas mucho. Pensaba que te deseaba, pero... –se pasó una mano por el pelo–. Demonios, Lizzie, creo que yo también estoy enamorado, y es una maldición.

Lizzie abrió unos ojos como platos.

–¡Estás enamorado de Lydia! –exclamó, y se tapó la boca con la mano–. Me pareció que te gustaba cuando llegó a Fortune's Folly, el año pasado. Oh, es una pena, porque Lydia no te va a dar la más mínima oportunidad. Tom le ha hecho tanto daño que dudo que vuelva a confiar en un hombre –dijo, y se quedó callada–. Lo siento. Eso no te ayuda mucho.

–No –respondió John–. Pero has acertado –dijo, y tomó su copa de vino–. Llevo meses intentando no matar a tu hermano –añadió sin darle importancia–. Me resulta muy difícil, porque lo odio más que a ningún hombre sobre la faz de la tierra.

–Hay una cola muy larga –dijo Lizzie–. Vas a tener que esperar tu turno –suspiró–. No te rindas con Lydia. Cuando volvamos a Fortune's Folly, yo te ayudaré... –se interrumpió de golpe.

—Estás pensando —le dijo Jerrold—, que no puedes volver. Has huido de tu marido y ahora todo el mundo sabrá que estás conmigo. Estás deshonrada.

—Sí —dijo Lizzie—. Y estoy pensando que, aunque quiero a Nat con todo mi corazón, él no me quiere a mí, y eso no puedo cambiarlo.

—Cuéntamelo —le dijo Jerrold, sonriéndole—. Quizá pueda ayudarte. Después de todo, tenemos toda la noche.

A Nat le dolía la cabeza. Le dolía el cuerpo. Le dolía todo. Ni siquiera en los peores excesos de su juventud había pensado que el alcohol pudiera tener un efecto tan devastador. Entonces, recordó que no había bebido nada. Tuvo un recuerdo, irresistible y doloroso, y volvió a verlo todo.

Había perdido a Lizzie; herida y confusa por su traición, ella se había escapado con John Jerrold. La pena volvió a embargarlo, y de nuevo cerró los ojos para hundirse en el olvido.

Pero el olvido no llegó. Poco a poco, los sentidos de Nat comenzaron a percibir información, quisiera o no. Parecía que estaba tendido en una piedra cubierta de serrín. El suelo estaba frío bajo su mejilla. Tenía un olor repugnante en la nariz, a humedad y a suciedad. Oía gotear el agua. Alzó la cabeza, gruñó y volvió a dejarla caer. Oía unas voces por encima de él. Alguien dijo:

—Por el amor de Dios, Waterhouse...

Una pasión inesperada

Parecía Miles Vickery.

Nat abrió los ojos otra vez y vio un par de botas muy brillantes. Definitivamente, era Miles. Deseó que su amigo se marchara.

Alguien lo puso en pie. Dexter Anstruther, en aquella ocasión. Demonios, ¿por qué no lo dejaban en paz? Los miró parpadeando, intentando enfocarlos. Le dolía la cabeza como si hubiera tomado mucho vino barato. Intentó pronunciar algunas palabras.

—¿Qué hora es? ¿Dónde estoy?

—Son las once en punto, y estás en Skipton Gaol —respondió Dexter—. Te detuvieron anoche, por alteración del orden público —hizo que Nat se sentara en una silla de madera, y Nat se encogió al notar el dolor de varios moretones y cortes.

—Será mejor que empieces a hablar —dijo Miles, furioso—. Llevamos buscándote desde que recibimos tu mensaje, anoche. ¿Qué demonios has estado haciendo? ¿Y dónde está Lizzie? ¿Y por qué anda Tom Fortune por ahí diciendo que le pagaste veinticinco mil libras por un chantaje?

—Porque es verdad —dijo Nat.

—Maldito idiota —dijo Miles con desprecio.

—Tú mismo fuiste un chantajista —dijo Nat amargamente.

Por un instante, se sintió tan furioso que tuvo ganas de darle un puñetazo a Miles. Sin embargo, perder a sus amigos además de a su esposa solo serviría para que se sintiera mucho peor. No era culpa de Miles que él estuviera contando algunas verdades atrasadas. Además, no estaba seguro de que pudiera mantenerse en pie lo suficiente como para darle un puñetazo a alguien.

—¿Y qué? —preguntó Miles fríamente—. Eso no hace que lo tuyo sea mejor.

—Ya está bien —dijo Dexter, siempre pacificando—. Lo resolveremos. Vamos a sacarte de aquí, Nat, pero, ¿dónde está Lizzie? Tom también dice que ella averiguó que te habías casado por venganza y que te ha dejado. En el pueblo se dice que se ha fugado con John Jerrold.

—Es cierto —dijo de nuevo Nat—. Llevo toda la noche buscándola, pero no sé dónde han ido.

Estaba recordándolo todo. Recordó su angustiosa y agotadora búsqueda nocturna, por la carretera de Skipton, preguntando en todas las posadas y las casas de huéspedes con la vana esperanza de encontrar a Lizzie. Nadie la había visto, y nadie sabía nada. A medida que avanzaba la noche, se sentía más desesperado. Lizzie y John Jerrold... No podía soportarlo. Le destrozaba el alma, hacía jirones el amor y la ternura que sentía por ella, y que acababa de descubrir. Nat no sabía que uno podía sentirse así, ni que pudiera sufrir tanto.

Cuando llegó a Skipton la noche anterior, se encontró el pueblo celebrando una feria, y él estaba en la plaza cuando se produjo un altercado general. Los bares habían ido cerrando y echando a la calle a muchos hombres bebidos que se enzarzaron en una pelea. Pese a que intentó calmar los ánimos,

Una pasión inesperada

Nat se vio en medio de una reyerta, y después lo habían metido en la cárcel junto a los malhechores, un final desastroso para aquella noche de búsqueda.

Cuando el Ministro del Interior se enterara de lo que había ocurrido se pondría furioso. Quizá debiera dejar su puesto antes de que lo despidieran.

Dexter y Miles se miraron. Miles todavía estaba furioso.

–Te conozco desde hace mucho tiempo, Nathaniel, y por lo tanto, creo que puedo decir sin que me contradigan que eres el idiota más grande de todo el país.

–Miles –intervino Dexter–. No es el mejor momento...

–Claro que sí. Es un idiota, y alguien tiene que decírselo. Lizzie no tiene padre, y su hermano es un canalla. No tiene a nadie que la proteja, así que lo haré yo. Nat, debes de ser la única persona de Fortune's Folly que no se ha dado cuenta de que Lizzie está enamorada de ti, y has pisoteado sus sentimientos y sus emociones con una crueldad que solo puede recordarle lo poco que la gente se ha preocupado siempre por ella.

–Lo sé –dijo Nat–. Lo sé. No quería que las cosas fueran así. Estaba intentando hacer lo mejor. Yo también la quiero.

–Entonces, ¡encuéntrala! –le gritó Miles–. ¿A qué estás esperando? ¿Por qué estamos teniendo esta conversación? Maldita sea, sal de aquí...

–No chilles –le dijo Dexter–. Solo vas a conse-

Nicola Cornick

guir que le duela más la cabeza. Además, primero tenemos que conseguir que lo suelten –añadió, y miró a Nat–. Ve a darte una ducha en la bomba del patio. Tienes un aspecto horrible. Si Lizzie te ve así, no querrá volver contigo.

Le dio una palmada a Nat en la espalda, y todas las magulladuras que tenía protestaron.

–Vamos –le dijo Dexter–. Tienes que ir en busca de tu esposa.

Capítulo 17

—Ya está de vuelta, ¿eh? –preguntó Josie Simmons, mientras Lizzie recogía a Starfire de la Posada de la Media Luna, aquella tarde. Sacudió la cabeza con una expresión que le dio a entender a Lizzie que había visto a muchas damas aristocráticas fracasar en aquella situación–. Su marido pasó por aquí anoche, buscándola –agregó–. Le dije que se había fugado con John Jerrold.

—Qué amable por su parte –dijo Lizzie–. Se lo agradezco muchísimo.

—Ya lo sabe todo el pueblo –prosiguió Josie con aparente satisfacción–. Nunca había visto a un hombre tan consternado como lord Waterhouse –añadió–. Es una descocada, le dije yo. Como su madre. Ve a un hombre y se va corriendo tras él como un perro tras un conejo...

—No, no es cierto. Si lo fuera, no habría vuelto..

—Sí, bueno, puede que tenga razón en eso, milady. Espero que su marido lo vea de la misma manera. Supongo que ahora volverá a casa dócil y calmada, rogándole que la perdone...

—Yo no he sido dócil y calmada en mi vida —replicó Lizzie—, y no voy a empezar ahora.

Puso a Starfire al galope por el camino hacia Fortune's Folly. Se sentía eufórica y muy nerviosa, pero ante la ansiedad y la desesperación se aferraba al pensamiento de que Nat se había angustiado por su desaparición. Según Josie, la había buscado frenéticamente. Eso solo podía significar que estaba preocupado por ella aunque estuviera enfadado y creyera que ella lo había traicionado. Se estremeció al pensar que no podría demostrar de ningún modo que no le había sido infiel con John Jerrold. Nat tendría que confiar en ella, que aceptar su palabra. Se preguntó si él sería lo suficientemente fuerte y generoso como para poder hacerlo.

La noche anterior, Jerrold la había ayudado a darse cuenta de que huir nunca era la respuesta. Quizá la verdad fuera muy dolorosa, y quizá no fuera lo que Lizzie quería oír, pero sabía que tenía que ser valiente y enfrentarse a ella. Así pues, debía hablar con Nat, pedirle que le explicara el chantaje de Tom. En el fondo de su corazón había esperanzas renovadas de que pudieran revelarse todos sus secretos, por

Una pasión inesperada

fin, y en aquella ocasión, Lizzie no iba a perderlas. Lucharía por lo que quería. No era como su madre. Nat era la única persona a la que no podía permitirse perder.

—No voy a ir contigo —le había dicho Jerrold por la mañana, cuando la había puesto en un carruaje alquilado en el patio de la posada—. Dudo que mi presencia ayude a calmar la situación, y no tengo ganas de que tu marido me pegue un tiro —explicó. Le dio un beso en la mejilla—. Sé que puedo confiar en que le explicarás que me he comportado con honor. Que seas feliz —añadió, y cerró la puerta. Después le dio al cochero la orden de que se pusiera en marcha.

Lizzie galopó por High Street cuando llegó a Fortune's Folly, abriéndose paso entre la gente y viendo sus caras de sorpresa y de especulación. Así que ya lo sabían todo. En aquel pueblo, los chismorreos se extendían a toda velocidad, y sin duda, Tom ya le habría dicho a todo el mundo que ella se había escapado, como su madre.

En Chevrons supo que Nat no estaba en casa, y que no había pasado la noche allí. Su aparición en la casa provocó un revuelo. Su doncella gritó al verla, y se llevó las manos a la cabeza.

—¡Oh, milady! —exclamó la chica—. ¡Dicen cosas terribles de usted! Dicen que se ha escapado con un lord muy guapo y que es una libertina como su madre, y están apostando en Morris Clown sobre si lord Waterhouse se divorciará de usted o no. ¡Su hermano ya ha apostado mil libras a que sí! ¡Oh, milady!

—Gracias, Clara —dijo Lizzie—. Esa es una apuesta que Tom va a tener que tragarse.

Pese a aquellas palabras, cada vez se sentía más nerviosa. ¿Se divorciaría Nat de ella a causa de su supuesta infidelidad? El pánico le atenazó la garganta, y presa de la impaciencia y la ansiedad, salió de casa de nuevo y se dirigió hacia El Viejo Palacio. Llamó a la puerta, pero Carrington, el viejo mayordomo de Laura, no apareció a abrir. En su lugar, Alice Vickery abrió la puerta de par en par. Estaba sonrojada, desarreglada y aturullada, y cuando vio a Lizzie, su expresión esperanzada se convirtió en una cara de decepción.

—¡Lizzie! ¡Oh, no! ¡Esperaba que fueras el doctor Salter!

—Alice —dijo Lizzie, tomando del brazo a su querida amiga—. Por favor, necesito tu ayuda. ¿Sabes dónde está Nat? Tengo que verlo.

Alice no respondió inmediatamente, y Lizzie se quedó helada. Sabía que sus amigas también habrían oído las habladurías, pero si ellas no creían en su inocencia, si ellas no la ayudaban, todo estaba perdido.

—Sé que las cosas tienen muy mal aspecto —dijo con desesperación—. Sé que habréis oído cosas terribles de mí, ¡pero te juro que no he traicionado a Nat con John Jerrold! Oh, fui estúpida y estaba muy dolida, y me he comportado fatal, pero necesito encontrar a Nat y decirle que lo quiero, y explicárselo todo…

Una pasión inesperada

Se quedó callada, porque Alice la estaba mirando como si la viera por primera vez en su vida.

–Oh, Lizzie –dijo Alice, tomándola de las manos–. Quiero ayudarte, de verdad, ¡pero ahora no puedo! No tengo tiempo. Laura y Lydia se han puesto de parto a la vez, y están a punto de dar a luz. El doctor Salter está atendiendo otro parto cerca de Peacock Oak y la matrona está con él, y solo Dios sabe cuánto tardarán en llegar, y mientras yo estoy aquí sola con los sirvientes, ¡y ninguno sabemos qué hacer! Hemos hervido agua y hemos sacado toallas limpias, pero ¿qué hacemos con ellas?

–¿Laura y Lydia se han puesto de parto al mismo tiempo? –repitió Lizzie, tan asombrada que se olvidó de sus problemas–. ¿Cuántas posibilidades había?

–¡No lo sé! –respondió Alice–. No tengo tiempo de calcularlas ahora. ¿Qué vamos a hacer?

–¿Dónde están Dexter y Miles? –preguntó Lizzie, llevándosela hacia el vestíbulo.

–¡Buscándote! –dijo Alice–. Encontraron a Nat en la cárcel de Skipton esta mañana. Acabo de recibir su mensaje. Parece que Nat ha estado buscándote toda la noche y terminó metido en una pelea. ¡Increíble! De todos modos, he enviado a Carrington a buscarlos. Laura no deja de preguntar por Dexter –dijo, y se mordió el labio–. Y Lydia no tiene a nadie.

Una especie de calma fatalista se apoderó de Lizzie. No tenía ni la más mínima idea de lo que era un parto, pero sabía que sus amigas la necesitaban. Todo lo demás tendría que esperar.

NICOLA CORNICK

—Lydia me tiene a mí —dijo—. Soy la tía del bebé —irguió los hombros y continuó—: Muy bien, Alice. Tendremos que arreglárnoslas solas. Laura ya ha tenido otra hija, así que sabe lo que va a ocurrir...

—No creo que eso sea de ayuda, a juzgar por las cosas que está diciendo entre los juramentos —dijo Alice con tristeza.

—Primero, vamos a enviar a alguien en busca de Josie Simmons —dijo Lizzie firmemente—. Antes de ser posadera era matrona. Envía a Frank en un caballo rápido. Puede llevarse el mío. Sé que es el jardinero, pero monta bien. Después manda a buscar a tu madre, Alice. Está aquí al lado, y ha tenido dos hijos, así que debe saber lo que hay que hacer.

—Mi madre no sirve de nada en una crisis —dijo Alice, mirándola.

—Bueno, pues en esta sí —afirmó Lizzie—. Tengo el presentimiento de que va a hacer que nos sintamos orgullosas. ¡Vamos!

Le dio a Alice un empujoncito y después se aseguró de que su amiga se hubiera puesto en camino antes de subir las escaleras. Cuando puso el pie en el primer escalón oyó un grito desde el piso de arriba que casi consiguió que se diera la vuelta y saliera corriendo, pero irguió la cabeza.

Había perdido a mucha gente. Esperaba no perder también a Nat. Lo que sabía con seguridad era que no iba a perder a Lydia ni a Laura, dos de sus mejores amigas, por ignorancia, o tontería, o descuido. Las ayudaría costara lo que costara, aunque no supiera muy bien qué tenía que hacer. Rezó mientras subía las escaleras, más de lo que había rezado nunca en su vida.

Cuando entró en el patio de la Posada de las Manos Cruzadas, en Kneighley, después de recorrer todos los bares desde Skipton, Nat solo encontró a un cliente en el bar, un hombre que estaba sentado en un rincón, bebiendo una copa de brandy plácidamente y leyendo el periódico. Al ver a Nat, se puso en pie.

—Waterhouse —dijo—. Pensé que vendrías.

Nat tuvo que hacer acopio de todos los buenos modales que poseía para no darle un puñetazo.

—Jerrold —dijo, y miró a su alrededor—. ¿Dónde está Lizzie?

En su mente ya se estaban formando imágenes insoportables de Lizzie, tendida en una cama del piso superior, desnuda, saciada y dichosa, después de compartir una noche de pasión tempestuosa con su amante. Le picaban los dedos por la necesidad de agarrar a Jerrold por el pañuelo inmaculadamente blanco del cuello y asesinarlo allí mismo, sin más dilación. Esperó con agonía su respuesta, durante un instante que le pareció eterno, y entonces vio una sonrisa de arrepentimiento en los labios de Jerrold.

—Lady Waterhouse ha vuelto a Fortune's Folly —le dijo—. No quería estar conmigo. Ha ido a buscarlo, Waterhouse. Buena suerte –añadió después, para la habitación vacía.

Nat ya se había ido.

Cuando Dexter Anstruther, Miles Vickery y Nat Waterhouse llegaron a El Viejo Palacio, unas tres horas más tarde, acompañados de un Carrington exhausto, encontraron un caos en la casa. El doctor Salter y la matrona, la señora Elton, acababan de entrar. Josie Simmons y la madre de Alice, la señora Lister, estaban sentadas en las escaleras con las doncellas, Rachel y Molly, y con Frank, el jardinero, y parecía que estaban acabando con el contenido de la cuarta botella de brandy, a juzgar por las que había en el suelo de piedra del castillo.

–¡Ah! –exclamó Josie, poniéndose en pie al verlos–. ¡Señor Anstruther! ¡Tarde de nuevo! ¡Rápido para hacerlo –dijo entre risas, dándole un codazo a la señora Lister–, pero lento para ver nacer al bebé! –blandió la botella de brandy ante él para saludarlo.

–¿Laura está de parto? –preguntó Dexter sin dar crédito–. ¿Cómo está?

–Está bien –dijo Josie, y le dio una palmada en la espalda, tan fuerte que estuvo a punto de tirarlo al suelo–. El doctor Salter está con ella ahora, pero dice que no hay ningún problema. He hecho un gran trabajo, y las señoras se portaron estupendamente. ¡Ni un solo desmayo!

Nat estaba buscando a Lizzie con la mirada, pero

entre aquel caos no la veía. Acababa de pasar por Chevrons, y la doncella le había dicho nerviosamente que lady Waterhouse había vuelto y se había marchado a buscarlo. Nat esperaba que Lizzie estuviera allí, o seguirían persiguiéndose durante días por todo el condado.

Vio a Alice bajando lentamente las escaleras, con un hatillo en brazos. Tenía una cara radiante. Sonrió a Miles como si le hubieran dado el sol y las estrellas, y le entregó el hatillo a Dexter.

—Has tenido un hijo, Dexter —le dijo—. Enhorabuena.

Dexter apartó la manta y le acarició la cara al bebé con un dedo reverente. Su hijo abrió la boquita y comenzó a llorar.

La señora Elton se adelantó.

—Démelo, lady Vickery —le ordenó, quitándole el bebé a Alice. Lo admiró y comenzó a hacerle carantoñas—. ¡El corderito! ¡Dios Santo, qué tamaño! Pobre señora Anstruther. No me extraña que esté agotada.

La hija de Dexter y Laura, Hattie, saludó a su padre, y Dexter la tomó en brazos.

—¡Tengo un hermano! ¿Podemos ir a ver a mamá ahora, papá?

—Sí —dijo Dexter—. Sí, vamos ahora mismo.

Nat se dio cuenta de que tenía la voz entrecortada y sintió una punzada de emoción. Demonios, aquel asunto de los nacimientos tenía algo que lo acobardaba.

Miró a Miles para ver si él tenía el mismo problema, pero Miles estaba besando a Alice y no le prestaba atención a ninguna otra cosa.

Dexter y Hattie subieron las escaleras, y Josie se dirigió a Nat.

—Sin duda, usted estará buscando a su esposa —le dijo—. Está con la señorita Cole. No sé cómo se las habría arreglado la pobre muchacha sin ella. Lady Waterhouse le transmitió su fuerza y su valor para continuar, tengo que reconocerlo...

En aquel momento, Nat miró hacia arriba y vio que Lizzie estaba bajando las escaleras. Como Alice, tenía un hatillo en los brazos, y en la cara, una enorme sonrisa.

—¡Tengo una sobrina! —exclamó. Estaba tan feliz y tan orgullosa que Nat sintió una emoción desbordante de nuevo—. ¡Es un bebé precioso! —dijo. Al ver a Nat, se detuvo en seco.

Hubo un largo silencio. Lizzie se había quedado pálida. Bajó los escalones restantes y Nat se adelantó para recibirla. Él se dio cuenta de que tenía los ojos llenos de lágrimas. Recordó las palabras entrecortadas que le había susurrado en el delirio de la fiebre, y su deseo desesperado de tener un hijo. Le acarició la mejilla con los dedos temblorosos.

—Me he enterado de que has estado espléndida —le dijo suavemente.

—Volví a buscarte —dijo Lizzie, y miró a la niña—. Pero me distraje —añadió, y de repente, sonrió de una manera deslumbrante. A Nat se le encogió el corazón de amor—. Te presento a Elizabeth —le dijo con timidez.

Una pasión inesperada

—¿Elizabeth? —preguntó Nat—. ¿Lydia le ha puesto tu nombre a la niña?

Lizzie asintió.

—Elizabeth Laura Alice Cole —dijo.

Los vítores del vestíbulo se hicieron más sonoros, porque Josie, la señora Lister y los sirvientes habían abierto la quinta botella de brandy y estaban haciendo brindis por los bebés. Alice se acercó y tomó a la niña.

—Voy a llevar a Beth con su madre y me sentaré con Lydia un rato —dijo. Después, sonrió a Miles.

—Ya eres una experta —le dijo su marido, mirando con los ojos brillantes al bebé—. Mmm. Si quieres que empecemos a preparar habitaciones infantiles, Alice, solo tienes que decirlo, y estoy a tu servicio.

—En realidad —dijo Alice, sonrojándose como una peonía—, creo que ya podríamos empezar...

Miles la abrazó y la besó con fuerza.

—¡No aplastes al bebé! —protestó Alice, que emergió del abrazo de su marido todavía más colorada.

Nat tomó a Lizzie de la mano y se la llevó a la biblioteca. Y, de repente, todo fue tranquilidad. Se quedaron a solas, como si el resto del mundo no existiera.

—Lizzie —le dijo—. Has vuelto.

—Sí. Nat, tengo que decirte una cosa...

—No, deja que hable yo primero —le dijo Nat—. Por favor, Lizzie.

Lizzie esperó. Estaba muy pálida, y Nat podía oír su respiración acelerada.

—No me importa lo que haya sucedido —dijo—. Has vuelto conmigo. Te quiero, y no me importa

John Jerrold. No me importa lo que pasara con él. Lo único que quiero es estar contigo, Lizzie.

—Nat. Oh, Nat.

—No digas nada —le pidió Nat. La tomó de las manos y la atrajo hacia sí. Se dio cuenta de que ambos estaban temblando—. Tienes que entenderlo. Cometí un error terrible al no confiar en ti y no contarte que Tom me estaba chantajeando, y lo lamento. Estaba intentando protegerte, pero en vez de eso, te alejé de mí. Sin embargo, tienes que creer que nunca quise vengarme a través de ti, Lizzie.

Le apretó las manos y continuó:

—Te quiero, Lizzie, y te quiero por ti misma. Cuando tenías las fiebres, hablaste de amor, Lizzie. Dijiste que querías a alguien que te amara para siempre, y que no te dejara ni te traicionara. Yo soy ese hombre del que hablabas, Lizzie. Soy el hombre a quien quieres, y si confías en mí, nunca volveré a hacerte daño. Te lo juro por mi vida.

—Ahora deja que hable yo —dijo Lizzie. Las lágrimas se le resbalaban por las mejillas y caían en la desgastada alfombra de Laura—. No ocurrió nada con John Jerrold, Nat. Solo acudí a él porque era muy infeliz. Después me di cuenta de que no podía hacerlo, porque yo no soy como mi madre, después de todo. No podía aceptar a Jerrold, porque te quería a ti. Tú eres el único hombre al que he querido. Supe que tenía que volver a hablar contigo y averiguar la verdad sobre Tom, porque no podía perder lo más preciso que he tenido en la vida.

Una pasión inesperada

Nat sintió alivio y alegría, y la abrazó y la besó. Regó de besos apasionados sus mejillas, su frente, hasta que encontró sus labios por fin, y Lizzie exhaló un suspiro y se derritió entre sus brazos. Y entonces, todo quedó en silencio entre ellos durante mucho tiempo, y ni siquiera el barullo cada vez más ruidoso de los borrachos del vestíbulo pudo penetrar en su felicidad.

Más tarde, protegida dentro del refugio que habían creado en su cama, después de hacer el amor en la oscuridad cálida de una noche de verano de Fortune's Folly, hablaron. Hablaron mientras Nat abrazaba a Lizzie con orgullo y amor.

–Fui un tonto por no hablarte del chantaje que me estaba haciendo Tom –dijo Nat–. Al principio lo toleré para proteger a Celeste y a mis padres, y porque no veía otra salida. Te lo oculté porque no quería darte el último ejemplo de la maldad de Tom, y en vez de eso, le proporcioné la manera de destruir nuestra felicidad.

–Supongo que Tom sedujo a Celeste, el muy miserable –dijo Lizzie.

Se sentía tan ligera y tan libre, tan dichosa, que nada podía afectar a su felicidad en aquel momento, y sin embargo, había espacio en su corazón para sentir el dolor de Celeste Waterhouse. Apoyó la cabeza en el pecho de Nat y sintió el calor de su cuerpo, y su amor la envolvió. Ya no había dudas ni miedos. Los habían alejado para siempre.

NICOLA CORNICK

—No entendía por qué un hombre como tú había sucumbido al chantaje —dijo Lizzie—, pero entiendo que lo hicieras para proteger a tu familia.

—Yo pensé lo mismo —dijo Nat. Entonces, sacudió la cabeza—. Quizá me equivoqué. Pero Tom no sedujo a Celeste, Lizzie. La encontró en una situación muy comprometida con otra debutante. Él las sorprendió, y me contó unos detalles tan malditos e insidiosos de lo que estaban haciendo que yo... —se encogió de hombros—. Bueno, habría sido el escándalo de la temporada, y habría matado a mi padre. No podía permitir que sucediera. Quiero a mi hermana, y tengo que protegerla.

—Una mujer —dijo Lizzie.

Entendía lo que quería decir Nat. Nunca se hablaba de aquellas cosas fuera de los burdeles y las casas de citas de Londres. Era como si no existieran, aunque todo el mundo sabía que sí existían. Sin embargo, que tal escándalo hubiera ocurrido entre la alta sociedad hubiera sido horrible, el chisme más escandaloso durante años.

—Pobre Celeste —dijo Lizzie suavemente—. Pobre, pobre muchacha.

Nat la abrazó y Lizzie se estiró, deleitándose en el calor y la intimidad de su conexión.

—Creo que, de algún modo retorcido, he estado siempre intentando compensar el haberle fallado a Charlotte —dijo Nat suavemente, después de un rato—. Me sentía como si nunca pudiera volver a fracasar. Tenía que proteger a todo el mundo. A Ce-

Una pasión inesperada

leste, a mis padres y a ti también –le tomó la cara entre las manos con ternura y continuó–. Pensé que si sabías lo del chantaje cruel de Tom, te sentirías destrozada. Sé que siempre has querido mucho a tus hermanos, por muy indignos que fueran, y yo no podía permitir que Tom te hiciera más daño. Así que me callé, y solo conseguí hacerte más daño por mi aparente falta de confianza en ti. Lo siento, Lizzie. Tienes que creer que no me casé contigo para vengarme de Tom, y que lo que más quería era cuidarte.

Lizzie posó su mano en la mejilla de Nat, y notó la aspereza de su barba contra la piel.

–Lo creo –susurró–. Siempre supe que eras honorable, Nat, pero me sentí tan angustiada y traicionada cuando te oí hablar con Tom...

–Estaba intentando ganar tiempo –dijo Nat–, para poder contarte que me estaba chantajeando. Tenía miedo de que Tom te lo contara todo primero, y que lo entendieras mal, y que me odiaras por ello.

–Y te odié, pero no por mucho tiempo. Pero ya hemos hablado suficiente del pasado –dijo con suavidad–. Podemos dejarlo marchar.

Se deshicieron de aquellos recuerdos entre besos dulces. La presión del cuerpo de Nat contra el suyo era la sensación más tierna que ella hubiera experimentado nunca. Nat le apartó el pelo de la frente.

–Miles me dijo que era un idiota –le susurró–, y tenía razón. Te llevo queriendo tanto tiempo, Lizzie, mi amor... y ni siquiera me daba cuenta. Te admiraba. Estaba orgulloso de ti, y no sabía que eso solo eran facetas de mi amor por ti –dijo, e hizo una pausa–. Siento lo del bebé. Ojalá me lo hubieras dicho.

–Ya no importa –dijo ella–. Puedo esperar. Ahora sé que te tengo. Aunque... –añadió pensativamente, y le acarició el estómago a Nat–, no me importaría intentar hacer un bebé cuando quieras...

Nat rodó perezosamente por la cama y la atrapó bajo él. Le besó los labios y descendió por su garganta, y adoró cada una de sus curvas y de sus líneas.

–Te quiero –murmuró cuando se deslizó dentro de ella, con una infinita delicadeza. Siempre te querré, Lizzie. Lizzie, mi amor, mi vida.

–Yo también te quiero –respondió ella.

Recordó todas las veces que se había reprimido para no decírselo. Su orgullo se había interpuesto entre ellos. El miedo por la diferencia de sus sentimientos los había mantenido separados, pero ahora ya no tenía más motivos para guardarlo en secreto. Se movió agitadamente bajo sus manos, y su cuerpo se aceleró con el placer que él siempre le proporcionaba.

–Sigues siendo impaciente –murmuró Nat, riéndose, mientras se movía dentro de ella, lenta y seductoramente, y Lizzie jadeó y lo atrajo hacia sí para besarlo–. Algunas cosas nunca cambiarán.

–Y tú no eres mucho mejor –susurró Lizzie–. Aunque finjas que eres el convencional conde de Waterhouse, tan decoroso, tan frío. Tenía que haberme dado cuenta desde el principio del genio tan tremendo que

Una pasión inesperada

tienes. Debería haberme dado cuenta de que ese genio conlleva una pasión...

Se interrumpió entre jadeos, y Nat siguió moviéndose y posó la boca en su pecho. El deseo la atenazó por dentro, y la llevó más y más alto. En aquella ocasión fue una cuestión de deleite exquisito, y Lizzie supo que había llegado por fin a su hogar. Las pesadillas habían terminado. La tragedia del amor perdido de su madre había encontrado, por fin, equilibrio. Ella sí había hallado el amor.

–Ya no habrá más huidas –dijo Nat–. No quiero volver a perderte.

–¿Y por qué iba a huir? –preguntó Lizzie–. Mi corazón está aquí. Es tuyo. Ahora, y para siempre.

Epílogo

Septiembre

Hacía un día soleado y agradable de principios de otoño cuando el Príncipe de Gales visitó Fortune's Folly para declarar formalmente que los vecinos estaban libres de El Tributo de las Damas y de los demás impuestos medievales. Las calles estaban llenas de gente. Había una feria, y se había montado un escenario en la plaza para que Su Alteza pudiera dirigirse a la multitud.

El Príncipe se había mostrado encantado de reencontrarse con Lizzie, y había comentado lo mucho que había cambiado desde que era una niña revoltosa en Scarlet Park. Según él, se había convertido en toda una belleza, y al decirlo, había observado de manera sugerente su rostro y el corpiño de su ves-

Una pasión inesperada

tido, hasta que Nat había decidido que era suficiente y le había dicho a Su Alteza, con cortesía, que era momento de hablarles a los vecinos del pueblo.

Cuando le recordaron su deber, el Príncipe dio un discurso conmovedor, y habló con elegancia de las gentes de Fortune's Folly y de su coraje al enfrentarse al opresor. Citó el antiguo Fuero del Bosque y cómo defendía los derechos de los comunes ante sus señores feudales, y declaró que todas las leyes medievales de Fortune's Folly eran nulas. La gente lo vitoreó, y todos alzaron sus copas en un brindis.

—¡Por la Carta Magna! —gritó alguien—. ¡Por el Fuero de los Bosques!

—¡Por el rey Juan! ¡Y por el Príncipe de Gales!

—¡Y por lady Waterhouse! —gritó Josie—. ¡Por terminar con nuestra opresión!

—Así que, por fin, Fortune's Folly se ve libre de la tiranía —dijo Lizzie, intentando no echarse a reír al ver que unos niños perseguían a Tom y le lanzaban huevos—. Oh, Dios mío, pobre Tom. ¿No debería impedir que lo castiguen así?

—Todavía no —dijo Nat—. La gente tiene derecho a desahogarse primero.

—Quizá al final se reforme —dijo Lizzie esperanzadamente—. Quizá salga algo bueno de todo esto.

Nat se echó a reír.

—Eres muy generosa, mi amor, y sé que quieres a tu hermano y deseas que sea feliz, pero... me parece que en esta ocasión pides demasiado, si esperas que Tom se reforme.

—Hay otros a quienes les deseo felicidad, también —dijo Lizzie con un suspiro—. A sir James y lady Wheeler...

—Sí —dijo Nat—. Ha sido muy valiente por su parte venir hoy.

Lizzie pensó que a la despiadada luz del sol, lady Wheeler parecía muy avejentada y cansada, como si hubiera perdido la esperanza y la alegría de vivir. Nunca se había hallado el cuerpo de Mary, y ahora George también los había dejado. Se había marchado a Londres a olvidar la desgracia de su hermana con la bebida y la disipación, si las habladurías eran correctas.

—Y también está Lydia —prosiguió Lizzie, volviéndose a mirar a su amiga.

Lydia estaba sentada con Dexter y Laura, con Hattie y el bebé, Edward. Llevaba un vestido lila con un bonito sombrero y tenía a Beth en brazos. El sol brillaba en su rostro, y parecía joven y feliz, sonriendo mientras respondía a alguna pregunta que le había hecho Laura.

—Lydia no puede encerrarse para siempre —dijo Lizzie con pasión—, y negarse la oportunidad de conocer el amor.

—Bueno —dijo Nat, rozándole el pelo con los labios—, si lo que me has contado es cierto, entonces John Jerrold hará todo lo posible por convencerla.

—Antes le ha permitido que hablara con ella y le besara la mano —dijo Lizzie con una risita—. Supongo que es un comienzo. Tendrá que ser muy paciente

Una pasión inesperada

con ella, y no estoy segura de que sea un hombre paciente.

—Si la quiere lo suficiente, lo será.

—Y ahora, Alice y Miles están preparando la habitación del bebé —dijo Lizzie—. Solo quedamos tú y yo... ¿qué vamos a hacer, Nat? —le susurró, alzando los labios hacia él.

—Para empezar, puedes besarme —le dijo Nat—, podemos continuar desde ahí.

Lizzie le sonrió.

—Y no habrá más secretos.

—Nunca jamás —dijo Nat—. Los últimos secretos ya se han revelado.

TÍTULOS DE LA COLECCIÓN

Brenda Joyce ♦ *El premio*

Candace Camp ♦ *Secretos de una dama*

Nicola Cornick ♦ *Confesiones de una duquesa*

Shannon Drake ♦ *Baile de máscaras*

Brenda Joyce ♦ *La farsa*

Candace Camp ♦ *Secretos de un caballero*

Nicola Cornick ♦ *La dama inocente*

Shannon Drake ♦ *Sombras en el desierto*

Brenda Joyce ♦ *La novia robada*

Candace Camp ♦ *Secretos de sociedad*

Nicola Cornick ♦ *Una pasión inesperada*

Shannon Drake ♦ *Ladrón de corazones*

www.ingramcontent.com/pod-product-compliance
Lightning Source LLC
LaVergne TN
LVHW091625070526
838199LV00044B/935